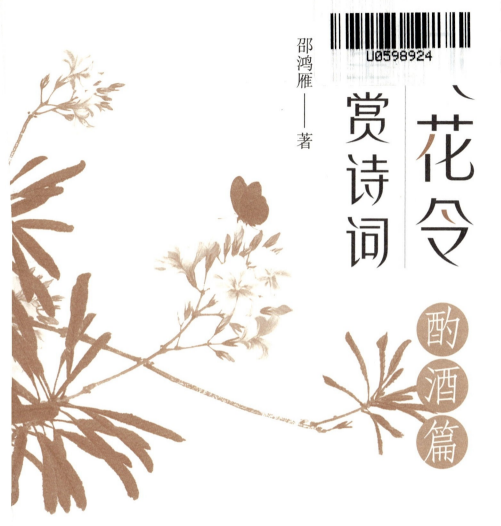

邵鸿雁 —— 著

赏诗词

花令

酌酒篇

时代文艺出版社
SHIDAI WENYI CHUBANSHE

图书在版编目（CIP）数据

　飞花令里赏诗词. 酌酒篇 / 邵鸿雁著. -- 长春：
时代文艺出版社，2024.1
　ISBN 978-7-5387-7072-8

　Ⅰ.①飞… Ⅱ.①邵… Ⅲ.①古典诗歌－诗歌欣赏－
中国 Ⅳ.①I207.2

　中国版本图书馆CIP数据核字(2022)第185074号

飞花令里赏诗词 · 酌酒篇
FEIHUALING LI SHANG SHICI · ZHUOJIU PIAN
邵鸿雁　著

出品人：吴　刚
选题策划：刘瑀婷
责任编辑：余嘉莹
装帧设计：任　奕
排版制作：隋淑凤

出版发行：时代文艺出版社
地　　址：长春市福祉大路5788号　龙腾国际大厦A座15层（130118）
电　　话：0431-81629751（总编办）　0431-81629758（发行部）
官方微博：weibo.com/tlapress
开　　本：880mm×1230mm　1/32
字　　数：251千字
印　　张：8.625
印　　刷：三河市万龙印装有限公司
版　　次：2024年1月第1版
印　　次：2024年1月第1次印刷
定　　价：46.80元

创造属于你的诗意

邵鸿雁

中国被称为诗的国度，古典诗词是中华民族优秀文化瑰宝中最绚丽夺目的门类之一。一首首脍炙人口的经典作品如一颗颗明媚灿烂的珍珠散布在文学长河中。阅读、欣赏、领会这些琳琅满目的珠玉之美，既是传承和发扬民族传统文化的题中之意，也是丰富心灵、纯粹情操的有效方式。

然而，古典诗词是千百年前的古人创作的，时代差异导致理解上的困难，一道屏障阻隔我们进入诗词的世界。"墙里秋千墙外道，墙外行人，墙里佳人笑。"我们都希望找到一扇门，推开那扇门，进到诗词的世界里去。那么，赏析诗词有没有门径可循呢？这里谈些体会，既非独到，也不高深，更算不上指示门径，只因从甘苦中得来，对于本书读者或有些许启发。

把握抒情特质　走入情感世界

古典诗词抒情性这个特质要牢牢把握。《诗大序》说："诗者，心之所之也，在心为志，发言为诗，情动于中而形于言。"古人认为诗歌就是把心中涌动的思想感情用语言表达出来。试看古代诗歌的两大源头《诗经》和《楚辞》，前者多清新婉约之情，后者多宏阔深沉之情。从这两汪情感的泉眼中流淌出汩汩不绝的泉水，涨饱了整条中国诗史的长河。古典诗词中有太多浓得化不开的骨肉情、朋友情、师生情、男女情、家国情……《文心雕龙·知音》说："夫缀文者情动而辞发，观文者披文以入情……世远莫见其面，觇文辄见其心。"通过诗词我们就能够进入古人的心灵世界，感受他们的悲欢离合。

那么，怎么通过诗词进入古人的情感世界呢？粗略说来，可以分两步走。

诗词是语言艺术，第一步要能够准确理解诗词的字面含义。这看起来不太难，但要做到却不容易，因为古今语言文字含义变迁很大，在深处是生活方式等的巨大差别。举一个小例子，李白的《静夜思》家喻户晓，三岁小儿也能成诵，那么该诗第一句"床前明月光"中的"床"指什么呢？据说有五种解释，一是睡床，二是胡床（一种折叠椅），而这两种说法都不太准确，坐具也好，卧具也好，都设在室内，与下文"举头望明月"并不吻合。另外三种解释都和水井有关：一种认为是井栏（此说目前比较通行），井栏是位于井口周围的护栏；一种认为是辘轳架，位于口之上，是打水装置；还有一种认为是井床，这是水井口周围一圈经过铺木板或砌砖石等硬化处理的地面。因水汽蒸发和打水漏洒等原因，井床总是湿漉漉的，秋冬之时易结霜，因此诗人看到白月光照在井床，"疑是地上霜"。这个解释或许更为可靠，但还不能说是确定无疑。你看，一首最通俗易懂的诗，一个最常用的字，尚且会有这么多"麻烦"，何况其他呢？解决字面含义的问题没有别的方法，只有保持警惕，不望文生义，勤查资料。

字词层面的障碍扫除之后，就进入下一步骤。诗是抒情的，那么情感从何而来呢？古人说人之性与情好比水与波，水遇风起波，性因外界触动而发为情。情由境生，只有了解诗人创作时的处境，才能更准确地理解诗中的思想感情。这就是孟子说的"知人论世"："颂其诗，读其书，不知其人可乎？"(《孟子·万章下》）赏析诗词离不开了解诗人生平经历。古人传情达意有时非常含蓄，以至于仅从字面上完全看不出来它的真正含义。最著名的一个例子，是唐代诗人朱庆馀的《闺意献张水部》："洞房昨夜停红烛，待晓堂前拜舅姑。妆罢低声问夫婿，画眉深浅入时无。"从字面上看，这是一首闺阁艳诗。只有联系创作背景，我们才知道它和男女之情无关，而是诗人在进士考试前怀着忐忑不安的心情向主考官张籍的呈情之作。此诗妙就妙在将考生紧张、忐忑、兴奋、期待的心情比作马上要见公婆的新妇的心情，曲尽其妙。难怪宋人洪迈评价它达到了"状难写之景，如在目前；含不尽之意，见于言外"的境界。

多种解读方式　丰富作品意蕴

不论时空如何远隔，人类的情感可以共通，我们读诗词常深受感动。不过产生同一种情感的境况又各不相同，我们不能停留在表层的共情，还要深入到诗人的内心之中，去理解和体会诗人的感情，从而扩展了自己的心胸。创造了这些艺术的生命虽然已经远去，但我们读他们的作品还能感到他们生命的温度，屈原的悲愤、陶渊明的冲淡、李白的激扬、杜甫的沉郁、苏轼的旷达、李清照的婉约……这些都只就他们突出的个性而论，实际上每一个人都非常复杂。诗词背后是这一个个独特而有高度的生命，不了解这些绽放的生命，不能真正理解古典诗词。

但以上论述也容易给人造成一种误解，以为读诗最重要的是了解诗人是在什么样的情境中创作了作品，作品中又包含着他们什么样的情感。不错，理解诗人的意图确实很重要，但不是理解诗歌的唯一标准，更不是诗歌赏析的目的所在。由于年代久远，资料匮乏等种种原因，我们经常无法复现诗人创作的情况，追溯诗人彼时的情感，于是对于一首诗词的含义众说纷纭。这种客观上消极无奈的局面实际上包含着积极价值，它往往为理解诗歌打开更广阔的意义空间。下面也举一例来申明这层意思。

李商隐《锦瑟》："锦瑟无端五十弦，一弦一柱思华年。庄生晓梦迷蝴蝶，望帝春心托杜鹃。沧海月明珠有泪，蓝田日暖玉生烟。此情可待成追忆，只是当时已惘然。"这首诗语言绮丽、意象华美，历来唱诵不绝。然而此诗写得迷离惝恍，究竟在写什么呢？论者争讼不息，如梁章钜所说："李义山诗开卷《锦瑟》一篇，言人人殊。"主要解释就有三种之多。

第一种是"悼亡说"。悼念的对象又有两种不同猜测，有人（宋刘攽，明胡应麟，清周珽等）认为悼念对象是李商隐恩主令狐楚家的一个青衣（或小妾）；也有人（清钱良择、查慎行、程梦星等）认为悼念的对象是妻子王氏。作为悼亡之作，诗人追忆团聚之"年华"，惆怅今日之"惘然"，杜鹃泣血，明珠含泪，哀伤之情笼罩全篇。

第二种是"自况说"。这一派拥趸甚多，如清何焯、黄子云、宋翔凤、梁章钜、汪辟疆，今人刘学锴、余恕诚也认同此说。自况说认为"此篇乃自伤之词，骚人所谓美人迟暮也"（何焯）。"无端五十弦"说是忽然到了五十迟暮之年，诗人追"思华年"，少有才名，中进士，入仕途，都如梦一场（"晓梦"），坎坷至老，壮志（"春心"）不酬，恍如隔世（"托杜鹃"）。诗人自负有珠玉之珍，然珠遗沧海，玉埋蓝田，不得见重于世。珠玉毕竟不是凡物，终能光耀海面、气腾川表，光彩发而为辞章（诗歌）。结尾二句表达回顾一生的无限哀伤与惆怅。

第三种可称为"诗艺说"。论者因宋版李商隐诗集以此诗冠首，认为此诗相当于一篇序言，是诗人对自己诗歌写作进行的总结。这一看法在清代有程湘衡、姜炳璋等人提倡，经现代著名学者钱锺书阐释而广为人知。

除以上三种理解外，还有一些解释也不能说没有道理。如宋代一些人认为它就是一首咏锦瑟的诗。诗中间两联最唯美，最难解。苏东坡认为《古今乐志》上记载锦瑟"其声也适、怨、清、和",这四句诗分别描绘了锦瑟的这四种曲风。此说是否真为苏轼提出尚有疑问,但这个解释很流行,宋方回、明王世贞都认可。咏物说之外,又有政治说。清方文辀认为此诗是"伤玄宗而作",吴汝纶则认为是"感国祚兴衰",历史学家岑仲勉也认为"此诗是伤唐室之残破,与恋爱无关"。上述几种说法,真如乱花迷人眼。可以说从宋代到现代,人们读这首诗读了一千年,还没有读出一个确凿无疑的含义来。

或者,换还一个角度看,这些解释都是有价值的。至于你更认同哪一种解读,不妨自便。即便起李商隐于地下,他对你坦陈写作初衷,你也完全可以不认同而主张另一种含义。对于今天的大部分读者来说,真正重要的,不是李商隐想要表达什么,而是我们能够从中得到什么。梁启超说:"义山的《锦瑟》《碧城》《圣女祠》等诗,讲的是什么事,我理会不着。……但我觉得她美,读起来令我精神上得一种新鲜的愉快。须知美是多方面的,美是含有神秘性的,我们若还承认美的价值,对于此种文字,便不容轻轻抹煞。"

诗是美的。一首诗一旦写出,就获得了属于它自己的生命和意义,一代又一代读者的阅读和解释,使得它生气更加蓬勃,意蕴更加丰厚。对古典诗词的理解和领会,不等于重建作者的原意,而是丰富作品的意蕴。普通读者也在参与创造作品的意义。阅读古典诗词,不是完全被动的行为,而同时包含着积极的创造。

那么,朋友,请翻开这本小书,去创造属于你的诗意吧。

目录

003

【酒】

倒酒既尽，杖藜行歌。

孰不有古，南山峨峨。

苏 幕 遮

［宋］范仲淹

碧云天，黄叶地，秋色连波，波上寒烟翠。山映斜阳天接水，芳草无情，更在斜阳外。

黯乡魂①，追旅思。夜夜除非，好梦留人睡。明月楼高休独倚，酒入愁肠，化作相思泪。

【注释】

① 黯乡魂：江淹《别赋》："黯然销魂者，唯别而已矣。"

【鉴赏】

范仲淹（989—1052），字希文，吴县（今苏州）人，北宋名臣。仲淹幼年丧父，苦学成才，宋真宗大中祥符八年进士，后官至参知政事。他向来有"先天下之忧而忧，后天下之乐而乐"（《岳阳楼记》）的胸襟，曾经主持"庆历新政"。范仲淹在地方为官多年，政声卓著，尤其在西北组织军民抵抗异族入侵，颇有功绩。他去世后，谥号"文正"。范仲淹是正人、名儒，他传世的诗词不多，词风开苏辛之先河。这首《苏幕遮》写出了文正公英雄面目之外深致柔情的一面。

宋黄昇《唐宋诸贤绝妙词选》卷三选录此词，词牌下注有"别恨"二字。今人唐圭璋所编《全宋词》在此词牌下注有"怀旧"二字。"别恨"也好，"怀旧"也好，都点出了这首词的主旨：这首词写的是宦游之人的乡魂旅思。

词的上片主要写景。所写景色是作者于黄昏时独上高楼，凭栏眺望所见。前两句一句写天,一句写地,言简意赅,如丹青高手,草草两笔,便勾勒出一个典型的空寂寥廓的深秋世界:天空高远,一碧如洗,地上铺满了落叶。这两句已暗中写出季节。"秋色连波"则是点明时序。"秋色",即"碧"天"黄"地也。天地是大景,是背景,是横扫一眼所见,一派浑然。接下来,诗人的视线必有所聚集,他聚焦在一派江流之上,因此说秋色"连波"。此后数句,诗人的眼波始终随着江流的水波而波动:江面上的寒烟,江边的层层山峦,山峦背后正在沉落的夕阳,水波又流向极远处的天际线,与天色混成一体……

上片的最后两句,着笔在"所见"之外的不可见处。作者的眼波——拂过所见的景物,缓慢远眺,思绪也随之流而不住,终于在再无可眺望的天际线处,眼波停住了,但思绪停不下来,向更远处延伸出去,由实景而入虚景(想象)。"青青河边草,绵绵思远道"(《饮马长城窟行》),芳草能一直延绵至大地穷尽处,正如人的思绪连绵难断。"无情"二字明写芳草,实是写人。芳草固是无知且无情,那么人能像芳草一样吗?写景之中,已经带出情绪。

词的下片专于抒情。"黯乡魂,追旅思",说明作者衷情所系乃在思乡。黯,原为幽暗无光之意,引申为情绪低落、愁眉不展。追,追随纠缠之意。这两句为倒装句,实际是"乡魂黯""旅思追"。"好梦"一句是反语。思乡心切,应是辗转难眠才符常情,但作者偏偏不写难眠,而写"好梦"。卓人月《古今词统》评论说:"人但言睡不得尔,'除非好梦留人',反言愈切。"若进一步追问,这个"好梦"是什么梦呢?岂不是"梦回故里"吗?明夜高楼句,说明是登楼的见闻感慨。登高,本就容易引发愁思,何况是"独"登楼,更于愁思中见凄苦矣。

此情此景,一腔愁绪怆恻无从排解,唯有"借酒消愁",但酒并没能起到"消愁"的作用,思乡之情反而越饮越浓,无从抑止。关于最后两句的意境,唐圭璋先生评道:"酒入肠化泪亦新。"新,就是道前人所未道。注意,"相思泪"是由酒催发出来的。作者毕竟是"内刚外和"(《宋史》评语)的汉子,如果没有酒劲催动，理智不曾松懈，感情的闸门一直严加关闭，他也不会落泪。有道是：男儿有泪不轻弹，只因未到伤心处。恰恰是酒力激发，将诗人那一腔子百转千回的柔情转化为难以抑制的泪水表现出来。这泪不是疲弱者的眼泪，而是英雄泪，唯其如此，越发显得颗颗泪珠都寓着深情。实际上，范仲淹很擅长在词中写"英雄泪"，如"将军白发征夫泪"（《渔家傲》），"愁肠已断无由醉。酒未到，先成泪"（《御街行》）等。

此词主旨，多数人都认为是思乡。独有黄苏《蓼园词评》唱异调，认为："梦不安枕，酒皆化泪矣，其实忧愁非为思家也。文正当宋仁宗之时，扬历中外，身肩一国之安危……而文正乃忧愁若此，此其所以先天下之忧而忧矣。"此虽然有过度阐释之嫌，不妨也聊备一说。

诗经·小雅·桑扈

[先秦] 佚 名

交交桑扈^①，有莺其羽^②。
君子乐胥^③，受天之祜^④。

交交桑扈，有莺其领。
君子乐胥，万邦之屏^⑤。

之屏之翰^⑥，百辟为宪^⑦。

不戢不难^⑧，受福不那^⑨。

兕觥其觩^⑩，旨酒思柔^⑪。

彼交匪敖^⑫，万福来求^⑬。

【注释】

① 交交：小巧的样子。扈（hù），桑扈，鸟名，又叫窃脂、青雀。
② 有莺：有文采。
③ 胥：语气助词。
④ 祜（hù）：福。
⑤ 屏：屏障。用屏障来比喻保卫国家的诸侯国君。
⑥ 翰：通"幹"字，指筑墙时用的柱子，比喻诸侯国君是国之梁柱。
⑦ 百辟：指诸侯。宪：法则，法度。
⑧ 不：此句及下句的"不"为语助词，无意义。戢（jí）：克制。难（nuó）：通"傩"字，守礼节。
⑨ 那（nuó）：多的意思。
⑩ 兕觥（sìgōng）：一种酒器，形状如卧牛。觩（qiú）：如角弯曲。
⑪ 旨酒：美酒。思：语助词。柔：表示酒性柔和。
⑫ 彼：通"匪"，非也。交：引为"儌"，侥幸。敖：通"傲"，傲慢。
⑬ 求：同"逑"，聚集的意思。

【鉴赏】

《桑扈》是《诗经·小雅》中的一篇，小雅是"燕飨之乐"（朱熹《诗集注》）。本诗描写了周天子与诸侯宴会、饮酒作乐的场景，常在周王与诸侯宴饮之时演唱。

全诗共四章。前两章的"交交桑扈，有莺其羽""交交桑扈，有莺其领"是起兴之法。"兴者，先言他物以引起所咏之辞也。"（朱熹《诗集传》）起兴就是开篇，但并不直入主题，而是选择一种美好的物象，以引起丰富的联想。桑扈是一种鸟，又名"窃脂"，这个名称主要有两种解释，一种说法是从鸟的食性而来，脂是肥肉，窃脂是"偷肉吃"；另一种解释认为是从鸟的羽色而来，"窃"是"浅"的意思，"脂"是白色，"窃脂"是浅白色。"交交"表示小巧可爱之貌。总之，这是一种伶俐乖巧的小鸟，通体浅白色，翅膀和脖颈处有漂亮的条纹。

诗中说的"君子"指诸侯国君，他们都是周天子的肱股，地位崇高，责任重大。"万邦之屏""之屏之翰"，把诸侯比作屏障和支柱，屏障对中央起护卫作用，支柱对建筑起支撑作用，但同时屏障不等于中央，支柱不等于建筑。这两个比喻可谓恰到好处，一方面体现出诸侯对于天子的重要性，另一方面又表明他们低于天子的政治地位。

作为宴会上唱的助兴诗，它的主基调是表达欢乐、传递祝福。第一、三、四节的结句，就是祝福诸侯得到上天眷顾，享受无边福乐。同时，天子与诸侯的宴会不同于普通朋友聚会，带有明显的政治性。因此，这种宴会上的诗歌也带有政治意味，它的一个重要目的是起到政治警示作用。"不戢不难""彼交匪敖"，就是勉励和告诫诸侯认清自己本分，始终克己奉公，谨守礼节，戒骄戒躁，忠君爱国。而且，此诗把诸侯政治上的忠诚、可靠与人生的福乐置于因果关系中加以陈述，因此今人陈子展说："这诗虽是因飨宴而赞美，却含有规诫乃至威吓的意思。"（《诗三百题解》）

"旨酒思柔"一句虽无关本诗的主旨，却特为优美。相关文献和出土文物都表明，春秋时期我国不但酿酒技术已经很成熟（总结出了"五齐"酿酒法），而且还设置了专门从事酒政酒事管理的机构和人员（酒正）。酒是祭祀、宴饮等活动中的必需品。据统计，"诗三百"中涉酒诗篇多达五十余首。诗中说的"旨酒"

是一种低度甜酒，其性至为柔和，饮此酒适量，通体舒泰，所以柔和不单在说酒性，也在说饮酒者的心境与态度，因之《毛诗正义》郑笺说："其饮美酒，思得柔顺中和与共其乐，言不忨敖自淫恣也。"

时至今日，天子诸侯早已时过境迁，然而亲朋间宴饮欢聚却仍是人生乐事。宴席之上，讲究饮酒有度，如能同诵"旨酒思柔"之句，互祝"万福来求"之意，岂不美哉？

将进酒①

[唐]李 白

君不见黄河之水天上来，奔流到海不复回。

君不见高堂明镜悲白发，朝如青丝暮成雪。

人生得意须尽欢，莫使金樽空对月。

天生我材必有用，千金散尽还复来。

烹羊宰牛且为乐，会须一饮三百杯②。

岑夫子③，丹丘生④，将进酒，杯莫停。

与君歌一曲，请君为我倾耳听。

钟鼓馔玉不足贵，但愿长醉不愿醒。

古来圣贤皆寂寞，惟有饮者留其名。

陈王昔时宴平乐，斗酒十千恣欢谑⑤。

主人何为言少钱，径须沽取对君酌。

五花马⑥，千金裘，呼儿将出换美酒，与尔同销万古愁。

【注释】

① 将（qiāng）进酒：汉乐府古曲调。将，"请"的意思。
② 一饮三百杯：三国时袁绍设宴饯别郑玄，想要把郑玄喝醉，组织了三百人的宴席，轮番敬酒。从早上喝到晚上，郑玄始终保持着温克之容，不倦怠也没有醉酒失态。
③ 岑夫子：岑勋，李白好友。
④ 丹丘生：元丹丘，嵩山隐士，李白好友。
⑤ "陈王"句：曹植在太和六年（371年）被封为陈王。曹植《名都篇》有"归来宴平乐，美酒斗十千"之句。
⑥ 五花马：有两种解释，一种说马的毛色为五色，一种说马鬃修剪成五瓣。

【鉴赏】

《将进酒》这个题目是汉乐府古调,《乐府诗集》引《古今乐录》记载:"汉鼓吹铙歌十八曲……九曰《将进酒》。"这种曲调大概是宴饮时唱的劝酒歌。李白的这首《将进酒》堪称古今劝酒诗巅峰之作。

诗中提到的岑夫子、丹丘生是李白的两位好友岑勋和元丹丘。尤其元丹丘,是当世一位大名鼎鼎的道士,李白和他有着相同的求仙问道的追求,也通过他的影响结交了一批显耀人物,李白集中赠他的诗不下十数首。元丹丘一度隐居在开封嵩山余脉颍阳山。本诗的写作背景,就是李白和岑勋同去元丹丘处做客,三人置酒为乐,李白在席上向二位友人劝酒。我们且来看看,盛唐第一大诗人是如何劝酒的。

全诗以两句"君不见"开头,声势夺人,尤其第一句"黄河之水天上来,奔流到海不复回",奇想之远,气魄之大,非李白不能为也。据说颍阳距黄河不远,从高山之巅或可远眺黄河。无论李白是否真的望见黄河,此句的视野并不是一个写实的视野,视点之高,超俗绝尘,是庄子所谓"抟扶摇而上者九万里"之后"绝云气,负青天"俯瞰下界的视野。这一句是写景起兴,却又兴中带比,以水之东流不回比时间之一去不返,与"子在川上曰:'逝者如斯夫,不舍昼夜'"有异曲同工之妙。于是,自然引出第二句"朝如青丝暮成雪"的悲叹。"朝""暮"二字极为夸张,大大强化了人生的短促感。这两句,第一句情绪高亢,第二句一下子顿挫下来,大起大落,成一波折。

从"人生得意须尽欢"到"会须一饮三百杯"这六句是第二段。从情绪上看,这一段落是从"高堂明镜悲白发"的低落中奋起的又一个波澜。

"悲白发"之叹,不是悲观者的悲叹,而是乐观者的悲叹:既然人生短暂,不如趁此好友相聚、谈笑风生的得意时刻,纵情欢乐,喝它个痛快。"天生我材必有用，千金散尽还复来"这两句，把李白那种自信、豪迈、放达、乐观的情绪一下子推到顶点。李白一生抱负极大，人生目标是希望能像古代管仲、晏婴、鲁仲连、诸葛亮那样有一番匡扶社稷的作为，"使寰区大定，海县清一"（《代寿山答孟少府移文书》），然后"事了拂衣去，深藏功与名"（《侠客行》）。但他的遭遇实在并不顺利，李白人生的高光时刻是被唐明皇慕名召进宫，但唐明皇只让他做一个帮闲的御用文人，写写《清平乐》讨杨贵妃欢心而已，并不给他提供政治上施展才华的机会。李白不得意，却不丧气，虽然也会吐槽"大道如青天，我独不得出"（《行路难》其二），但依旧"仰天大笑出门去"（《金陵别儿童入京》）。"天生我材必有用"这句正是李白一生精神状态的写照，他在顺境中是这样，在逆境中也是这样。李白的饮酒，不是喝闷酒，而是纵情豪饮，"一饮三百杯"也不嫌多。

从"岑夫子，丹丘生"到"请君为我倾耳听"是第三段落。前面两段是为饮酒造势，把情绪推到高潮，接着便直呼两位好友之名：快喝，快喝，不要停！这几个短句，节奏之快，透出一种酒酣耳热的现场感，声口如新，我们好像看到李白招手劝酒的热切劲头。他不但劝朋友快喝酒，还要为朋友唱歌助兴。

从"钟鼓馔玉不足贵"至此诗结束，便是李白的助兴歌，这段可说是"歌中之歌"。这段歌有破有立，有悲有喜，沉着痛快，豪气干云。所破者有二，"钟鼓馔玉不足贵"，这是破富贵；"古来圣贤皆寂寞"，这是破功名。"但愿长醉不愿醒"，"惟有饮者留其名"，这是立，喝酒才是人生大业、传世良策。谓予不信，且看曹植。从"主人何为言少钱"开始的最后六句一气呵成，收束全诗。李白是怎么收住此诗的？他选择了一个有趣的话题：花钱与饮酒的对立关系。前面，他说过"千金散尽还复来"这样的大话，但实际上，散尽易，复来难。喝酒也要花钱，钱喝完了怎么办？只谈情怀，那是唱高调，谈钱才更切实际。不过，李白谈钱不是作庸俗语，而是作豪放语：没钱怕什么？快把我的豪车和貂裘统统拿去换酒喝。为什么他要如此不惜成本地喝酒呢？最后一句说出了喝酒的大好处——"与尔同销万古愁"！人谁无愁？而愁及于万古者，古往今来又有几人？李白是其中一个。联系前面破富贵功名之语，我们可以感到"万古愁"三字里包含着满腹牢骚，透露出李白胸中怀才不遇的愤懑之情和悲慨之意。但这种悲慨不能击垮李白的豪情，这种愤懑不能冲淡他的喜悦，他那滔滔不绝的干云豪气，借酒劲喷薄而出，不可抑制，恰如"黄河之水天上来"那样一泻千里，磅礴浩荡，冲决万有，无可阻挡。

　　《将进酒》这首诗句式上以七言为主，从三言到十言都有，长短杂用，整体节奏明快爽朗，恰如饮酒之有缓有急。全诗将酒意、诗兴、性情，融为一体，在小小篇幅之间大开大合，大起大落，而通体格调豪迈不羁，爽快激越，读完全篇，令人感到李白已化身为此酒、化身为此诗矣。

凉州词二首·其一①

［唐］王　翰

葡萄美**酒**夜光杯②，欲饮琵琶马上催③。
醉卧沙场君莫笑，古来征战几人回？

【鉴赏】

唐诗七言绝句，素有压卷之争，入选的种子选手有十来首。明代李攀龙力推王昌龄的《出塞》（秦时明月汉时关）。明代王世贞则主张王翰的《凉州词》（葡萄美酒夜光杯）。清代王渔洋认为压卷之作不必定于一首，他提出如王维的《送元二使安西》（渭城朝雨浥轻尘）、李白的《早发白帝城》（朝辞白帝彩云间）、王之涣的《凉州词》（黄河远上白云间）、李益的《夜上受降城闻笛》（回乐峰前沙似雪）等均可压卷。自来文无第一，我们不必非要分出一个高下，不过显而易见，王翰这首《凉州词》是唐代最出色的绝句之一。

它的第一个特点是语言浅白。四句诗一气呵成，意思上并没有跳跃，没有用典故，甚至没有一个生僻字，虽黄口小儿亦能朗朗成诵。

它的第二个特点是画面简洁。此诗选取了艰苦军旅生活中一个难得的欢快场面：宴饮。诗人以传神妙笔把这个场面定格成永恒，使千百年后的读者依然能够看到将士酒酣耳热，情绪沸腾，乐师骑在战马上弹奏铿锵的琵琶曲助兴，峻急的琵琶曲加快了饮酒节奏，一声声催促将士把酒饮尽。前两句连提三样名物：葡萄酒、夜光杯、琵琶曲，都是充满西北边地特色的风物，使诗带出异域色调。后两句"沙场""征战"二词直接和军旅生涯、战斗生活相联系，使诗境更为粗犷爽烈。

　　它的第三个特点是诗意显豁。一般我们评价一首好诗，会说它意蕴深长，但这首诗不同，它是词浅意显。词浅，是说字面意不难理解；意显，是说文字背后的意思也不难理解。此诗主要表达了戍边将士不惧艰苦，不畏牺牲，保家卫国的豪情壮志。作为一首边塞诗，它并没有正面表现战争的残酷，没有表现边疆生活的艰苦，也没有表现戍边将士的苦怨之气和思归之心，甚至连"春风不度玉门关"这样的微讽也没有，通篇都是乐观而昂扬的精神。这种单纯表达刚健强壮、乐观大气的作品，即使在边塞诗繁荣的盛唐时期也不多见。虽然"古人征战几人回"这一句用高度凝练的语言表达战争残酷，带有悲壮色彩，但丝毫不影响本诗整体上豪迈高昂的情绪。这一点，只要比较其他作品就一目了然，如"古来征战地，不见有人还"（李白《关山月》）、"年年战骨埋荒外，空见蒲桃入汉家"（李颀《古从军行》）、"可怜无定河边骨，犹是春闺梦里人"（陈陶《陇西行》）等同样写边塞战争之苦的名句，情调之昂扬与低沉可以立判。

　　它的第四个特点是气度雄阔。唐代，尤其是盛唐时期，是中国历史上继秦汉以来的又一个大一统帝国，疆域空前辽阔，国力空前强盛，唐王朝虽然在和北方游牧民族的对抗中占优势，但同时，中华民族总体上是爱好和平、不尚侵略的民族。因此，盛唐时期的边防主要态势是以实力维护和平，边关总体比较平静。盛唐的边塞诗就产生于这样一个历史背景中。这些边塞诗格调豪迈，充满自信，有一种古典诗歌中少有的雄阔气度。"古来征战几人回"这样的诗句实在是这种雄阔气度的最强音之一。它虽是悲壮语，但细细玩味，这乃是一种远离入侵危险和战败危机的豪言壮语，它带有明显的"修饰"意味，并非是"故作豪饮之词，然悲感已极"（沈德潜语）。可以想见，如果宋人写出这样的诗句，定是另一番滋味。

　　这首诗浑然一体，譬如美玉天成，不待雕琢，令人百读不厌。我们越是读它，越觉得它好，但要确切说明好在哪里又感到寻不到言辞。这正是诗的魅力所在！

问刘十九

［唐］白居易

绿蚁新醅酒^①，红泥小火炉。
晚来天欲雪，能饮一杯无^②？

【注释】

① 醅（pēi）：没有过滤的酒。
② 无：表示疑问的语气助词。

【鉴赏】

五言绝句是古代诗体中最精炼的体裁，要在二十个字中做足文章，实属不易。但唐人把这种形制玩得团团转，从中产生出大量脍炙人口的佳作，有的诗情静谧温馨，如李白的《静夜思》；有的境界雄浑壮大，如王之涣的《登鹳雀楼》；有的意味清冷孤绝，如柳宗元的《江雪》。白居易这五首绝以情味淳厚取胜。

"绿蚁新醅酒"，醅是还没有过滤的酒，醪糟浮泛在酒液中，星星点点，呈绿色，细密如蚁。唐人所饮的酒多以新酿为主，《说文解字》解释"醴"为"酒一宿熟也"。新醅酒，似并非专为请客而酿，但是恰好酒经宿而熟，诗人感到独饮无趣，便有意邀请朋友来同享。如是专为请客而酿，则请柬早就下好，客人估计也已到位，不必此时再作诗相邀。恰这种临时起兴，有雪夜访戴之率性，正体现出友谊中平实又醇厚的境界。

"红泥小火炉"写出一派温馨融融的场景。这一句非常巧妙，它既应与第一句合观，又应与第三句对照。第一句写"绿"，这一句写"红"，这两种颜色形成呼应，给人一种热闹喜庆之感。这一句写"火"，下一句写"雪"，这两种物象形成对照，在天寒地冻的大天地里营造出一个暖暖和和的小角落。这当然是环境描写,是写实。同时它也有虚写的一面,那就是通过这个环境烘托出作为主人翁的诗人心中那一股子对友人的充满温暖的感情,以及对友人到来的热切期待。

"晚来天欲雪"这一句妙在"欲"字。诗人观察天象,见风云聚会,雪欲下而未下。这种欲雪而未雪的天气给人一种不确定感,一种诗意的朦胧与混沌。此时邀请朋友来饮酒可谓正当其时。试想,如果雪已经在下了,再去邀请,反而可能给朋友造成进退两难的困扰:去赴宴吧,行路难;不赴宴吧,又辜负人家的好意。而此时相邀,朋友来赴宴,既没有路难行的困扰,他到来之后又能一起同饮酒共赏雪,岂不快哉!

"能饮一杯无?"这一句,延续了第三句的不确定感,由天象不确定扩及到人事不确定:朋友会不会来赴宴呢?因是临时邀请,诗人也不能确定。这首诗最美好的感觉恰是在这种不确定性中含蕴着的一种暖暖的企望。

这首诗写在元和十二年(817 年),时白居易贬谪江州任司马,这是他人生中一段不顺意的时光,"同是天涯沦落人,相逢何必曾相识"的《琵琶行》就作于此时。刘十九,其人不详,当是白居易在江州结识的友人。白居易《刘十九同宿》又云:"惟共嵩阳刘处士,围棋赌酒到天明。"可见他们交情甚佳,经常一起喝酒。

这首诗在古今饮酒诗中别具一格,因为它聚焦于饮酒前的一段情境和心绪,而不是写饮酒场面。它写出了饮兴初萌的那种欣喜之感,写出了友人将至的那种期待之情,仿佛一首曲子奏响的第一个音符,一幅大画落下的第一点墨色,让人读过之后,会展开无尽的畅想去补充它。我们读的是白居易的诗,领会却是各自的人生体悟。

如 梦 令

［宋］李清照

昨夜雨疏风骤，浓睡不消残酒，试问卷帘人①，却道海棠依旧，知否？知否？应是绿肥红瘦②。

【注释】

① 卷帘人：有的学者认为是李清照的丈夫，有的学者认为是侍女。
② 绿：指树叶。红：指花朵。

【鉴赏】

　　李清照（1084—1155？），号易安居士，济南章丘人，她是北宋末、南宋初的女词人。李清照出生于诗书世家，其父李格非官至礼部员外郎，后嫁太学生赵明诚为妻，琴瑟和谐。无论婚前还是婚后，李清照的早年生活都是幸福的。1126年发生了靖康之变，覆巢之下安有完卵？李清照也经历了家破人亡，南渡之后的晚境十分凄苦。

　　李清照是中国历史上著名才女。宋人王灼《碧鸡漫志》说她"自少年便有诗名，才力华赡，逼近前辈。在士大夫已不多得，若本朝妇人，当推文采第一"。在文学史上，李清照尤其以词名家，是婉约派正宗，能自成一体，被称为"易安体"，闺阁之乐和乱世之悲构成了易安词的主体。宋人朱彧《萍洲可谈》说："本朝女妇之有文者，李易安称首……诗之典赡，无愧于古之作者。词尤婉丽，往往出人意表，近未见其比。"可惜，李清照流传下来的词作只有四十几首，结集为《漱玉集》。

　　这首《如梦令》是李清照早期作品，词的题旨并不深奥难解，主要抒发少女的惜春伤春情怀。此作品的胜处全在艺术方面，尤其是它在画面的选取上富于戏剧性，在遣词造语上又极工巧。

先说戏剧性。此词裁剪了闺阁小姐日常生活中一个无足轻重的小片段：一个暮春的早晨，小姐从宿醉中醒来与侍女展开一段对话。小姐在昨夜听到屋外风雨大作，她是爱花惜花之人，非常担心院里的海棠花，就问侍女："那些海棠怎么样了？"与敏感的小姐不同，侍女并没有精细的感知力，也不了解小姐的心思，只粗率地回答说："海棠依旧。"小姐马上表示了反对，说："应是绿肥红瘦。"是的，经过一夜风吹雨打，海棠花怎么可能原样不变呢？红色的花瓣恐怕已凋谢了不少，而绿色的叶子应该也长得更加茂盛了吧。这场景的戏剧性主要表现在主仆问答的张力之中。小姐问花事包含着少女惜春之心，问得极有情；侍女回答却漫不经心，答得极草率。在这一问一答的跌宕中，才逼得小姐自己发出"绿肥红瘦"的无奈与凄切之叹。天地的春色与少女的豆蔻年华，二者气息相同，惜春就是爱惜自己的花样年华，伤春就是怕自己红颜难驻。通篇只言花事，而闺中女子的小忧思溢于言表。

李调元评易安词"无一首不工"（《雨村词话》），这首《如梦令》仍是她最著名的作品之一，一个重要的原因是它的语言新奇而工整。新奇最主要集中在"绿肥红瘦"一语上，此语备受历代论家称道，宋代胡仔《苕溪渔隐丛话》说它"此语甚新"，明代沈际飞《草堂诗余正集》说它"大奇"，清代王士禛《花草蒙拾》说它"人工天巧，可称绝唱"。花为红色，以"红"代"花"，叶为绿色，以"绿"代"叶"，这借代之法也算巧妙，但并非前人未道，如唐代僧人齐己有"红残绿满海棠枝"之句。此语新奇处是将描写人之体态的"肥""瘦"移用到对花的形容上，以"瘦"状花之由密而稀的变化，以"肥"状叶之由稀而繁的变化。"绿""肥""红""瘦"四字单独说都是俗而腻的字眼，但是组合在一起，放在这个意境中，却描绘出春花凋残，无可奈何的凄美之景，含蓄地传达出词人心中的哀婉之伤，化大俗为大雅，的确是神来之笔。

  以上所论，是关于这首词的一般理解。另有一种看法认为，词中"卷帘人"不是婢女，而是词人的丈夫赵明诚，此词写惜花伤春只是字面表象，实际"词中所写悉为闺房昵语，所谓有甚于画眉者也"（吴小如《说李清照〈如梦令〉二首》）。此论也可聊备一说。

送元二使安西^①

［唐］王　维

渭城朝雨浥轻尘^②，客舍青青柳色新。
劝君更尽一杯酒，西出阳关无故人^③。

【注释】

① 安西：安西节度的简称。唐睿宗景云元年（710 年），以安西都护兼任四镇经略大使，开元六年（718年）改用节度之号，统领龟兹、焉耆、于阗、疏勒四镇，治所在今新疆库车。
② 渭城：古代地名，唐代渭城县隶属于京兆府，其地在今天陕西咸阳市东北。浥（yì）：湿润。
③ 阳关：古代丝绸之路上的重要关隘，其位置在甘肃敦煌市西南的古董滩附近。

【鉴赏】

　　七绝是在唐朝成熟起来的一种诗体，七绝也是盛唐诗人最擅长的一种诗体。在明朝胡应麟看来，这首《送元二使安西》在盛唐诗人的七绝中应该排第一名，"盛唐绝，'渭城朝雨'为冠"。关于七绝压卷之争由来已久，我们不去参与这个纠纷，但本诗千百年来脍炙人口却是一个不争的事实。

　　此诗作者王维，字摩诘，是唐代最重要的诗人之一，尤以创作山水田园诗而著称。这一首则是送别诗。诗人要送别的朋友元二，其人已不可考，应是朝廷一位官员，当时受命赴安西节度出差。安西节度治所龟兹在今新疆库车县，距离长安不可谓不远，而且西出阳关，路途充满艰险。

　　诗的前两句交代送别的时间、地点和当时环境。送别地点是在渭城的一个驿站，时间是春天的一个早晨，那一天细雨蒙蒙。下雨天，本是行旅之人最不耐烦的天气，但在诗人笔下，这雨水（此刻或许已经停了）可谓恰到好处。"浥"是湿润的意思，说明这不是瓢泼大雨，不至于造成出行的困难，它又能把道路上飞扬的尘土清润一空，让旅舍、路边柳枝都更加清新鲜亮。"柳色新"，一面是写实，一面是用典。柳与"留"谐音，古人往往借柳树表达惜别之情，《诗经》有"昔我往昔，杨柳依依"之句，汉乐府《折杨柳歌》则反映了古人折柳送别的习俗。这两句诗，给人一种神清气爽的轻快之感。

后两句选取饯行的最后一刻来表现惜别之情。可以想见，两位朋友已经话别了很长时间，祝福的话已说过许多，送行的酒已喝过几轮，此刻元二要起身上路。诗人又端起一杯酒说："朋友，干了最后这一杯吧。等出了阳关，就再没有老朋友了！"从长安出发西行有两条路线可选，北边走玉门关，南面走阳关。阳关是唐代西向交通的重要关隘，位于今甘肃敦煌西南的古董滩。古时阳关一带因水源比较充足，是一处绿洲，汉代以来便有官兵镇守，是商旅往来的重要站点。阳关是中原和西域的分界，出阳关入沙漠，风物迥变。王维在另一首诗里说"绝域阳关道，胡沙与塞尘。三春时有雁，万里少行人"（《送刘司直赴安西》）。眼看着朋友要启程，多少恋恋不舍，多少牵肠挂肚，多少殷切祝愿，一时涌上心头竟无从说起。人生的确有这样的时刻，唯有无言才是最深炽的表达。千端万绪浓郁于此际，诗人只有端起酒杯，像俗语常说的："一切都在酒里了。"清人赵翼在《瓯北诗话》里说："人人意中所有，却未有人道过，一经说出，便人人如其意之所欲出，而易于流播，遂足传当时而名后世。……王摩诘'劝君更尽一杯酒，西出阳关无故人'，至今犹脍炙人口，皆是先得人心之所同然也。"赵翼指出了一条颠扑不破的审美真理：真正优秀的诗歌无非是写出了人人心中都有的情感而已。

这首诗最大的特点，一是语言浅白又自然，胡应麟说它"自是口语，而千载如新"；二是感情真挚又含蓄，清代吴煊说它"惜别意悠长不露"。因此它被认为是千古送别诗中的杰作，在唐代已广为传唱。白居易《对酒》诗云"相逢切莫推辞醉，听唱阳关第四声"。

这首诗还有另外两个名字《渭城曲》《阳关》，又因后三句叠唱而称《阳关三叠》，古琴曲中的《阳关三叠》正是从这首诗演化而来的。

【酌】

金尊酒满，伴客弹琴。
取之自足，良殚美襟。

诗经·小雅·瓠叶

[先秦] 佚 名

幡幡瓠叶①，采之亨之②。

君子有酒，**酌**言尝之。

有兔斯首③，炮之燔之④。

君子有酒，酌言献之。

有兔斯首，燔之炙之⑤。

君子有酒，酌言酢之⑥。

有兔斯首，燔之炮之。

君子有酒，酌言酬之。

【注释】

① 幡幡：翩翩翻动的样子。瓠（hú）：冬瓜，葫芦之类的总称。

② 亨：同"烹"。

③ 首：作量词，表是几头，几只。

④ 炮：用泥裹住食物，放在火上煨。燔：把肉直接放在火上烤。

⑤ 炙：把肉串起来放在火上熏烤。

⑥ 酢：回敬酒。

【鉴赏】

《瓠叶》是《诗经·小雅》中的一篇，古代传统解经者以为是写庶人宴饮之诗。周代国人分为好几个阶层，上层是王、公、卿、大夫和士，下层为庶人。庶人不是奴隶，而是自由民，但无官职，直接参加生产劳动。

为什么说这首诗写的是"庶人宴饮"呢？如果是更高的卿大夫等人举行宴饮，有一定的礼制规格，需用牲牢（牛羊）等物。而这首诗中，主人准备的食物只是瓠叶和野兔，今天看起来，都是绿色健康食材，但在当时是不入礼制的东西。古人说"刑不上大夫，礼不下庶人"，就是因为庶人贫困，不能按照礼制进行祭祀。这首诗"言古之人，贱者尚不以微薄废礼"（《毛诗正义》），就是说它写的是庶人依士人礼法招待宾客，虽然食物微薄，但不废礼之精义，尤其值得无耻之尤的贵族感到汗颜，这样写达到了讽刺的效果。这一讽刺说是否成立，古人也有争论，但我们大可不必拘泥于历史细节。如果不细究它是写庶人还是写士人的宴饮，只把这首诗当作一幅描绘春秋时期普通人生活的社会风俗画来看，我们会感到亲切而欣喜，因为它描绘了一幅宾主相得、其乐融融的家宴场面。

全诗共四章。前二章，写了主人准备宴席、款待宾客的热情。"幡幡瓠叶"描绘出园里瓠叶翻涌的场景，给人一种轻风拂面的爽朗之感。主人采摘回来，煮成美味的菜肴。他又将打猎来的野兔挑出肥美的几只来，做成烤肉。一素一荤，简单又丰富。待客当然要有酒。他取出自酿的美酒，慢慢斟满一杯，请客人品尝。"酌言尝之""酌言献之"。尝者，是品尝、领略的意思。酒而先尝，尝后觉得味美，故而再献上一杯。第三、四两章基本上是对第二章的复沓，大有民歌风味。唯有结句稍异。"酌言酢之"。酢，是回敬。客人觉得酒甘菜爽，一饮而尽，也借主人之酒答谢主人。"酌言酬之。"写主人受到客人的答谢之后，再来劝客人。这四章诗紧紧围绕着主宾之间相互敬酒、劝酒的过程组织起来，从尝而献，因献而酢，由酢而酬，层层递进，推杯换盏之间，尽显宾主之谊。热情，但不乏周到的礼数；有序，又充满真挚的温情。

这里，不妨将这首诗和诗经中另一首写饮酒的名篇《宾之初筵》作一个简单对比，后者是一首讽刺统治者饮酒无度、丑态毕露、失礼败德的诗。统治者酒池肉林，纵饮无度。他们刚开始喝酒时，还能"温温其恭"（文雅恭敬），但他们抱着"彼醉不臧，不醉反耻"（喝醉了本非好事，反认为不醉才是可耻的）的态度，毫无节制，定要喝到烂醉。喝醉之后，他们就"威仪幡幡"（忘形失态），"不知其秩"（不守规矩），"载号载呶"（大叫大嚷），"不知其邮"（不知害臊）。上层贵族如此淫逸不堪，完全失去了作为君子的德行。反观本诗中写到的普通人（庶人）的宴饮，虽然食物简单而朴素，但宾主把酒言欢，寄深情厚谊于温良有节之中，不是很令人感动吗？

答王司空饷酒诗

[南北朝] 庾　信

今日小园中，桃花数树红。

开君一壶酒，细酌对春风。

未能扶毕卓①，犹足舞王戎②。

仙人一捧露③，判不及杯中。

【注释】

① 毕卓：东晋名士，嗜酒如命，尝谓人曰："得酒满数百斛船，四时甘味置两头，右手持酒杯，左手持蟹螯，拍浮酒船中，便足了一生矣。"

② 王戎：三国至西晋时期名士，"竹林七贤"之一。

③ 仙人一捧露：典故源自汉武帝时期，为了祈求长生不死，汉武帝命令于长安建章宫中，修建高达二十丈的承露仙人盘，采集天地之甘露，再和玉屑饮之。后来金铜仙人在魏明帝时被拆，从长安搬迁到洛阳途中损坏。

【鉴赏】

　　毛泽东曾说过："南北朝作家，妙笔生花者，远不止江淹一人，庾信就是一位。"的确，庾信是公认的南北朝时期的文学巨匠。庾信出身世家，自幼随父亲出入南朝梁宫廷，十五岁即成为太子的东宫讲读。他的前半生，是一个因文风华美而声名大著的宫廷作家，他的诗被誉为"梁之冠冕"。

　　庾信四十二岁时，奉梁元帝之命出使西魏，就在他到达西魏首都长安之时，西魏攻陷了梁都，梁元帝被杀。于是庾信就被留在了长安，一直到六十九岁去世，在北方生活了二十七年。北方的风土浸润着他羁留思乡的痛苦，使得他文风激变，正如杜甫所说，"庾信文章老更成"，"暮年诗赋动江关"。

　　在南北朝这个分裂动荡的时期，庾信可以说是南北文化融合的一个缩影。他前半生在南朝诡谲的政治环境中浮沉，后半生又尽尝去国思乡之痛，辛酸的人生经历最终结出"穷南北之胜"的文学硕果。

这首五古，仅八句。起首如日常语，娓娓道来，第二句忽然大笔敷色，紧接着一气呵成，结尾又戛然而止，意犹未尽。全诗意象清新，节奏轻快，一派春风得意畅快淋漓之境。

诗题中的王司空，即王褒。一日，王褒置酒园中，邀庾信同饮。正值桃花怒放之际，一壶淡酒、两位知交，对坐春风，满怀惬意。酒到酣处，玉山将倾，扶不起同样醉倒的毕卓；酣畅之际，手舞足蹈，犹可与王戎醉舞一番。这杯中之物如此美好，即使是承露仙人盘中的玉露也不及万一。

然而，在这表面和谐的春风对饮之下，却隐藏着作者难言的身世之痛。

请庾信喝酒的王褒，与庾信一样，原本也是名震南朝的文学家，后来又与庾信一同被羁留于北朝。北朝皇帝喜好文学，因此二人被赐予高官厚禄，受到特殊的恩遇。但去国思乡的伤情与身仕二朝的羞辱感才是庾开府、王司空之流难以言说又挥之不去的生命底色。诗中提到的毕卓和王戎，都是魏晋时代的名士，都曾于乱世中浮沉。毕卓经常饮酒而废弃公事，有一次邻舍酿酒熟，他醉酒后趁夜色到邻舍酒瓮中盗酒，被管酒的人抓住。第二天早上一看，原来是毕吏部，才赶紧释放，毕卓则拉着主人在酒瓮旁设置宴会，到喝醉才散去。而王戎是"竹林七贤"之一，据《世说新语》记载，一次，尚书令王戎穿着华贵的衣服，乘车经过当时有名的黄公酒垆，这是他与嵇康、阮籍等友人以前经常畅饮的地方，不禁感慨万分，对身后客人说："嵇康夭折，阮籍亡故，我被俗务缠身，再也不能一起喝酒了。"

他们都握不住自己的命运，只能握住手中的酒杯聊以自慰。庾信与王褒又何尝不是如此，二人经历相似，才名相并，同病相怜，因此常往来聚饮。伤怀难遣，只在你的一壶酒、我的一首诗中罢了。

这首诗，字面上的快意可以用黄庭坚的名句来概括——"桃李春风一杯酒"。而其中隐忍的悲凉，也正是庾信未说、却被黄庭坚道破的"江湖夜雨十年灯"。

读《山海经》·其一

［东晋］陶渊明

孟夏草木长①，绕屋树扶疏②。

众鸟欣有托③，吾亦爱吾庐。

既耕亦已种，时还读我书。

穷巷隔深辙④，颇回故人车。

欢言酌春酒⑤，摘我园中蔬。

微雨从东来，好风与之俱。

泛览周王传⑥，流观山海图⑦。

俯仰终宇宙⑧，不乐复何如？

【注释】

① 孟夏：夏初之时，旧时农历四月。

② 扶疏：枝叶茂盛的样子。

③ 托：依托。

④ 穷巷：偏僻的巷子。辙：车辙。

⑤ 言：语助词，无意义。有的版本作"然"。春酒：春天酿的酒。

⑥ 周王传：即《穆天子传》，记载周穆王驾车巡游四海的故事，其中多神话传说。

⑦ 山海图：即《山海经》，古代著名的地理神话著作，古本有插图。东晋郭璞为这本书作注和图赞。陶渊明读的就是带有插图的读本。

⑧ 俯仰：俯仰之间，形容时间很短。

【鉴赏】

　　陶渊明，又名潜，字元亮，是我国东晋后期的伟大诗人。陶渊明的诗作主要有两大类：一类是田园诗，一类是咏怀诗。《读山海经》是他的一组咏怀诗名作，这组诗共十三首，第一首是总起，写农闲时居家读书的闲适生活，以下十二首则分别写读《山海经》和《穆天子传》两书中的具体事物。这里选的是第一首。

　　诗的前四句描绘了一个万物各得其时，各得其所的和谐世界。孟夏是农历四月，这时夏天刚刚到来，惠风和畅，草木生长。诗人居所周围有很多树，枝叶婆娑。这些茂密的树木为众多的鸟儿提供了筑巢所需，小鸟们都有了安乐窝。就像小鸟都眷恋自己的窝一样，诗人也眷恋着自己的田园之家。

接下来四句，是描写诗人独居中的读书之乐。诗人辞官归隐之后要亲自下田地劳作，农忙时节非常辛苦，他常常"晨兴理荒秽，带月荷锄归"（《归田园居》）。但此刻是农闲时间，耕种已毕，他可以读自己喜欢的书了。"穷巷隔深辙，颇回故人车"这两句值得注意。所谓"深辙"是大车留下的车辙。如果贵人来访频繁，门口就会留下很多大车的车辙。诗人居住在偏远小地，不但和贵人们相隔绝，就连老朋友也不来了。

以下四句写也是独居的闲适。虽然贵人不来，故人也不来，但诗人并不感到寂寞，相反却感到无比的"欢欣喜悦"。春天酿的酒正好熟了，自己尽情独酌。下酒菜则是园子里种的时鲜菜蔬。无论是这两句写到的酒和菜，还是下两句写到的雨和风，诗人强调它们出现的"时机"是正好的，透露出一种自然而然、恰到好处的天然之感。诗人的行为与自然的运行十分契合。

最后四句是对"时还读我书"的进一步申说。诗人读的是《山海经》和《穆天子传》这样两本记载了很多神话的古籍。"泛览""流观"最能表现他的读书态度。我们知道陶渊明的读书态度是"好读书不求甚解，每有会意便欣然忘食"（《五柳先生传》）。他读书没有求取功名的现实需要，也没有著书立说的直接目的，因此是最为惬意的。"俯仰终宇宙，不乐复何如。"因为这两部书是地理学著作，介绍山川地形、四海奇观，所以诗人说通过读书，能在很短的时间里周游天地之间，真是快乐无穷。古人有所谓"卧游"一说，指因交通不便或老病难以远游，就在室内张挂名山大川的图画，卧而游之。陶渊明的快乐，也是一种卧游之乐，实际上就是超越一时一地的限制，获得精神上自由自在的无限性的快乐。

这首诗在情趣上体现了陶渊明隐逸之宗的人格，在语言上体现了他自然平实的文风，历来被认为是陶诗中的杰作。苏东坡评陶渊明诗是"质而实绮，癯而实腴"，此诗最能当之。

九月九日玄武山旅眺[①]

［唐］卢照邻

九月九日眺山川，归心归望积风烟[②]。
他乡共酌金花酒[③]，万里同悲鸿雁天。

【注释】

① 玄武山：蜀地山名。
② 积风烟：风烟弥漫。
③ 金花酒：即菊花酒。菊花色黄，称黄花，又称金花。重阳节饮菊花酒，是传统习俗。岑参《奉陪封大夫九日登高》："九日黄花酒，登高会昔闻。"

【鉴赏】

卢照邻，初唐诗人。字升之，自号幽忧子。望族出身，曾为王府典签，又出任益州新都（今四川成都附近）尉。在文学上，他以文词与王勃、杨炯、骆宾王齐名，世称"王杨卢骆"，号为"初唐四杰"。

这首七言绝句写的是重阳节登高时的所见所感。诗人借景抒情，在玄武山上抒写思乡之痛、身世之悲。

第一句，"九月九日眺山川"。重阳节登高的习俗在古诗文中比比皆是，如李白的《九日登巴陵置酒望洞庭水军》一诗说："九日天气清，登高无秋云。"古人为什么好登高呢？汉乐府诗云"远望可以当归"。登高就是为了看得更远，而看的方向一定是故乡的方向。所以登高即思乡，是地理上的故乡，更是精神上的故乡。

第二句，"归心归望积风烟"。汉乐府诗云"思念故乡，郁郁累累"，极目连天的郁郁青草，阻断视线的累累山峦，同时映照着心理状态上的"郁郁累累"。这里诗人说风烟遮目，阻断了远望的视线，实际上比喻的是实现理想的路途上所遇到的羁绊、阻碍。就像杜甫在怀念李白时所悲叹的"鸿雁几时到，江湖秋水多"，贤达之士的人生路途上，会有更多的江湖险恶，秋水风波。

第三句，"他乡共酌金花酒"。金花即秋菊。重阳、菊花与酒是很多诗人的标配，例如李清照的名句"东篱把酒黄昏后，有暗香盈袖"，写的就是重阳节赏菊饮酒。菊花是高洁之士的象征，秋日盛开的菊花，以其傲霜之姿颇得诗人们的赏爱。酒乃浇愁之物，菊花酒就是用清高之心浇失意之愁。"他乡"，是失意的人被迫离开精神的故乡，"共酌"，是失意的人共同沉沦于他乡的共鸣；菊花酒，则能消除失意之人的满腔愁绪。

第四句，"万里同悲鸿雁天"。悲秋，也是秋景诗的题中之义。悲秋是文人传统，秋之肃杀的自然景象与人生的失落形成一种物我之间的观照。上句的"金花酒"，"金"字已经露出一点肃杀之意，但诗意仍然收敛着，最后一句，诗意忽然宕开，从一字金到万里天，那满腔之"悲"好像横亘古今、充塞天地一般。

如果我们进一步了解作者和这首诗的写作背景，对于最后一句，可以做更深入的理解。

总章二年（669年）卢照邻到益州新都任职。秋冬之间来到梓州，遇见两位好友。一位是在蜀地任官的邵大震，另一位是因写《斗鸡檄》触怒高宗、被迫远游西蜀的王勃。时值重阳，三人同游玄武山，互相酬唱。

王勃的《蜀中九日》云："九月九日望乡台，他席他乡送客杯。人情已厌南中苦，鸿雁那从北地来？"王卢二人之作，同题同思，对读之下更可互相启发。王诗的结句，问得痴情，问得无理而妙，表现诗人对南方生活的厌倦。而卢诗的结句，以鸿雁南飞的自由与稽留异乡的不自由形成对比，用雁南飞反衬人不可北归的乡思与悲愤。

独 酌 谣

[南朝]沈　炯

独酌谣，独酌独长谣。

智者不我顾，愚夫余未要。

不愚复不智，谁当余见招。

所以成独酌，一酌倾一瓢。

生涯本漫漫，神理暂超超。

再酌矜许史①，三酌傲松乔②。

频烦四五酌，不觉凌丹霄。

倏尔厌五鼎③，俄然贱九韶④。

彭殇无异葬⑤，夷跖可同朝⑥。

龙蠖非不屈⑦，鹏鴳但逍遥⑧。

寄语号呶侣⑨，无乃太尘嚣。

【注释】

① 许史：汉宣帝时两家外戚。许，指汉宣帝许皇后家；史，指汉宣帝母妃家。许史二家在宣帝时较为显赫。

② 松乔：指古仙人赤松子和王乔。

③ 五鼎：古代行祭礼时，大夫用五个鼎，分别盛羊、豕、肤（切肉）、鱼、腊五种供品。

④ 九韶：周朝雅乐之名。

⑤ 彭：指彭祖，古代传说中的最长寿的人。殇：指幼年夭折。

⑥ 夷跖：伯夷和盗跖，前者为古代贤人，后者为大盗。

⑦ 蠖：尺蠖，一种节肢类小昆虫。

⑧ 鹏鴳：大鹏鸟和斥鷃，后者是一种小雀。

⑨ 号呶：嚎叫，语出《诗经·小雅·宾之初筵》："宾既醉止，载号载呶。"

【鉴赏】

　　《独酌谣》是乐府旧题。谣就是歌，此诗是诗人自斟自饮，且饮且歌，抒发怀抱。

　　作者沈炯（503—561），字初明，南朝梁陈时期人，"少有才俊，为当时所重"（《南史》）。他生当乱世，虽遭际颇多曲折，始终以文才而被梁、北魏、陈三朝的统治者所看重。据史书他有文集二十卷行世，今已不存，后人所辑《汉魏六朝百三家集》中有《沈侍中集》，其题辞论及其文学地位："江南文体入陈更衰，非徐仆射、沈侍中，代无作者。"

此诗先写独酌是情非得已。诗人从心底里希望和知己一起对饮或者聚饮，但实际情况却是比自己有智慧的人看不上我，我又看不上那些智慧不及我的人，而跟自己差不多的人又没处找，所以只有独酌。"智者""愚者"无非是一种托词，实际上抒发的是一种人不我知、孤独寂寞的感慨。在这种寂寞而抑郁的心情下，就没有那种细斟慢饮的从容与闲适，而是"一酌倾一瓢"式的借酒浇愁。这一段是叙"独酌"之情境。下面开始写他的"独谣"。

"生涯本漫漫，神理暂超超"是总起，定基调。人生是漫长还是短暂？其实不可一概而论，"长"和"短"与其说是客观的尺度，不如说是内心的感觉，感觉会根据处境和心情的不同而变化。当人处于欢乐情境中，希望这种情境能够持续，自会有"白驹过隙"的感叹。当人处于凄寂情境中，希望这种情境能够快点儿结束，往往会有"长夜漫漫"的感叹。"本漫漫"之感正是诗人心境使然，而用饮酒麻醉自己恰是摆脱恶劣心境的一种方式，虽然只是"暂时"摆脱。

以下"再酌""三酌""四五酌"数句是写饮酒渐入醉境的过程。这种逐层敷陈的写法是《独酌谣》常用的，比如陈后主（陈叔宝）所作的一首《独酌谣》竟然从"一酌"开始依次写到"十酌"才结束。诗人喝醉了什么状态呢？"不觉凌丹霄"，飘飘然如在天上。以下几句全写醉后的领会：尊贵的地位也会令人生厌；高雅的音乐也不见其高雅；长寿和夭折都是归于一死，并无分别；贤人和大盗都可作自己的同僚；龙是神兽，尺蠖是小虫，但都要屈伸才能行动；大鹏鸟一飞九万里，小麻雀只在两棵树之间飞动，但都是逍遥。这些思想一言以蔽之，便是庄子的"齐万物，一死生"。

此诗自独饮写起而以独谣结束，以醉酒逃避生活的寂寞，但它并不是鼓励及时行乐的生活态度，而是归结于精神上的超脱。

金 缕 曲

[清] 吴 藻

闷欲呼天说。问苍苍①、生人在世，忍偏磨灭。从古难消豪气，也只书空咄咄②。正自检、断肠诗阅。看到伤心翻天笑，笑公然、愁是吾家物！都并入，笔端结。

英雄儿女原无别。叹千秋、收场一例，泪皆成血。待把柔情轻放下，不唱柳边风月③。且整顿、铜琶铁拨④。读罢离骚还酌酒，向大江东去歌残阕。声早遏，碧云裂。

【鉴赏】

吴藻（1799—1862），字苹香，号玉岑子，清代中期女词人。吴藻生长在浙江仁和（今杭州）一商人家庭。江浙地区经济教育发达，女子接受教育的机会也多于其他地区，因此清代女词人辈出，吴藻便是其中的佼佼者。她有词集《花帘词》《香南雪北集》行世，被人看作可以和李清照相媲美的女词人。

吴藻词风格兼有婉约与豪放。她的婉约词表达了封建时代一位才女因婚姻不幸而感到的生活单调、情感窒息的痛苦，尤其深切感人。她从自身因女性身份遭遇的不幸出发，在作品中常常表露出对冲破性别桎梏的渴望，恨不能改变自己的性别而换取更大自由："愿掬银河三千丈，一洗女儿故态。收拾起、断脂零黛。莫学兰台悲秋语，但大言打破乾坤隘。"（《金缕曲》）这种心态落实到词的创作上，便常常一变凄婉风而作雄强语，这些词风格豪宕近乎苏辛。这首《金缕曲》便是她豪放词中的一首代表作。

这首词主旨不难理解，它表达的是一种愤懑不平之气，也就是开篇第一字"闷"所点明的那种词人力图冲决的窒息感。这是一种如鲁迅比喻过的，关在黑暗铁屋子里而铁屋子又绝无打破之可能性的状态。

词人哪里来的窒息感呢？可以分为两层说。首先是从个体体验中来。对于吴藻来说，"铁屋子"主要是她作为一个特别敏感、特别有才华的女性在封建时代因婚姻不能自主又没有可能走出家庭，参与到更加广阔的社会生活而感受到的精神窒息。但窒息感又不限于此一个体体验。其次，词人由自己的遭遇出发，进一步把目光投向历史，通过阅读古人诗书，她发现"英雄儿女原无别"，那些在历史上的男子豪杰也都有类似无处宣泄的痛苦与愤懑，"从古难消豪杰气，也只空书咄咄。"这样，痛苦就不再是某些女性遭到的"特例"，似乎是才智杰出人物的"共同命运"。由此，读者可以理解，词人何以开篇就爆发出一种郁勃而悲壮的质问："问苍苍、生人在世，忍偏磨灭？"也正是因为英才天妒无可解脱，词人伤心至极反而成笑，这笑乃是悲愤到极点的一种反常表达。

正因为词人胸中气息积郁，如此强烈，抒发的需要如此迫切，所以"杨柳岸，晓风残月"那种婉约风，自然不能引起她的共鸣，非得"铜琶铁铗"歌"大江东去"不可。自屈原信而被谤、沉江明志后，读《离骚》、痛饮酒向来是道之不行的士大夫排解痛苦的方式。吴藻善作画，曾作《饮酒读骚图》，在图中她将自己画作男儿装，表达一种豪杰襟怀。其名作《浣溪沙》有："一卷离骚一卷经，十年心事十年灯"之语，可见《离骚》是她钟爱的作品，屈原是她崇敬的对象，但吴藻从这个先贤身上感受更多的，与其说是忠贞的节操，不如说是被"磨灭"的悲凉命运。词的上下片，正是由这股汹涌悲凉之气贯通，这股气息在"铁屋子"里左突右撞，愈演愈烈，至结拍发展到最高点，不只是怒发冲冠，而是作震天之响——"声早遏，碧云裂"。

只读这首词，读者几乎不能想到这是一位女性词人的作品。虽然总体上看，豪放词不是吴藻词的主体，但就其具体作品而言，她真也不愧是"豪宕尤近苏辛"（陈文述《花帘词》序言）的大手笔，较一般闺阁词人毕竟高出一头。

谢苏自之惠酒①

［宋］苏　轼

高士例须怜曲蘗②，此语尝闻退之说③。

我今有说殆不然，曲蘗未必高士怜。

醉者坠车庄生言，全酒未若全于天④。

达人本自不亏缺，何暇更求全处全。

景山沉迷阮籍傲，毕卓盗窃刘伶颠⑤。

贪狂嗜怪无足取，世俗喜异矜其贤。

杜陵诗客尤可笑，罗列八子参群仙⑥。

流涎露顶置不说，为问底处能逃禅⑦。

我今不饮非不饮，心月皎皎长孤圆。

有时客至亦为酌，琴虽未去聊忘弦。

吾宗先生有深意⑧，百里双罍远将寄⑨。

且言不饮固亦高，举世皆同吾独异。

不如同异两俱冥⑩，得鹿亡羊等嬉戏⑪。

决须饮此勿复辞，何用区区较醒醉。

【注释】

① 苏自之：其人不详。此诗作于苏轼从凤翔签判还朝直史馆时。

② 曲蘗（niè）：酒曲。

③ 退之：即韩愈。韩愈诗《赠崔立之评事》有"高士例须怜曲蘗"句。

④ "醉者"两句：《庄子·达生篇》："夫醉者之坠车，虽疾不死。骨节与人同而犯害与人异，其神全也。乘亦不知也，坠亦不知也，死生惊惧不入乎其胸中，是故逆物而不慑。彼得全于酒而犹若是，而况得全于天乎？圣人藏于天，故莫之能伤也。"

⑤ 景山：三国时人徐邈，字景山，为尚书郎，不顾禁酒令，饮酒至于沉醉。阮籍：晋朝人，嗜酒狂傲。毕卓：字茂山，晋朝人，为吏部侍郎，去偷酒喝被人抓住。刘伶：字伯伦，魏晋时有名的酒徒。

⑥ 杜陵诗客：杜甫。这里指杜甫名篇《饮中八仙歌》。

⑦ 杜甫《饮中八仙歌》有"道逢麹车口流涎""脱帽露顶王公前""醉中往往爱逃禅"等诗句。

⑧ 吾宗先生：苏自之与苏轼同姓，故称。

⑨ 罍：一种容器，小口大肚。

⑩ 冥：本意为幽暗不明，此处指无须分辨。

⑪ 得鹿、亡羊：典故见后文鉴赏。

【鉴赏】

　　文化巨人苏轼（1037—1101），字子瞻，号东坡居士，和很多古代诗人一样好饮酒，常饮酒，善写饮酒，深得饮酒趣味，他创作了大量涉酒诗词，名篇佳作流传极广。但和很多诗人不同的是他酒量极小，"吾少时望见酒杯而醉"，后来通过多年"锻炼"也只能饮三小杯。他在《和陶饮酒二十首》的序中说："吾饮酒至少，常以把盏为乐。往往颓然坐睡，人见其醉，而吾中了然，盖莫能名其为醉为醒也。"

　　这首诗的写作缘起是友人苏自之寄赠美酒给苏轼，苏轼作诗答谢。

　　诗以四句议论开篇，却是与寻常意见唱反调。诗人引韩愈诗为靶子，进行反驳。高士是志趣高尚，品行脱俗的人；曲蘖是美酒。韩愈提出高士往往喜爱饮美酒，苏轼却说"曲蘖未必高士怜"。

　　下面四句，诗人引《庄子》寓言来作论据。《庄子·达生篇》有个寓言，说醉酒的人精神凝聚，在车上的时候不知道自己在车上，坠车了也不知道自己坠车了，这样就不会受外物伤害。"全于酒"的人都能这样保全自己，何况是"全于天"呢？所以，养生之道应全神贯注在"天道"上。高士，本来也是多指有道家气质的人物。苏轼引道家老祖宗庄子的理论，证明高士未必要饮酒，有比饮酒更高层次的养生方式。达于道的人自满不亏，无须借助酒的作用。

　　"景山"以下八句，举反例来证明自己观点。他先举出的人物是魏晋时期的徐邈、阮籍、毕卓、刘伶，这四人都是历史上的著名酒徒，有的饮酒违令，有的偷酒被抓，有的恃醉寄傲，有的酒后发癫，种种行径"贪狂嗜怪"，世人却将他们传为美谈，认为是"贤人"做派。苏轼认为这种主张不过是故作标新立异而已。接着苏轼提到杜甫写醉酒的名篇《饮中八仙歌》，认为把这几位荒诞行为的酒徒都罗列为仙人，不可解也不值效仿。

接下来四句，诗人正面表达自己对待饮酒的态度："我今不饮非不饮，心月皎皎长孤圆。"苏轼说的不饮酒不是完全不饮酒，而是反对狂饮和烂饮，反对饮酒发疯而做出种种怪异荒诞举止。他主张饮酒要不失心性，保持心如明月清净圆融，如《传灯录》所言"心月孤圆，光吞万象"。诗人所推崇的饮酒境界，是陶渊明的境界。《晋书·陶潜传》："其亲朋好事，或载酒肴而往，潜亦无所辞焉。每一醉，则大适融然。……未尝有喜愠之色，惟遇酒则饮，时或无酒，亦雅咏不辍。……性不解音，而畜素琴一张，弦徽不具，每朋酒之会，则抚而和之，曰：'但识琴中趣，何劳弦上声！'"

最后八句，诗人感谢朋友赠酒的高谊，表示自己的观点和世人相异。同时，诗人也意识到同与异、得与失是不容易分清的。"得鹿"典故出自《列子·周穆王》，这个故事说郑国有个人在野外遇到一只受惊的鹿，把它打死，怕别人看见，便把鹿藏到一个坑里，用芭蕉叶子盖住，后来他找不到藏鹿的地方，以为刚才只是做梦。他一路上念叨这事，被一路人听见，照他的话去找，把鹿取走了。"亡羊"的典故出自《庄子·骈拇篇》，这个寓言说臧（男仆）和谷（童仆）相约一起放羊，羊走丢了。问臧在做什么，臧说自己在读书；问谷在做什么，谷说自己在掷骰子玩，虽然两个人在做不同的事，但把羊丢了是一样的。这种"同异两俱冥"的看法，诗人在《薄薄酒二首》中也有类似表达："百年瞬息万世忙，夷齐盗跖俱亡羊。不如眼前一醉，是非忧乐两都忘。"所以，在本诗的结尾，苏轼认为异同、得失如此纠缠难辨，也不必太执着于醉和醒的分别，他决定要品尝一下朋友送来的美酒。

在这首诗中，苏轼主张饮酒不应追求量之多少，不能以狂饮烂醉为荣，更不应该把酒后的癫狂当作潇洒和风度来推崇，饮酒应该追求精神上的享受和愉悦，"譬如饮不醉，陶然有余欢"（《送千乘千能两侄还乡》）。苏轼的好饮真不愧是一种高层次的生活享受。

【饮】

素处以默，妙机其微。
饮之太和，独鹤怀飞。

饮中八仙歌

［唐］杜　甫

知章骑马似乘船，眼花落井水底眠。

汝阳三斗始朝天，道逢麹车口流涎^①，
恨不移封向酒泉^②。

左相日兴费万钱，饮如长鲸吸百川，
衔杯乐圣称避贤^③。

宗之萧洒美少年，举觞白眼望青天^④，
皎如玉树临风前^⑤。

苏晋长斋绣佛前，醉中往往爱逃禅。

李白一斗诗百篇，长安市上酒家眠，
天子呼来不上船，自称臣是酒中仙^⑥。

张旭三杯草圣传，脱帽露顶王公前，
挥毫落纸如云烟。

焦遂五斗方卓然，高谈雄辩惊四筵。

【注释】

① 麹（qū）车：酒车。涎：口水。

② 酒泉：唐代郡名，在今甘肃酒泉县。

③ 乐圣：用魏晋故事。《魏志》："醉客谓酒清者为圣人，浊者为贤人。"

④ 白眼：用阮籍事。《晋书》："阮籍任情不羁，见礼俗之士，以白眼对之。"

⑤ 玉树：《世说新语》："毛曾与夏侯玄共坐，时人谓蒹葭倚玉树。"

⑥ 酒中仙:《新唐书》记载，李白"天宝初，至长安，往见贺知章。知章见其文曰：'子谪仙人也。'"

【鉴赏】

　　天宝五载（746年）杜甫来到长安，天宝十五载安史之乱爆发后离开，在长安生活共十年之久。他到长安是想寻找机会施展政治抱负，但却一直过着"朝

扣富儿门，暮随肥马尘。残杯与冷炙，到处潜悲辛"（《奉赠韦左丞丈二十二韵》）的潦倒生活。不过，长安毕竟是大唐首都，人才荟萃，他在这里听闻和结识了一批当时的杰出人物，感受到了盛唐的繁荣局面。这首《饮中八仙歌》便是以"饮酒"为主题，描绘了八位诗人潇洒不羁的风度。这八个人物并非杜甫时常在一起聚饮的好友，有些人甚至不曾谋面。

下面，我们一一来认识一下这八位酒仙。

第一位是贺知章。他是绍兴人，南人惯于行舟，他因在长安为官多年，早习惯了骑马。但恰恰是两者都擅长的贺知章，却因为喝醉了酒，酩酊眼花，竟然从马上跌下来，而且在哪里跌倒就在哪里睡着。"阮咸尝醉，骑马倾欹，人曰：'箇老子如乘船游波浪中。'"（明王嗣奭《杜臆》）杜甫或化用这个传闻。"落井水底眠"是说掉到井里在水底睡着，写出了贺知章滑稽而欢乐的情态，这正与《旧唐书》记载他"晚年尤加纵诞，不复规检"相吻合。

第二位是汝阳王李琎。李琎好酒是和他的特殊身份有关。李琎之父为唐玄宗之兄，如果按照嫡长子继承制，应该由他做皇帝，但他把这个皇位让给了唐玄宗，唐玄宗封他"让皇帝"。李琎是"让皇帝"的儿子，从血统上讲，是可以问鼎皇帝宝座的，而且据说他长得特别像唐太宗，有"帝王之相"。他常常喝醉了去见玄宗，像一个醉醺醺的酒徒，以此表明自己绝无野心。"恨不移封向酒泉"，实际是一种保命策略。不过，这种行乐方式也为他赢得了酒仙的美称。

第三位是李适之，他曾担任左相后被李林甫陷害罢相。"日兴费万钱"，说他当左相时常常大宴宾客，奢侈豪华，吃顿饭要花一万钱。这是夸张之词。更夸张的是写他饮酒如鲸鱼吸百川，既写出豪情，又写出海量。杜甫的最后一句是化用了李适之《罢相》一诗的句子，诗云："避贤初罢相，乐圣且衔杯。"三国时禁酒，好酒之徒以"圣人"代称清酒，以"贤人"代称浊酒。"贤"用原意，李所谓"避贤"实是抒发政治上受陷害的遭遇，"圣"则指酒，"乐圣"是表达自己以酒排遣生活。

第四位是崔宗之。杜甫写崔宗之主要抓住两个特点：首先是"玉树临风"的神采，这个评语借自魏晋时期对人物的品评，不仅是赞扬人物风姿卓越，也是赞美门第高贵。崔宗之的父亲封齐国公，他当得起"玉树临风"的美誉。其次是愤世嫉俗的性格。"白眼"的典故也是来自魏晋的阮籍，阮籍对看不惯的人就白眼相向。可见崔宗之好饮酒乃是高傲而愤世之举。

第五位是苏晋。"逃禅"是说从禅境中逃离出来。苏晋是长期修行的佛教徒，照理说应该能约束自己的行为，但他却常常喝醉而放弃修行。

第六位是李白。李白在天宝元年（742 年）奉诏入京，天宝三载赐金放还，游到东都洛阳结识杜甫。杜甫写此诗时，李白不在长安，这是据传闻而作的想象之辞。写李白的诗句共四句，在八位诗仙中着墨最多，足见杜甫对自己偶像的推崇。这几句诗用夸张放纵的笔调，"一斗诗百篇"刻画了李白嗜酒如命、诗才雄健的天纵之资；"酒家眠"表现了李白特立独行、狂放不羁的行事风格；"天子呼来不上船，自称臣是酒中仙"，他连帝王都不放在眼里，深刻表现了李白高度自信、傲视王侯的气度风采。这四句诗所塑造出李白兼具酒仙与诗仙的形象，浪漫脱俗，光彩熠熠，是古诗词中最生动而传神的李白肖像。

第七位是张旭，他是大书法家，擅草书，人称"草圣"。写草书就是要突破一切书写规范，达到狂放自由的境界。张旭不但擅长狂草，而且是个"狂人"，他藐视一切礼法规矩，在王公面前也敢脱帽露顶，放肆至极。他的这种张狂性格使他取得了高超的艺术境界。饮酒正好能助长这种"狂"态，据说张旭最佳的创作状态是酣饮之后以头发蘸墨甩发作书，达到酒、人、书合一的境界。

第八位是焦遂，此人事迹不见于史乘，或是当日的一平民。他酒后谈锋健旺，雄辩惊人。虽短短两句，焦遂其人风貌因此得传。

杜甫刻画了八个人物，一人一章，集合在一起又构成了一幅酒仙群像图。这首诗的体裁比较特别，称"柏梁体"，这是一种七言古诗体裁，每句押韵。这八位好饮的人物从王公权贵到平民百姓，身份虽然不同，但好饮、善饮，饮后任性纵情，坦然呈露自我本色因而情态万千，翩翩然皆有仙人风姿，则是一致的。通过这些人物，读者也能感受到盛唐那种浪漫豪迈、奋发向上的时代风貌。

咒　辞

[西晋] 刘　伶

天生刘伶，以酒为名。
一饮一斛^①，五斗解酲^②。
妇人之言，慎不可听。

【鉴赏】

　　魏晋时期有一个著名的士人团体，世称"竹林七贤"，这七个人是阮籍、嵇康、山涛、向秀、王戎、阮咸、刘伶，他们经常在山阳县（今河南辉县）的竹林中聚会，喝酒唱歌。这七个人之所以有名是因为他们的特立独行，他们都是鄙薄周孔，破坏礼教，愤世嫉俗，行为放诞的人。他们个个都好饮酒，而尤其以刘伶为甚，他有"酒侯"之称。

　　这则《咒辞》是一篇向鬼神求助的祷告辞。据说有一次刘伶馋酒，跟他的妻子要酒喝。妻子哭着劝他说："你喝酒实在太多了，这不是养生之道。你一定要戒酒。"刘伶回答："你说得对。但是要我自己戒酒，我恐怕做不到。我应该向鬼神祷告，求他们帮助。你把求祷的酒肉准备一下。"妻子准备好了酒肉。刘伶就写了一篇祷告词："天生我这个人，就是来喝酒的。我一次要喝一斛，喝到五斗才刚刚过瘾。鬼神啊，女人的话，你们可千万不要听。"然后他把肉吃完，酒喝完，又醉倒了。

　　这个极富喜剧性的故事，就记载在《晋书·刘伶传》中。《刘伶传》里还有一个著名的故事：刘伶经常乘坐鹿车漫无目的地游荡，他带着一壶酒，让人带着锹跟在后面，说"死便埋我"。

刘伶不但好饮，他还写了一篇为饮者正名的《酒德颂》："有大人先生，以天地为一朝，万期为须臾，日月为扃牖，八荒为庭衢。行无辙迹，居无室庐，幕天席地，纵意所如。止则操卮执觚，动则挈榼提壶，惟酒是务，焉知其余。有贵介公子，搢绅处士，闻吾风声，议其所以，乃奋袂攘襟，怒目切齿，陈说礼法，是非蜂起。先生于是方捧罂承槽，衔杯漱醪。奋髯箕踞，枕曲藉糟，无思无虑，其乐陶陶。兀然而醉，恍尔而醒。静听不闻雷霆之声，熟视不睹泰山之形。不觉寒暑之切肌，利欲之感情。俯观万物，扰扰焉若江海之载浮萍；二豪侍侧焉，如蜾蠃之与螟蛉。"

刘伶流传下来的诗文不多，这篇《酒德颂》是他的代表作。"惟酒是务，焉知其余"就是他的人生宣言。看起来，刘伶和他的朋友们都是些行为滑稽、不务正业，虚无颓唐，价值观极度虚无的人。不过，如果我们去读读鲁迅先生的《魏晋风度及文章与药及酒之关系》一文，对于他们饮酒背后的精神痛苦当会有更深刻的体会，鲁迅先生说："因为他们生于乱世，不得已，才有这样的行为，并非他们的本态。"

古诗十九首·其十三

［东汉］佚　名

驱车上东门^①，遥望郭北墓^②。

白杨何萧萧，松柏夹广路。

下有陈死人^③，杳杳即长暮^④。

潜寐黄泉下^⑤，千载永不寤^⑥。

浩浩阴阳移，年命如朝露。

人生忽如寄^⑦，寿无金石固。

万岁更相送，圣贤莫能度。

服食求神仙，多为药所误。

不如饮美酒，被服纨与素^⑧。

【注释】

① 上东门：东汉洛阳城有十二道城门，东面最靠北的城门叫"上东门"。

② 郭北墓：郭，城郭。洛阳城北有邙山，为当时墓地。

③ 陈：时间长久。

④ 杳杳：幽暗的样子。

⑤ 寐：睡着。

⑥ 寤：醒来。

⑦ 忽：匆遽的样子。寄：旅居。

⑧ 纨：丝织品。素：没有染色的丝绸。

【鉴赏】

　　《古诗十九首》最早见于南朝梁萧统编的《昭明文选》，是从传世无名氏《古诗》中选录并如此冠名的，每一首都无题目，依照惯例以首句为题。这组诗系何人所作，作者是一人还是多人，都不可知，一般认为它们是东汉时期的作品。这组诗在中国文学史上地位很高，一方面是因为它们代表着中国古典诗歌从诗经时代的四言体向后世的五言体发展的重要节点，另一方面是因为这组诗达到了极高的艺术境界，其主要特点是语言平实，含义隽永，不见匠心，浑然一体，清人方东树称赞它们"天衣无缝"。

这十九首诗的主题并非一致，大体可以分为三组，叶嘉莹先生认为它们主要抒发了三种人类情感的"基型"：离别的感情、失意的感情、忧虑人生无常的感情。所选的这首诗表达的就是人生无常的思想。

前八句描绘了一幅阴惨凄切的墓园里景象。东汉洛阳城之北有邙山，那是埋葬死人的墓地。洛阳城东侧最北的城门叫"上东门"，诗人驾车从上东门出去，远远望见了邙山的墓地。墓园种了很多树，柳枝在风中飘摇发出沙沙声，松柏夹道肃立。他由"可望见的"想到了那埋葬在地下的"不可见的"死去的人。死人埋在地下好像进入了永无尽头的漫长睡眠，他们再不能醒来。

接下来六句，诗人感慨人生短暂而无常。时光浩浩荡荡向前推移，相比起来，人的寿命何其短暂，好像清晨的露水脆弱而短暂，太阳出来一晒就干了。人生匆匆，好似一次短暂的旅行。无数时光前后相继、永不停止，就是大贤大德也难以越过自己生命的界限。"人生忽如寄，寿无金石固"，这种意思在《古诗十九首》中屡屡道及，如"人生天地间，忽如远行客"（其三）、"人生寄一世，奄忽若飙尘"（其四）、"人生非金石，岂能长寿考"（其十一）。

最后两句表达了一种及时行乐的生活态度。据说世上有长生不老的神仙，所以汉代修炼服药妄求成仙的风气很浓，但不少人往往被药石所误，反而提前丧命。所以与其求仙问药，还不如饮美酒、吃佳肴、穿绫罗绸缎，快快乐乐地度过有生之年呢。

此诗表达的人生无常、及时行乐的思想向来被认为是一种消极颓废的人生观。这固然也没有错，但我们要认识到这种思想情感有其产生的基础。东汉时期，尤其是东汉末年，社会动荡，战乱不已，百姓屡遭荼毒，命如草芥，这是产生这种思想的社会基础。如果再扩大一步说，宇宙浩无边际，人生确实短暂，思虑及此，产生一种"生年不满百，常怀千岁忧"的感慨，一种"为乐当及时，何能待来兹"的态度，也是人之常情。正因为古今之人皆有此种无奈的"常情"，才使这类诗句能够产生颓丧却不失其打动人心的力量。

送萧处士游黔南①

［唐］白居易

能文好饮老萧郎，身似浮云鬓似霜。
生计抛来诗是业，家园忘却酒为乡。
江从巴峡初成字②，猿过巫阳始断肠③。
不醉黔中争去得？磨围山月正苍苍④。

【注释】

① 黔南：唐时黔州，在今四川黔江流域一带。
② 巴峡：重庆以东的石洞峡、铜锣峡、明月峡统称巴峡，杜甫诗有"即从巴峡穿巫峡"之句。
③ 巫阳：巫山的南面，此处指巫峡。
④ 磨围山：意思是高耸入天的山。今重庆彭水县磨围山。围，古代西南少数民族对天的称呼。

【鉴赏】

　　此诗写于元和十四年（819年），其时白居易被贬为忠州刺史。忠州约为今重庆忠县地区。处士是对平民而有德行者的称呼，萧处士其人不详，应是白居易到忠州后结识的友人。这是一首送别之作，萧处士要离开忠州前往黔中，白居易为他送行。

　　首联白居易以极经济的笔法同时抓住了萧处士其人的外貌特征和性格气质，为我们塑造了一个生动的人物形象。萧处士的外貌特征是"鬓如霜"，性格特征是能文、好饮、淡泊名利。"浮云"这个意象很能体现老先生的风格，可有三层解。第一层，云为白色，故浮云与后面的"鬓如霜"一同写出萧处士的苍老之貌；第二层，云漂泊不定，故浮云表现了萧处士随处云游的生活状态；第三层，孔子说过"不义而富且贵，于我如浮云"，故浮云能体现萧处士洁身自好，淡泊富贵的隐士精神。

　　颔联是对第一句"能文"与"好饮"的进一步充实。能文到什么程度呢？他把写诗当作自己的志业，迷之甚深，反而对谋生的事情都不管不顾了。好饮到什么程度呢？他常常喝得酩酊大醉，进入酒乡，连现实中的家园都忘记了。"酒乡"原是一种比喻说法，但诗人把它和"家园"连用，反凸显出"乡"字本义，使这句诗显得饶有趣味。这一联既是夸张，也是打趣，富于幽默感，能显出二人之间的亲昵情谊。

一般谈论律诗的结构，我们常说四联是起承转合关系。这首诗正是这样，第三联，一下子从前面轻松、欢快的情调转为离别时的悲愁与不舍。这一联，诗人展望萧处士此去的旅程，"江从巴峡初成字"，长江在巴峡一带曲曲折折，仿佛是写在大地上的文字一般，行船定然多艰难险阻。况且巫山之中，猿声凄切，离人听到，怎能不伤心欲绝？巫峡猿鸣，古人诗句屡屡道之，如《乐府诗集》收录的民歌《巴东三峡歌》有"巴东三峡巫峡长，猿鸣三声泪沾裳"之说，杜甫《秋兴八首》有"听猿实下三声泪"之句。

末联扣回一个"醉"字。"不醉黔中争去得"，这是不问之问。正因为前途艰险又独行无友，想想都会令人打退堂鼓。怎么办呢？那就借酒壮胆，借酒消愁，一醉而忘百忧吧。如果不喝醉，简直要寸步难行。这一句从萧处士角度写，写出了他对前途的畏惧和对友人的不舍，这种设身处地的写法使诗意多一份曲折含蓄。古人作诗每每有这种写法，如杜甫《月夜》明明是他客居长安，想念在鄜州的妻儿，开篇却说"今夜鄜州月，闺中只独看"，这是写妻子如何思念他。

最后一句写到的磨围山不是诗人送萧处士所在地忠州的山，而是萧处士将去的黔中的名胜，此句中的"山"与"月"都不是写实，而是虚写，仍是展望和想象。诗人以这一幅虚化的景致来充实画面，仿佛是一个高超的摄影师，把镜头从舟中醉卧着的人物身上移开，上摇到一轮圆圆的明月，这是影视作品中常见的"空镜头"。空，不是空无，而是"空故纳万物"，这个"空镜头"里藏着无法言说又无穷无尽的情意。

送陈章甫

［唐］李 颀

四月南风大麦黄，枣花未落桐阴长。

青山朝别暮还见，嘶马出门思旧乡。

陈侯立身何坦荡①，虬须虎眉仍大颡②。

腹中贮书一万卷，不肯低头在草莽。

东门酤酒**饮**我曹，心轻万事皆鸿毛。

醉卧不知白日暮，有时空望孤云高。

长河浪头连天黑，津口停舟渡不得。

郑国游人未及家③，洛阳行子空叹息④。

闻道故林相识多⑤，罢官昨日今如何。

【注释】

① 陈侯：指陈章甫。

② 颡（sǎng）：前额。

③ 郑国游人：指陈章甫，河南是郑国故地，陈章甫曾在河南居住。

④ 洛阳行子：诗人自称，诗人曾任新乡县尉，地近洛阳。

⑤ 故林：故乡。

【鉴赏】

　　李颀，盛唐诗人，开元二十三年（735 年）进士，曾任新乡县尉，后隐居于河南颍阳的东川别业，后人因此称他"李东川"，《全唐诗》中存诗三卷。李颀与著名诗人王维、王昌龄等均有交往。唐朝人所选的诗集《河岳英灵集》对他的评价是："颀诗发调既清，修辞亦绣。杂歌咸善，玄理最长。"这首《送陈章甫》是一首歌行体的送别诗。

　　此诗前四句写送别的情形。四月暖风习习，大麦、枣花、梧桐都蓬勃旺盛。

这两句写物候以起兴，营造了一种暖色调的气氛，不是送别诗中常见的那种冷色调的环境，表明此时诗人的心情不是悲凉寥落的。"青山"句言送别之远，早上出发直至黄昏，一路有青山相随。"嘶马"句以马思归而喻人思乡。

中间八句是此诗最精彩的部分，刻画了陈章甫的形象。"陈侯立身何坦荡"是总领，点明此人"坦荡"的性格特征。先写外貌，陈章甫长得浓眉大眼络腮胡宽额头，这是爽朗豪放之相。次写才学，"贮书一万卷"是赞扬其博学，"不肯在草莽"是敬佩他志向高远。陈章甫是开元年间进士，及第后因没有登记户籍不被吏部录用，经他力争后破例录用，此事让他扬名士林。但他仕途不顺，终究还是落在"草莽间"。这两句诗既是赞扬，也是抱不平。接下来写他潇洒的风度，他与诗人意气相投，经常一起在东门饮酒，功名利禄全不放在心头，喝醉了就睡到太阳下山，偶尔抬头看看白云，寄托缥缈心思。这四句塑造了一个立身高洁，不以进退萦怀的士人形象，率真而动人。

最后六句感慨仕途之难，表达惜别之情。诗人送友人来到渡口等候渡船，到了真正的分别时刻。渡口"浪头连天"，暂时无船可渡，陈章甫回不去，诗人则叹息。这是实写，更是取其象征意义，古人以"先据要路津"比喻占据高位，仕途顺达，无船可渡说明两人都是宦游而处穷途，可谓同病相怜。结句做一展望，发一感慨：听说你在故乡有很多老朋友，现在你罢官回家，他们会怎么看待你呢？这一声感叹传达出不舍的情谊和深深的担忧。

李颀和陈章甫两人的仕途都不顺利，他们又都有过隐居的生活，是自重操守之人。这首送别诗虽有怀才不遇的感慨，但通体格调豁达豪放，其所塑造的陈章甫形象神形皆备，有魏晋之风，读此诗，令人有不得结交之叹。

蝶恋花

[南唐] 冯延巳

几度凤楼同饮宴。此夕相逢，却胜当时
见。低语前欢频转面，双眉敛恨春山
远①。

蜡烛泪流羌笛怨②。偷整罗衣，欲唱情
犹懒。醉里不辞金爵满③，阳关一曲肠
千断④。

【注释】

① 春山：指美人的眉色。

② 羌笛怨：王之涣《凉州词》："羌
笛何须怨杨柳，春风不度玉门关。"

③ 金爵：酒杯。

④ 阳关一曲：王维《送元二使安西》
又名《渭城曲》，又名《阳关曲》。

【鉴赏】

　　冯延巳（916—961），字正中，五代十国时期南唐词人。他是南唐重臣，深得烈祖李昪、中祖李璟的信任和重用，官至宰相。在五代十国时期的乱世中，南唐处富庶地而为弱小国，君臣都不是具有治国理政才能的政治家，难逃灭国命运。不过，李璟、李煜父子文化修养颇高，尊重人才，在他们苟且偷安的短暂统治时期，围绕着宫廷奢靡而不失高雅的生活而产生了一次短暂的文化繁荣，尤其以词的创作为盛。

　　冯延巳以其特殊的地位，超人的才华，执南唐词坛之牛耳，后人将其作品编辑为《阳春集》传世。他的词继承温庭筠所开创的"艳科"传统，以小令见长，以写男女私情、离愁别恨、春花秋月等为主要内容，风格婉丽纤柔，但同时又能在此基础上融入士大夫襟怀，尤其寄托一种迷离的身世之悲，他是把词这种艺术形式从单纯娱宾遣兴的燕乐歌曲提升为文人词的一个重要推手。故此，王国维在《人间词话》中评价说："冯正中词虽不失五代风格，而堂庑特大。"

冯延巳的词作传世者一百多首，而尤以几首《蝶恋花》最为人称道，此为其中之一。这首词写男女久别重逢的情景，这本来是该享受重逢的欢乐时刻，但始终被一种离情萦绕，显得哀伤竟多过了欢乐。

起拍"几度凤楼同饮宴"，写过去相聚的美好时光。但这不是真的过去，而是此刻的回忆，男女二人在相逢中回忆起以前的若干次聚面时"同饮"的欢情。二、三两句将今昔做对比，那时的相逢虽然很快乐，但怎么也比不上现在的相逢。是的，能抓在手里的欢乐才是真正的欢乐。四、五两句，意思又转深一层，由欢情写到伤情。主人公从眼前的欢乐，说回过去欢聚与离别后的相思，两人窃窃私语，似在交换共同的回忆，但女子因回想起离别后的悲伤而新生出悲伤，故而频频转面掩泣，其眉目间的哀愁却逃不出男子的眼光。上片，词中人的情绪始终在往昔与今日的双重视域中交错，一霎时欢，一霎时悲。

下片集中写欢聚中又面临着离别。欢聚总是短暂，宴饮终须散场。"蜡烛泪流"一方面实写夜之深，一方面又以"烛泪"而写离人的伤怀，这时他们听到"羌笛"发出幽怨咽鸣的声音，更增添离别的愁绪。接下来两句，写女子似乎有意整顿心情，振作起来，歌唱一曲，但旋即又失去了热情，仍归于心灰意冷的哀怨中。一句之中，心情波折如此。"醉里"这两句，写面对离别的必然结局，词人只想借酒精来麻醉自己达到忘怀的程度，可是当他听到王维的《阳关曲》这首送别歌曲时，又感到伤心欲绝。"肠千断"，真写尽离愁别绪之深不可言。这说明，再多的酒也不能真正消除离别的哀痛。

这首词写的场景是男女欢聚宴饮，这是词的常用题材，但冯延巳别出心裁，他不写眼下欢情，而写因马上要离别而感到的哀愁与痛苦。冯延巳把这种离愁别绪写得曲折婉转，词中人由眼前欢聚想到以前欢聚，由以前欢聚后的离别之苦想到即将到来的临别之苦，正因为此夕欢聚"胜"过以前，那么今夜的别离之苦定然也胜过以前，惜别之情，一遍遍闪回，一层层揭开，缠绵宛转，绵绵不绝。

艳词之作，或是文字游戏，或实有其触端，又或有所寄托，难以一概而论。至于张惠言认为此词是效仿屈原《离骚》以醇酒美人托君臣之义，似已求之过深。

少年行四首·其一

[唐]王　维

新丰美酒斗十千^①，咸阳游侠多少年^②。
相逢意气为君饮，系马高楼垂柳边。

【注释】

① 新丰：汉代县名，约在今陕西临潼东北。古代新丰县出产名酒，称新丰酒。

② 咸阳：秦首都在咸阳，其地在今陕西咸阳市，这里借指唐首都长安。

【鉴赏】

　　《少年行》是乐府旧题。乐府杂曲歌词有《结客少年场行》，这类诗是"言轻生重义，慷慨以立功名也"。王维这组《少年行》共四首，一般认为是他早期作品，写在安史之乱以前。这组诗塑造了一群轻生重义、慷慨立功的少年英雄形象。此处我们选的是第一首，它是组诗的开篇，重点不在写边疆立功的业绩，而在写少年豪放潇洒的性格和做派。

　　"新丰美酒斗十千，咸阳游侠多少年。"新丰县自古出产名酒，价格不菲，一斗酒需要十千钱，这不是实写，而是夸张。"斗十千"用典故，曹植《名都篇》有"归来宴平乐，美酒斗十千"之句，后代诗人屡屡用之，如李白有"金樽清酒斗十千"（《行路难》）。咸阳是秦朝都城，这里借指长安。要成为潇洒放荡的游侠儿，不仅需要天然的气质和志向，也需要一定的物质基础，因此游侠多出自都市，而不是来自农村。长安城市繁华，人口众多，且高门权贵聚集，因此有很多豪爽勇武的少年儿郎。这两句分写美酒与少年，酒是名贵之酒，少年是豪侠之少年，二者正相般配。

　　"相逢意气为君饮"这一句是合写美酒与少年。豪杰爱美酒是自然之事，李白作《少年行》也有"笑入胡姬酒肆中"之说。王维这一句却不着意于美酒,共饮只是爽快性格的一种外在体现方式,通过饮酒结交意气相投的朋友,才是游侠的真实性格。熟悉金庸武侠的朋友,当记得《天龙八部》里段誉与萧峰在苏州松鹤楼第一次会面豪饮的场面,堪称这句诗意的最佳演绎。

最后一句"系马高楼垂柳边"宕开一笔,不写少年侠客,却去写酒楼外的远景。王维在诗歌、音乐、绘画等多个艺术门类上都有非凡造诣,苏轼赞他"诗中有画,画中有诗"。这一句他选取了骏马,高楼,垂柳三个物象搭配在一起,构成一幅悠闲自得的市井画面。此句似在闲处落笔,几乎无关主题,但细细品味却又字字与游侠儿相关:骏马是他们的坐骑,英雄自有宝马相配;高楼有一种拔地而起的气概,一种抖擞的精神,仿佛少年的慷慨英姿;垂柳写出一股春天的气息,柔美的盛景,与少年的情怀正相表里。这种无关联中的关联,最体现盛唐诗歌的情味。

【觞】

何如尊酒，日往烟萝。
花覆茅檐，疏雨相过。

饮酒·其十四

[东晋]陶渊明

故人赏我趣，挈壶相与至^①。

班荆坐松下^②，数斟已复醉。

父老杂乱言，觞酌失行次^③。

不觉知有我，安知物为贵？

悠悠迷所留^④，酒中有深味。

【注释】

① 挈（qiè）：提。

② 班荆：班，铺地。荆，荆棘杂草。把杂草铺在地上。

③ 行次：行列，次第。

④ 悠悠：闲适自得的状态。留：止。

【鉴赏】

　　约在东晋义熙十三年（417年）秋，陶渊明辞官隐居已经十二年，他写了一组总题为《饮酒》的诗，共二十首。诗题下有一段序言："余闲居寡欢，兼比夜已长，偶有名酒，无夕不饮，顾影独尽。忽焉复醉。既醉之后，辄题数句自娱，纸墨遂多。辞无诠次，聊命故人书之，以为欢笑尔。"这组诗是他在孤独寂寞之中创作的，陶渊明时而回忆过去的生活，时而描写当前的生活，时而表达他对社会的不满，时而展现他对生命的体悟，虽然是酒后所写，但风格质朴，寄托深远，诗意与哲思俱充沛，是他代表性的作品。

　　陶渊明的诗常常写到饮酒。萧统《陶渊明集序》说："有疑陶渊明之诗，篇篇有酒；吾观其意不在酒，亦寄酒为迹也。"的确，魏晋时期，社会黑暗，政治残酷，很多文人的心灵感到无比窒息，他们常常借醉酒来逃避迫害，著名的竹林七贤中的阮籍、刘伶就是如此。陶渊明的饮酒诗也是受了阮籍《咏怀》诗的影响，因此，虽然诗题为饮酒，却未必谈酒，如最有名的《饮酒·其五》就与酒无关。诗云："结庐在人境，而无车马喧。问君何能尔？心远地自偏。采菊东篱下，悠然见南山。山气日夕佳，飞鸟相与还。此中有真意，欲辨已忘言。"这首诗写出了诗人隐居生活的闲适和超然，隐居的关键在于心，只有心志脱离了对世俗功名的追求，才能真正摆脱尘世的羁绊，而获得自由自在的澄澈境界。"采菊东篱下"是有意为之，"悠然见南山"是无意间得知，然而意与境会，无往而不适情惬意。

不过，既然组诗题为《饮酒》且都是酒后所作，正面写饮酒的诗自然也不会少。这组诗里涉酒字的有十首，而以此处所选的这首为纯为佳。此诗前六句，写了与朋友聚会饮酒的情景。第一、二句说老朋友们知道"我"爱好喝酒，就带着酒来找我。接下来说，他们在松树下席地而坐，一起饮酒，很快就喝得醉醺醺的。"父老杂乱言，觞酌失行次。"大家喝醉以后，你一言我一语，谈话已经没有了主题，敬酒碰杯也都乱了次序，如实描绘了那种不受主宾礼节的拘束、轻松又愉快的欢饮场景。陶渊明好饮，结下了许多酒友。他在《五柳先生传》里写道："性嗜酒，家贫不能常得。亲旧知其如此，或置酒而招之；造饮辄尽，期在必醉。既醉而退，曾不吝情去留。"

诗的后四句写了醉酒后的一种状态。人喝醉以后处于一种酩酊状态，恍兮惚兮，失去了对物、我的清晰的意识感觉，进入一种我与世界两相消泯的境界。关于醉酒的状态，《列子》里有一段著名的描述。《列子》记载，郑国的相国子产有个哥哥叫公孙朝，特别好酒。"方其荒于酒也，不知世道之安危，人理之悔吝，室内之有亡，九族之亲疏，存亡之哀乐也。虽水火兵刃交于前，弗知也。"《列子》是从批评的角度来写。陶渊明则是从赞赏的角度来写。陶渊明所真正赞赏的并不是醉酒、酗酒的那种恶习，也不是被酒精麻痹了灵府的那种酩酊大醉的状态，他真正赞赏的是那样一种人生境界：物我两忘，悠然自得。前举第五首诗最后写到的"此中有真意"，这首诗里最后写到"酒中有深味"，虽然一则从清醒中获得，一种从醉酒中获得，推其究竟，实际就是同一种人生体悟。

兰亭修禊诗

［东晋］徐丰之

清响拟丝竹①，班荆对绮疏②。
零觞飞曲津，欢然朱颜舒。

【注释】

① 丝竹：丝，弦乐的统称；竹，竹制管乐的统称。
② 班：排列。

【鉴赏】

　　东晋穆帝永和九年（353 年）春天，在今浙江绍兴举行的一次聚会，史称"兰亭雅集"。与会者除了王羲之父子外，还有谢安，孙绰等共四十二人，皆一时之选。这些文人雅士饮酒赋诗，各抒怀抱。其中，十一人作诗两首，十五人作诗一首，十六人作诗不成，罚酒三杯。这些诗篇汇为《兰亭集》，当场推举书法家王羲之作序文一篇。王羲之趁着酒兴，提笔挥毫，写下了一篇流传千古的美文——《兰亭集序》。

　　据说聚会之后，王羲之又把这篇序文认认真真抄写了几遍，但都不如现场写的精彩，于是这件《兰亭集序》的草稿就成了中国书法宝库里一件了不起的杰作，有"天下第一行书"之称。

　　"兰亭雅集"之所以在中国文化史、艺术史上留下千古佳音，当然首先在于有王羲之的这一篇序。它是散文和书法的杰作，从散文说，语言洁净疏朗，整饬中又参差，读来朗朗上口，唇齿生香；从书法说，通篇笔势飞动，飘若惊鸿，矫若游龙，生机盎然。这个文本里实在凝固着魏晋时期文人的一种生命之大美。宗白华先生曾经说过："汉末魏晋六朝是中国政治上最混乱、社会上最苦痛的时代，然而却是精神史上极自由、极解放，最富于智慧、最浓于热情的一个时代。因此也就是最富有艺术精神的一个时代。"(《论〈世说新语〉和晋人的美》)。读读《世说新语》，我们就会发现魏晋人简直都是行为艺术家，而兰亭雅集不就是一次充满了艺术美感的社交活动吗?

这里选的这首《兰亭修禊诗》，就是这次雅集中的一个创作。"清响拟丝竹"是说大家歌唱吟咏，异常动听，好比是乐器奏响;"班荆对绮疏"是说众人席地而坐，对着花草无比自在;"零觞飞曲津，欢然朱颜舒"则是描绘了当时曲水流觞的情景:诗人们分坐在溪流的两侧，于上游放一只酒杯，任其随波而下，停留在谁面前，谁就要赋诗一首，如果不能成诗，则罚酒三觞。

徐丰之算不得中国文学史上的著名诗人，这首《兰亭修禊诗》也算不得中国古典诗歌中的杰作，但它是一个标本，反映出一个美学鼎盛的时代士人们的潇洒。

鹧鸪天·西都作

[宋]朱敦儒

我是清都山水郎①，天教分付与疏狂②。曾批给雨支风券③，累上留云借月章④。诗万首，酒千觞，几曾着眼看侯王？玉楼金阙慵归去⑤，且插梅花醉洛阳。

【鉴赏】

朱敦儒（1081—1159），字希真，洛阳人。他是两宋之交的著名词人，这首《鹧鸪天》是他的名作。本词清隽流丽，表现了作者傲视权贵、不慕荣利的情操。

朱敦儒虽然出身官宦之家（父朱勃任过谏官），却放浪诗酒，性爱山丘，潇洒出尘，无意于功名。他说"白日去如箭，达者珍分阴。问君何苦，长抱冰炭利名心。"（《水调歌头》）。他因隐逸山林而闻名于朝廷，他选择隐逸并非想走"终南捷径"。《宋史·文苑传》记载了他两次拒绝皇帝征召的经历：第一次是靖康年间，朝廷任命他做学官，被他拒绝；第二次是绍兴年间，朝廷选召民间有才能的人，淮西官员知道他有文武之才，向朝廷推荐，被他拒绝。

这首词题作"西都作"，西都是洛阳，应是写于他第一次拒绝出仕后不久。本词将他的个性描绘得真切而淋漓尽致，可以说是朱敦儒的一幅自画像。

"我是清都山水郎"，词人一上来就亮明自己身份：我可不是凡人，我是天上掌管山水的郎官。这真是一个有趣的身份，我们知道词人刚刚拒绝了现实世界中皇帝授予他的学官，一转身他却给自己安排了一个官职，这神话世界里的官职乃是天帝所封，不容他推辞，他也欣然接受。天帝不但给他封职，还赐予他特立独行的个性：疏狂，也就是自由散漫，不受拘束。《宋史》里记载着他辞却征召的理由："敦儒辞曰：'麋鹿之性，自乐闲旷，爵禄非所愿也。'固辞还山。"这就是他疏狂的具体表现了。一般认为，这种个性当然是不能胜任官职的，但词人在想象世界里却把山水郎做得有滋有味：天帝给他发诏书，允许他"给雨支风"，他也时常打报告要"留云借月"。多么幽默而奇特的想象！风起风息，雨落雨歇，云的聚散、月的隐现，这些都是不以人的意志为转移的自然现象，谁能想到他竟然管辖和支配着自然界的云雨风月？这些工作既是山水郎的本职，更符合他疏狂的本性，词人真是乐此不疲啊。上片写想象世界，神话世界，仙气迷蒙，不染纤尘。这是词人的精神自画像。

下片，词人转入现实世界，展现他在凡间的生活状态。在现实中，词人是怎样生活、怎样感受的呢？那就是"诗万首，酒千觞""且插梅花醉洛阳"。万、千，都是虚设之数，表示极多。吟诗饮酒，自在赏花，这些就是词人喜欢做的事情，愿意过的生活。与这种适情适意、潇洒无羁的生活相比，王侯不值得羡慕，"玉楼金阙"（喻指朝廷）也不值得追求。在另一首词里，朱敦儒也写到类似的生活情形，"曾为梅花醉不归，佳人挽袖乞新词。轻红偏写鸳鸯带，浓碧争斟翡翠卮。"（《鹧鸪天》）。这是词人年轻时期洛阳生活的写照，既展现了一个典型的北宋末年太平时期公子哥的生活，又在更深的层次上展现了词人放浪的做派和高洁的品性。

然而"浮世事，能有几多长？"（《望江南》），很快靖康之难爆发，朱敦儒随宋室南渡，妻离子散，流离失所，经历种种战乱之苦。"回首中原泪满巾……愁损辞乡去国人"（《采桑子·彭浪矶》），洛阳时期的疏狂生活再不能重现。高宗绍兴三年（1133年），南渡之后的词人第三次被征召。词人本无意为官，但有感于

"妖氛未扫"（《水龙吟》），在友人敦促之下，他终于出山，先后被授以秘书省正字、兵部郎官、两浙东路提点刑狱等职，后却因主战而与最高统治者政见不合，遭弹劾罢官。

致 酒 行^①

[唐] 李 贺

零落栖迟一杯酒^②，主人奉觞客长寿^③。

主父西游困不归^④，家人折断门前柳。

吾闻马周昔作新丰客^⑤，天荒地老无人识。

空将笺上两行书，直犯龙颜请恩泽。

我有迷魂招不得^⑥，雄鸡一声天下白。

少年心事当拏云^⑦，谁念幽寒坐呜呃^⑧。

【注释】

① 致酒：劝酒。

② 零落：原指草木凋零，借指人的困窘。栖迟：漂泊。

③ 客长寿：祝健康长寿。

④ 主父：主父偃，汉武帝时人，曾西入关而不见用，事见《史记》。

⑤ 马周：唐太宗时人，曾因上书被唐太宗重用，事见《旧唐书》。

⑥ 迷魂：心烦意乱的状态。

⑦ 拏：同"拿"。

⑧ 呜呃：悲痛之声。

【鉴赏】

李贺，字长吉，中唐时期的天才诗人，他虽然只活了二十七岁，但在唐代诗坛上居于一流。可以用三个例子来说明李贺的地位：其一，李贺与李白、李商隐并称"三李"。其二，李白人称"诗仙"，王维人称"诗佛"，白居易人称"诗魔"，李贺则人称"诗鬼"。其三，李贺诗歌能在李白、杜甫等诗人之后而别开生面，自成一体，世称"长吉体"。他尤其擅援神话入诗，辞彩壮丽，想象奇特，其名句如"黑云压城城欲摧""天若有情天亦老"等流传甚广。

《致酒行》是一首写劝酒的七言歌行。

此诗可以分为三段，前四句为第一段，写自己向主人敬酒，祝愿主人健康长寿，同时表达自己客居长安郁郁不得志的心情。李贺少有才名，又被韩愈等人赏识，十五岁就名满京华，但功名之路却十分坎坷。他第一次考进士，因为年纪太小考不了，然后丁父忧又三年不得考。元和五年（810年）他再去考进士，妒忌他的人说他父亲名"李晋肃"与"进士"谐音，他须避父讳，不能考进士，竟因此而遭排挤。第二年他才以宗室身份荫得从九品的小官。"零落栖迟"概述了诗人潦倒失意的状态。主父偃是汉武帝时人，《汉书》记载："主父偃西入关见卫将军，卫将军数言上，上不省。资用乏，留久，诸侯宾客多厌之。"诗人感到自己落魄堪比主父偃。"家人折断门前柳"一句尤其为人称道。古人折柳有两种情况，一种是折柳送行，一种是折柳寄给远方亲人催促他早日归来。因为游子长久不归，家人思之切催之频，多番折柳相寄而不见归人，竟至于"折断"了门前柳树。这是用夸张语表示客居之久。

中间四句为第二段，是主人的劝酒词。因为李贺自比主父偃，主人为了安慰他，就援引了马周的故事。马周是唐太宗时人，据《旧唐书》载："马周西游长安，宿于新丰，逆旅主人唯供诸商贩而不顾待。周遂命酒一斗八升，悠然独酌。主人深异之。至京师，舍于中郎将常何家。贞观五年，太宗令百僚上书言得失，何以武吏不涉经学，周乃为陈便宜二十余事，令奏之，皆合旨。太宗怪其能，问何，对曰：'此非臣所能，家客马周具草也。'太宗即日招之……与语甚悦，令值门下省。六年授监察御史。"主人说名臣马周虽然仕途坎坷，但终能凭借"两行书"而得到太宗重用。"你"这样有才华，现在虽然处于逆境，但早晚能飞黄腾达。

最后四句写诗人听了主人的劝酒词后心情为之一振，转而发雄壮之语。"我"长久不得意，失魂落魄，不知所措。现在"你"这一番劝慰，好比一声鸡鸣报告白昼到来，让"我"眼前为之敞亮，心情也振作起来。"我"正当青春年华，壮志凌云，何必作悲悲切切的哀叹呢！"雄鸡一声天下白"是此诗名句，以极为光明的意象刻画了精神世界发生茅塞顿开、豁然开朗的转变之后那种无比喜悦的心情。后来毛泽东在他的《浣溪沙·和柳亚子先生》中将这句诗改为"一唱雄鸡天下白",以此宣告随着新中国的成立,中华大地发生天翻地覆的变化,一改"长夜难明"的黑暗落后,进入了光明进步的新时代。同样的意象,经毛泽东化用,境界为之大大开阔。

这篇祝酒词在谋篇布局上以主客对话的方式展开,情调上以凄切起,而以雄强结,透出一股积极向上的青春气息,"末转慷慨,令人起舞"(刘辰翁语)。

赠卫八处士①

[唐]杜 甫

人生不相见，动如参与商②。

今夕复何夕，共此灯烛光。

少壮能几时，鬓发各已苍③。

访旧半为鬼④，惊呼热中肠。

焉知二十载，重上君子堂。

昔别君未婚，儿女忽成行。

怡然敬父执⑤，问我来何方。

问答乃未已⑥，儿女罗酒浆。

夜雨翦春韭，新炊间黄粱⑦。

主称会面难，一举累十觞。

十觞亦不醉，感子故意长。

明日隔山岳，世事两茫茫。

【注释】

① 处士：指隐居不仕的人。
② 参（shēn）与商：参商，二星名。商星居于东方卯位（上午五点到七点），参星居于西方酉位（下午五点到七点），二星一出则一没，永不相见。
③ 苍：灰白色。
④ 访：打听。
⑤ 父执：父亲的朋友。
⑥ 已：停止。
⑦ 间：掺和。黄粱：黄米。

【鉴赏】

　　乾元元年（759年）杜甫被肃宗罢了左拾遗，贬到华州（今陕西华县）任司功参军。第二年他有洛阳之行。当时安史之乱还没有结束，官兵和安庆绪、史思明叛军大战于邺城（今河北邯郸临漳县），战事甚为惨烈。杜甫在洛阳及返回华州的途中，拜会了一些劫后余生的亲旧故人，亲历了战乱中人们的苦难处境，写下不少感人肺腑的诗作，最著名的当属"三吏""三别"，这首《赠卫八处士》也写于这一时期。这些诗作，为杜甫赢得了"诗史"的称号。

卫八处士者何人？"卫"是他的姓氏，"八"是他在家族中的排行，"处士"是指没有功名官职而品性高洁的平民，此人行迹没有任何历史记载可考，我们也不必细究，他就是一个在兵荒马乱下幸存下来的普通人。诗中说"焉知二十载，重上君子堂"。杜甫写作此诗时四十八岁，由此推测，卫八应是杜甫青少年时代的朋友，杜甫和他阔别已二十多年了。

这是一首五言古诗，共十二联，可以分为三段。

前五联为第一段，写出了在战乱中苟且全身的两位朋友久别重逢后的那种悲欣交集的复杂心情。参与商是天上的两颗星宿，商星居于东方卯位，参星居于西方酉位，此出则彼隐，两颗星是永不相见的。首联感慨朋友一旦分开，各自有各自的生活，彼此再见一面，难如参商两颗星宿。因为相聚这样艰难，今晚"我们"居然聚到了一起，惊喜之余使人产生一种如置身梦幻的难以置信的感慨。这是喜悦之情。接着，诗人马上转入悲伤之情。一可悲者，人生如白马过隙，当年相识时都是少壮年华，如今再见面却已白发苍苍。尤其更可悲者，互相打听其他朋友的消息，发现一大半已经在战乱中去世了。"惊呼热中肠"，真有无尽悲痛。

中间三联为第二段，叙写诗人上门访友的几个细节。杜甫与卫八一别二十多年，连他自己也想不到还有机会再登门拜访。"昔别君未婚，儿女忽成行。"二十年缺失的岁月里多少酸甜苦辣尽压缩在这一联里。接下来两联都写卫八的儿女。孩子们还天真烂漫，看到一个陌生人上门，好奇不已，围着诗人问东问西。他们的父亲则打断了这些无关紧要的问答，差遣孩子们赶紧准备酒菜。这一段最动人的地方在于写出了大人和小孩对这位不速之客的反应，孩子们是懂礼数，又不失儿童的天然纯真，家长是喜出望外又迫不及待要好好招待朋友的热情，情感真挚动人。这里，诗歌的情绪又从悲转为喜。

后四联为第三段，写简朴而深情的家宴场景。杜甫是不速之客，卫八是处士之家，所以不可能备有丰盛的酒菜。菜只一个，是孩子们冒雨现从园里剪的一把韭菜，饭则是新做的黄米饭。朋友久别重逢自然要饮酒，卫八不是一次一次碰杯，一口一口喝酒，而是"一举累十觞，十觞亦不醉"，这种豪爽体现出来的正是激动的心情和拳拳的心意。可以想见，卫八是一个不善用言辞表达感情的人。他把对杜甫的情谊都注入这一觞又一觞的酒里了。"明日隔山岳，世事两茫茫。"最后一联又把诗情推到无尽悲伤之中：明天"我们"又要分别了，不知是否还有后会之期？如果是在承平之时，当然不必如此感慨，但此时四方战火正烈，生灵涂炭，人命如草，十室九空，生离或许即是死别，怎不令人悲从心起？

全诗以久别重逢写起，又以重逢再别结束，语言浅白却寓含无限深情无限哀伤，质朴而内敛，非有挫折岁月的积淀、非有艰难时代的塑造、非有一颗敏感而多情的诗心融会，绝不能为此。

清 平 乐

［宋］晏幾道

西池烟草①，恨不寻芳早。满路落花红
不扫，春色渐随人老。

远山眉黛娇长②，清歌细逐霞觞③。正在
十洲残梦④，水心宫殿斜阳。

【注释】

① 西池：西边的池塘。烟草：草上
笼罩着水汽。
② 远山：形状如远山的眉毛。
③ 霞觞：杯子的酒色如云霞。
④ 十洲：传说八方巨海中有十座洲，
神仙所居。

【鉴赏】

晏幾道（1038—1110），字叔原，号小山，北宋词人。其父晏殊官至宰相，
一度在欧阳修之前主盟北宋文坛，并以词的创作见长。父子二人在文学史上俱
有声名，并称"大小晏"。晏叔原生长在温柔富贵之乡，天资卓越，养成一种天
真烂漫的个性，父亲去世后家道渐衰，加上他不通世情，晚景很凄凉。他是一个
贾宝玉似的人物，黄庭坚以一"痴"字概括他的性格，认为他四痴："仕宦连蹇，
而不能一傍贵人之门，是一痴也。论文自有体，不肯一作新进士语，此又一痴
也。费资千百万，家人寒饥，而面有孺子之色，此又一痴也。人百负之而不恨，
己信人，终不疑其欺己，此又一痴也"（《小山词序》）。

晏幾道和苏轼、柳永是同时代人，他的词风格不但迥然不同于苏轼的豪放，
而且和柳永的婉约也不尽相同。要言之，柳永的婉约同风由于其下层文人的身份
和遭遇更偏俚俗气息，而晏幾道的婉约词风则是延续乃父遗风，表现出上层文人
富贵典雅的风格。

这首《清平乐》算不上晏幾道最著名的作品，但是表现富贵闲散中的游赏、宴饮生活场景，雅丽可喜，且其中也透露几许淡淡忧伤，尤有动人深致。

上片写春日游园所见所感。词中写到的池塘、青草、落花都是春日典型物象。"满路落花红不扫"，一则由落花而点明此为暮春时节，二则"花不扫"暗示园林久无人踪之寂寞。由这一句，勾连起前一句"恨"的心情和后一句"老"的叹息：词人为芳春之容易消逝，自己没有早到园林观赏感到遗憾，又因此叹息自己也在随春一同老去。

下片写室内宴饮场面。北宋的富贵人家蓄有家妓，教之以弹唱，可以宴席佐兴。第一句写家妓的装扮，她画着长长的眉毛。第二句写她唱着动听的歌曲。"清歌"是没有乐器伴奏的清唱；"细"用得极巧妙，说明歌喉的婉转与声腔之绵柔，也说明听众的专意谛听与用心品鉴；又用一个动词"逐"把歌声和美酒自然牵合在一起。照说，宴席中饮酒是主，唱歌是宾，但由这一句可以看出，此时饮酒反成了配合着听歌的一个伴随动作，这是因为美人歌声曼妙，吸引了听者的大部分注意力。最后两句说这种富贵享乐的生活，不正是神仙般的日子吗？"残梦"二字下得有力，说明词人在享乐的时候，也时时感到富贵如梦、难以长久的哀伤。

这首词无论是语言还是情意都不难解，它没有过深的寄托，所写的无非是富贵人家的享乐生活而已。但享乐也有鄙俗与高雅之别，词中表现的这份精美雅致的美感，哀而不伤的情怀，细细想来也要经过长久的文化熏陶才能育成。

螃蟹咏①

[清]曹雪芹

桂霭桐阴坐举觞②，长安涎口盼重阳③。

眼前道路无经纬，皮里春秋空黑黄④。

酒未敌腥还用菊⑤，性防积冷定须姜⑥。

于今落釜成何益⑦，月浦空余禾黍香⑧。

【注释】

① 此诗出自《红楼梦》第三十八回，在小说中是薛宝钗所作。

② 桂霭：形容桂花的香气。

③ 涎口：馋嘴好吃的人。

④ 皮里春秋：《晋书·褚裒传》记载褚裒这个人表面上不显露好恶，但心里却深藏褒贬，人称他"皮里阳秋"。黑黄：蟹膏有黑色也有黄色。

⑤ 敌腥：抵消腥气。用菊：喝的是菊花酒。

⑥ 性防积冷：螃蟹性寒，吃的时候要防止积冷。

⑦ 釜：锅。

⑧ 月浦：月光照在水边。

【鉴赏】

《红楼梦》里贾宝玉、林黛玉等人结了海棠诗社，表现诗会活动的第三十八回"林潇湘魁夺菊花诗，薛蘅芜讽和螃蟹咏"是小说中非常著名的一章。这次诗会是由史湘云张罗的，其时正值金秋，丹桂飘香，螃蟹肥美，薛宝钗赞助了自家产的螃蟹。这一天，上至贾母，下至丫鬟，一众人等聚在藕香榭说说笑笑，吃螃蟹，赏桂花，好不热闹。诗会以"菊花"为题，林黛玉凭《咏菊》《问菊》《菊梦》三首夺魁。

菊花诗比赛结束后，大家又吃螃蟹。贾宝玉诗兴未尽，做了一首咏螃蟹的诗："持螯更喜桂阴凉，泼醋擂姜兴欲狂。饕餮王孙应有酒，横行公子竟无肠。脐间积冷馋忘忌，指上沾腥洗尚香。原为世人美口腹，坡仙曾笑一生忙。"写完后，宝玉自以为得意。

林黛玉嘲笑说"这样的诗，要一百首也有"，并提笔写下："铁甲长戈死未忘，堆盘色相喜先尝。螯封嫩玉双双满，壳凸红脂块块香。多肉更怜卿八足，助情谁劝我千殇。对斯佳品酬佳节，桂拂清风菊带霜。"黛玉写完后，"宝玉看了正喝彩，黛玉便一把撕了，令人烧去"。

眼看着二人打打闹闹，薛宝钗按捺不住了。她刚在菊花诗中被黛玉比下去，嘴上不说，心里是憋了一口气的，这时便有意压黛玉一头，也作了首咏螃蟹的诗。众人说她的这首诗"小题目"而"寓大意"，"算是大才"，"只是讽刺世人太毒了些"。我们看这首诗是怎么讽刺世人的？

第一联说桂花盛开的时节，我们坐在梧桐树下饮酒吃蟹，京城里的饕餮客都盼望这重阳节到来，因为这是螃蟹最肥美的时候。

第二联就是那讽刺世人的一句。经纬是经线和纬线，前一句表面上写螃蟹横着爬根本不管路是横是直，实际上是嘲骂有些人仗势欺人无法无天；"皮里春秋"典故见于《晋书·褚裒传》，这个词后来用来形容有些人城府深心机重，这一句表面上写螃蟹壳里面的蟹膏有黄色也有黑色，好比春天秋天有不同颜色，实际上用一个"空"字嘲笑有些人机关算尽到头来仍是一场空。

第三联，说螃蟹腥味大，一般的酒不足以去其腥气，必须在酒中加入菊花，又说螃蟹性凉吃多了对身体不好，要用姜来补热气。"腥"和"冷"是写螃蟹之性，也是在嘲笑有些世人的不良品性。

最后一联，说看起来那么厉害的螃蟹，最后还不是落到锅里被煮熟，它当时横行过的水浦哪里还有它的踪迹呢，那里只有月光照着稻花发出幽幽香气。这实际仍是讽刺世人再强横，心机再重，只要品性不端，难免空忙一场，结局堪悲。

小说中，宝钗向来以温柔敦厚示人，但从这首诗可以看到她性格中的另一面，那就是温和、大度只是表象，她其实也有老辣、锋芒的一面。

众所周知,《红楼梦》里写到的诗词往往和它们的创作者的性格、命运有着内在的联系。曹雪芹安排林黛玉以菊花诗夺魁,又让薛宝钗在咏螃蟹中取胜,是不是在用菊花、螃蟹这两个迥然有别的形象暗示这两位少女的品性呢?

【杯】

青青鹦鹉，杨柳池台。
碧山人来，清酒深杯。

沁园春·将止酒，戒酒杯使勿近^①

[宋] 辛弃疾

杯汝来前^②，老子今朝，点检形骸^③。甚长年抱渴^④，咽如焦釜^⑤，于今喜睡，气似奔雷^⑥。汝说刘伶，古今达者，醉后何妨死便埋。浑如此，叹汝于知己，真少恩哉。

更凭歌舞为媒。算合作平居鸩毒猜^⑦。况怨无大小，生于所爱，物无美恶，过则为灾。与汝成言，勿留亟退，吾力犹能肆汝杯^⑧。杯再拜，道麾之即去^⑨，招则须来。

【注释】

① 止酒：戒酒。这首词是为戒酒而作，通篇和酒杯进行对话。

② 汝：你，称呼酒杯。

③ 点检形骸：检查身体，表示要注意保养。

④ 渴：酒渴病。

⑤ 焦釜：烧糊了的锅。

⑥ 气似奔雷：鼾声如雷。

⑦ 合作：看作。鸩（zhèn）毒：一种剧毒。

⑧ 肆：此处作打碎酒杯解。

⑨ 麾：同"挥"。

【鉴赏】

　　辛弃疾（1140—1207），字幼安，号稼轩，南宋人。辛弃疾实是一位英雄豪杰。他生在赵宋南渡后被金兵占领的山东济南，二十岁时组织民间抗金武装，曾带五十骑深入敌营活捉叛徒，后率部投奔南宋。他文武兼备，真有雄才大略，一生志在收复中原，却不被苟且偷安的南宋统治者看重，投闲二十多年。统治者几次起用他，也只是看重他救火救急的才能，派他在远离前线的地方担任官职。辛弃疾一生英雄无用武之地，他本无意做词人，只因壮志难酬借诗词陶写情怀，却成了文学史上的著名词人。稼轩词内容广泛，以抒写爱国情怀为主，风格豪放悲壮，与苏轼并称为宋词豪放一派的代表。

英雄往往也好美酒，辛弃疾就是如此，"总把平生入醉乡，大都三万六千场"（《添字浣溪沙》）。因为饮酒太过而伤及身体健康，他一度有戒酒的念头。这首《沁园春》就是以游戏性的笔调写戒酒。这首词，可以说是战士辛弃疾向酒杯开战，呵斥酒杯，令其远离自己。

上片起拍以第二人称"汝"招呼酒杯，将酒杯拟人化，直接对酒杯发言，他痛陈酒杯的罪状，表明自己戒酒的决心。酒杯的罪状之一是侵害词人健康，使得他常年酒精上瘾，若不饮酒就口渴、嗓子冒烟，好像铁锅架在火上烤一样难受，要是饮酒呢，酒后又嗜睡，鼻鼾如雷。这几句写得诙谐幽默。接下来，词人引用了刘伶的典故。刘伶是竹林七贤之一，以嗜酒著称，作《酒德颂》，他经常乘坐鹿车，带着一壶酒，让随从带着锄头跟着，说"死便埋我"，放浪形骸如此。刘伶以酒为知己。词人斥责酒杯对于自己的知己，不加爱惜，却毁坏他的健康，"真少恩哉"。这是酒杯的第二宗罪。

下片以"更"字起，继续痛斥酒杯第三条罪。酒杯和歌舞勾结在一起，沆瀣一气，相互佐兴，简直成为谋命的毒药。"况"以下四句词人不再责备酒杯，而是反省自己，以说理来总结这一顿训斥：怨恨都产生于爱恋，凡事过犹不及。前面的斥责看起来是对酒杯的怨，这种怨恨其实源于爱好；过错不在酒杯，是自己没有掌握好度才导致灾害。前人论苏辛词区别，其中一条说苏轼"以诗为词"，辛弃疾"以议论为词"，这几句就是一个例证。接着，词人与酒杯立约：你速速退下，要再让我看见你，定把你打个粉碎！这首词最有趣的是结拍。"杯再拜"，拜这个动作显出杯子恭敬谦逊的态度，但它的回答却是绵里藏针：现在你让我退下，我就退下；将来你要想让我前来，我也一定听命前来。

　　这首词以模拟人与酒杯对话写成，书写了词人想戒酒又戒不成的矛盾心理，读来风趣幽默。它既包含生活情趣，也包含人生哲理。就词之风格论，可以说前无古人，体现出辛弃疾创作上不拘一格的自由精神。

　　有趣的是，不久后辛弃疾用同韵写了一篇姊妹篇《沁园春》，其题下注明："城中诸公载酒入山，余不得以止酒为解，遂破戒一醉，再用韵。"词云"借今宵一醉，为故人来"，他果然又招呼酒杯了。可见，戒酒真非容易事，大英雄如辛弃疾者也做不到。

鹧 鸪 天

［金］元好问

只近浮名不近情①。且看不饮更何成。
三杯渐觉纷华远②，一斗都浇块磊平③。
醒复醉，醉还醒。灵均憔悴可怜生④。
离骚读杀浑无味⑤，好个诗家阮步兵⑥！

【鉴赏】

　　元好问（1190—1257），字裕之，号遗山，他系出鲜卑族拓跋氏，又生活在金、元少数民族政权的统治之下，但却是一个典型的传统儒家士大夫。元好问自幼聪慧好学，四岁识字，七岁能诗，后得名师指点，终成一代文宗，著述极富，文史兼备。

　　要读懂这首词，需要稍微了解一下元好问一生的深创剧痛，那就是他经历了金朝的灭国。元好问大半生在金朝度过，或隐或仕。绍定五年（1232年）蒙古大军攻破金国首都汴京，元好问以前朝官员身份被押解囚居在聊城。两年后，逃到蔡州的金哀宗自尽，金朝灭国。元好问晚年以遗老孤臣身份与心态收集整理故国文献，在金元鼎革的乱世之中为保存中原文化做出过杰出贡献。这种鼎镬余生、栖迟零落之感，在他后期诗词中多有体现，即况周颐说的："神州陆沉之痛，铜驼荆棘之伤，往往寄托于词。"其晚年作的一组《鹧鸪天》（共三十八首）尤多这种"零落栖迟感兴多，酒杯直欲卷银河"（其四）的沉痛书写。这首《鹧鸪天》

是组词中的第二十五首。

上片言饮酒的妙用。起拍是一句议论，词人说一个人如果只会追求浮名那就不近人情了。近人情的做法是什么呢？就是后面说到的饮美酒。要是不喝酒的话，人生还有什么乐趣呢？诗人早年曾学陶渊明作《饮酒》组诗，有句说"酒中有胜地，名流所同归""一日不自浇，肝肺如欲枯"。可见他之喜好饮酒，早年亦然。前两句将饮酒与追求功名作对比，肯定前者否定后者。其实元好问原先是功名心很强的读书人，他多次参加科举，并在金朝的中央和地方任职，政声颇佳。只是金灭国之后，他存故国之思，有意和蒙元政权保持距离，不再以功名为念。后两句写饮酒的功用：一是可以远离人世的纷扰，二是可以消除心中的积郁。"三斗""一杯"都是言饮酒之多，看起来痛快淋漓，其实包含极沉痛的感情。

下片论醒与醉的辩证关系。词中写到两位古人，第一个是战国时期的屈原，屈原对楚国君主和社稷一片衷心，却因楚怀王听信小人谗言而被流放，内心极为痛苦。他行吟泽畔和渔父对话，说自己"众人皆醉我独醒"，表达不愿意与奸佞同流合污的高尚节操。第二个古人是三国时期的竹林七贤之一阮籍，阮籍生在魏晋乱世，为了避祸，常常把自己喝得酩酊大醉。据说有一次司马昭想与他联姻，他竟大醉六十天，使提亲无法进行，不了了之。这两个人物，一个因清醒而痛苦，最后自沉于汨罗江；一个借醉酒而避祸，得以终天年。元好问说："醒复醉，醉还醒。"到底哪一位是真的清醒，哪一位是真的沉醉呢？我读完《离骚》觉得没有趣味，不如阮籍的诗好！在一褒一贬之中表明自己的取舍。这两句当然不是在评诗论文，贬低《离骚》的艺术价值，它只是表明自己热衷饮酒也是出于和阮籍一样的苦闷罢了。

绮怀·其十五①

［清］黄景仁

几回花下坐吹箫，银汉红墙入望遥②。
似此星辰非昨夜③，为谁风露立中宵。
缠绵思尽抽残茧，宛转心伤剥后蕉。
三五年时三五月，可怜杯酒不曾消。

【注释】

① 绮怀：指涉及爱情的美丽情怀。
绮，有纹理的丝织品。
② 银汉红墙：李商隐《代应》："本
来银汉是红墙，隔得卢家白玉堂。"
③ "似此"句：李商隐《无题》："昨
夜星辰昨夜风，画廊西畔桂堂东。"

【鉴赏】

　　黄景仁（1749—1783），字仲则，又字汉镛，江苏武进人。黄仲则是清代中叶诗人，"乾隆六十年间，论诗者推为第一"（包世臣语）。他生活在号称盛世的乾隆时期，一生命运却异常坎坷。他家世贫寒，四岁丧父，家累很重，毕生被贫困折磨，其名句"全家都在风声里，九月衣裳未剪裁"（《都门秋思》）写的就是这种生活惨状。他虽然才气高，出名早，十六岁参加童子试，于三千考生中拔得头筹，但从十九岁到三十二岁，期间先后参加八次乡试都未中选。科举之路是古代读书人的唯一出路，没有功名的黄仲则只能在师友接济下辗转各地做幕僚，身份低下，收入微薄，生活极不稳定，心情也长期处于苦闷激愤状态。"十有九人堪白眼，百无一用是书生"（《杂感》）就是他的传世名句。生活艰难，加之体弱多病，黄仲则在三十五岁便早早辞世。

　　黄仲则传世诗仅一千多首，结为《两当轩集》。"枉抛心力作诗人"（《癸巳除夕偶成》），这个薄命的诗人将自己一生的凄苦都揉进诗里，凄苦哀怨之音、悲慨不平之气成了黄仲则诗歌的主基调。时人王昶说他的诗"不啻哀猿之叫月，独雁之啼霜也"。

《绮怀》是黄仲则的名作之一，写于乾隆四十年（1775 年），诗人二十七岁。这是一组七律，共计十六首。诗人回忆他少年时与表妹的一段未能修成正果的初恋。这组诗中，有的写初见（其一、其四），有的写嬉戏（其二），有的写幽会（其三、其八、其九），有的写鱼雁传情（其四），有的写离别和相思（其六、其七），有的写表妹嫁作他人妇后的重逢（其十），有的感叹表妹的不幸婚姻（其十一），有的写自己客居他乡的孤苦情状（其十二、其十三、其十四、其十五、其十六）。整组诗缠绵悱恻、哀婉凄美，从主题、情调到遣词造句都明显受着李商隐无题诗的影响。

第十五首，尤其第二联最受人激赏，是黄仲则名句。

首联写当年相恋时的美好情怀。一个翩翩少年郎在明月夜、花影中吹出悠扬的洞箫声，为的是吸引心上人的注意，传达内心的相思之情。吹箫也是用典故。《列仙传》记载，秦穆公时有名箫史者，善吹箫，穆公之女弄玉被箫声吸引，后来二人结成伴侣，同乘凤凰飞走。"银汉红墙"化用自李商隐的诗句"本来银汉是红墙"，是说有情人不得相见，虽只隔着一道墙却好比隔着宽阔的银河一样，咫尺天涯。

颔联化用了李商隐的"昨夜星辰昨夜风"。星辰依旧是一样的星辰，但今夜的情境已不是昨夜的情境。昨夜是什么情境？昨夜是花下吹箫传情，隔墙相思绵绵的恋爱时刻。今夜又是什么情境？今夜是和当年的恋人相别已十载，她早已"绿叶成荫"，而诗人则是扁舟羁旅孤身漂泊。今夜诗人依旧夜不能寐，但已没有了心上人可以思念。"为谁风露立中宵"，仿佛风露是他唯一的伴侣，哀情何其深长而凄冷。

颈联尤其把这种心情进一步作细密刻画。诗人有重重相思却无处寄托，他的心被深深哀愁包裹住了。他要将这无尽的相思一点点抽出，却如剥丝抽茧一般没有尽头，最后呈露出来的是一颗受尽伤害的赤子之心。

尾联处呼应首联，仍旧回到那个令诗人难忘的恋爱时刻。"三五年时"是指十五岁那年，"三五夜"是正月十五元宵节那夜，也就是花下吹箫的那夜。组诗第一首也写到那个夜晚他们在窗下眉目传情，窃窃私语的境况，"朱鸟窗前眉欲语，紫姑帆畔目将成"。那一夜已经过去，往事却历历印刻在心中难以消磨，如醉人销魂的酒令人难以忘怀。

这首诗用了很多典故，这些典故不但没有造成诗意的阻隔，反而深化和蕴藉着诗人的真情。清代诗坛，多数诗人被考据学弄得头脑僵化，被文字狱吓得胆战心惊，他们很少在诗歌中表露自己的真情实感，黄仲则算是异类，因此他的诗被视为"诗人之诗"。当代学者严迪昌先生评价说："诗人之诗的特点在于以情胜……黄仲则向来被视为天才，然其诗之所以超轶时辈，正在于他哀乐过人，情思绵密，触怀抽丝，骋情深微。唯其如此而才又足以承托之，故真挚深沉的情思益显澜翻笔底，撼人心弦。"（《清诗史》）这段评语非为某一首诗而发，但借用来评这一首《绮怀》，可以说是合若符契。

送李侍御赴安西①

[唐] 高 適

行子对飞蓬，金鞭指铁骢②。
功名万里外，心事一杯中。
虏障燕支北③，秦城太白东④。
离魂莫惆怅，看取宝刀雄。

【注释】

① 安西：安西都护府，治所在今新疆维吾尔自治区库车县。
② 骢（cōng）：毛色青白相间的马。
③ 燕支：焉支山，又称胭脂山，现称大黄山，在甘肃境内。
④ 秦城：指长安城。太白：指终南山的太乙峰。

【鉴赏】

高適，字仲武，号达夫，盛唐诗人。高適少贫孤，青年时泛游燕赵边地，开阔了眼界和胸襟。在唐代诗人中，高適是少有的那种真正领过兵打过仗的将领。他曾在名将哥舒翰幕中任掌书记，辅佐他驻守潼关力战安禄山叛军，战事失败之后，他又扈从玄宗入蜀，后任淮南节度使讨伐永王李璘（李白就在李璘幕中），又任剑南节度使对抗吐蕃。这些经历决定了高適的诗风雄浑高古，非常人所及。他尤其擅长写边塞诗，与岑参齐名，世称"高岑"。严羽《沧浪诗话》评说："高岑之诗悲壮，读之使人感慨。"

这是一首送别诗。李侍御为何人不详，侍御是监察官，有时出使地方。安西都护府治所在今新疆库车。

首联写李侍御纵马出行的矫健风采。"行子"是出行之人，"飞蓬"是被风吹落的蓬草，古人常以飘忽不定的飞蓬比喻四处漂泊的游子，此处应是指诗人自己。诗人送友人出发，友人是行子，而诗人也是一个游子。马而曰"铁"，鞭而曰"金"，此处塑造了挥金鞭策铁马的使者形象，展现了硬朗雄壮的风姿。这一联两句都是句内成对，风格峻急。

　　颔联肯定使者定能不负此行，立功于万里之外。安西都护府远在西域，是地地道道的万里之外的边关。诗人把对友人的无限情谊都尽付于一杯酒中。这一联对仗严谨，尤其是"万里"和"一杯"形成巨大的诗意张力。

　　颈联诗人展望分别后的情景，感到惆怅。燕支山，即焉支山，在今甘肃境内，处于河西走廊中部，丝绸古道从此穿过，南通青海，北达蒙古，东西扼甘、凉两地，自古是兵家必争之地。秦城指长安城，太白指终南山。这两句是说在此分别后，你将远出燕支山之北，而我要留在太白山之东，我们会越离越远。

　　尾联表达劝勉之情：虽然我们要分别但也不必惆怅，让你的宝刀发挥它应有的威力吧。结语很是简洁有力。这首诗虽是送别诗，但没有一丝柔靡哀伤气息，通篇是磊落慷慨之志，展现了盛唐的雄强气魄。

寒　食^①

[唐] 韦应物

晴明寒食好，春园百卉开。
彩绳拂花去^②，轻毬度阁来。
长歌送落日，缓吹逐残杯^③。
非关无烛罢^④，良为羁思催。

【注释】

① 寒食：古代节日，在冬至后第一
百零五天。
② 彩绳：指秋千。
③ 吹：笛子一类的乐器。
④ 罢：停止。

【鉴赏】

　　寒食节是古代非常重要的节日，时间在冬至后的第一百零五天，一般是指清明节前一两天。这个节日是为了纪念介子推的。春秋时期晋国公子重耳流亡十九年，介子推不离不弃地辅佐他。后来重耳做了晋文公，介子推功成身退，携母归隐绵山。重耳为逼他出山共享富贵，放火烧山，结果把他烧死。晋重耳为纪念介子推，遂下令其死难之日禁大吃寒令，是为"寒食节"。这一天还有祭祀、踏青的习俗。如今寒食节习俗已并入清明节，这个节日也不重要了。

　　韦应物（737—792），唐代诗人，因为曾任苏州刺史，又称"韦苏州"，以写田园山水诗著称。本诗作于唐建中二年（781年），其时他出任滁州刺史，途经金陵拜访朋友，正好赶上寒食节。

　　第一联写寒食节的物候，这一天春光明媚，百花盛开。正当诗人兴致勃勃地欣赏春日盛景之时，他还看到了一群年轻男女在园子里游戏。第二联就抓住人的活动来表现。彩绳是指秋千，这是女孩子们喜欢玩的游戏，秋千荡来荡去，从花丛上悠过，带落了几片花瓣。踢球是男孩子喜欢玩的游戏，皮球飞得很高，越过小阁向着诗人飞来。这两句诗匠心独具，它不写游戏的人而写游戏的道具，通过典型道具来表现游戏者的身份特征和喜悦状态，含蓄而生动，这要比直接描写"少女""少男"更巧妙。

第三联"长歌"是唱歌，或许也包括吟诵，"缓吹"是指悠扬的音乐，这一联写诗人和朋友举行宴会。他们流连春光，心情欢畅，终日吟诵高歌，又饮酒为乐，不觉夕阳西下。最后一联是抒发诗人的宦游之情。因为是寒食节，不能用火，天黑下来，宴席就只好结束了。但诗人偏偏反着写，我停止了歌饮欢乐，不是因为不能点蜡烛，而是因为我心中有羁旅他乡的惆怅。

此诗短小却情味十足，它以明快色彩为主，又笼罩着一层淡淡的思乡之情，欢情而不浅薄，忧伤而不颓丧。

鹧鸪天

［宋］黄庭坚

坐中有眉山隐客史应之和前韵^①，即席答之。

黄菊枝头生晓寒，人生莫放酒**杯**干。风前横笛斜吹雨，醉里簪花倒著冠^②。
身健在，且加餐^③。舞裙歌板尽清欢。花白发相牵挽^④，付与时人冷眼看^⑤。

【注释】

① 史应之：史铸，字应之。黄庭坚在戎州结识的友人。
②"醉里"句：用晋人山涛典故。《世说新语·任诞》："山季伦（山简）为荆州，时出酣畅。人为之歌曰：'山公时一醉，径造高阳池。日暮倒载归，酩酊无所知。复能乘骏马，倒著白接篱。举手问葛疆，何如并州儿。'"
③ 加餐：《古诗十九首·其一》："弃捐勿复道，努力加餐饭。"
④ 黄花：菊花。
⑤ 冷眼：轻蔑的眼光。

【鉴赏】

　　黄庭坚（1045—1105），字鲁直，号山谷道人，又号涪翁，籍贯洪州分宁（今江西修水），是诗歌史上影响很大的江西诗派的开创者。黄庭坚与秦观、晁补之、张耒并称"苏门四学士"。他还是著名书法家，与苏（轼）、米（芾）、蔡（襄）并称"宋四家"。

　　绍圣元年（1094 年），黄庭坚因参与修撰《神宗实录》被政敌指责不实而贬官涪州别驾，安置黔州（今四川彭水），后移戎州（今四川宜宾）。他在戎州结识了眉山人史应之，这是一个有才学而沦落在江湖间的异能放达之士，性嗜酒，为人风趣幽默。黄庭坚称赞他"先生早擅屠龙学"（《戏答史应之三首》），又说"眉山史应之，爱酒而滑稽"（《史应之赞》）。

　　这首词作于元符二年（1099 年）重阳节后，黄庭坚用同韵共写了三首《鹧鸪天》，都是写重阳赏花、饮酒、酬答友人的。第一首题注"明日独酌自嘲呈史应之"。史应之收到词后有唱和。黄庭坚隔日在宴席上遇到史应之，再作一首"即席答之"。

　　上片起拍点明时令，重阳节刚过，黄色菊花还盛开着，但天气已有寒意。菊花耐寒，因寒而更见精神。第二句由赏花而饮酒。友人好饮酒，酒逢知己千杯少，诗人说"人生莫放酒杯干"。这一句主要是劝友人饮酒，而非自劝。黄庭坚虽然少时"使酒玩世"（《小山集序》），不过他在四十岁时路过泗州僧伽塔，作了一篇《发愿文》（此文有墨迹流传，是书法杰作），发誓戒酒肉女色。他说："老夫止酒十五年矣，到戎州，恐为瘴疠所侵，故晨举一杯。不相察者乃强见酌，遂能作病"（《醉落魄》）。可见他重新饮酒之后很慎重，并不真的日日豪饮，酒杯不干，而且很快"复止饮"了。后两句写友人喝醉后的状态：风中横笛，对雨斜吹，写酒后浪漫文雅的举动；菊花满头，倒戴巾帽，写醉后狂放滑稽的行为。

　　上片主要是写史应之，下片转写自己。"身健在，且加餐。"用《古诗十九首》中"努力加餐饭"来勉励自己在贬谪的逆境中保重身体，传达出苦中作乐的坚毅精神和乐观心态。后两句，写诗人在酒席上的情态。诗人本着珍重自己的生活态度，要尽情欣赏眼前的歌舞，他也在头上插上很多菊花，应景作乐，黄色的菊花缠绕着苍白的发丝，为老而不尊，诗人也感到这形象难免是唐突滑稽的。"付与时人冷眼看"，结句富于深意，表面意思当然是写当下的扮相，可能引起别人的嘲笑，他说别人愿意怎么看就怎么看吧！而深层上，表达了诗人孤高自傲、不借风使舵，不与时论相苟且的政治态度和人格风骨。这一句里有牢骚，更有气节。

　　诗人在第三首《鹧鸪天》中又说："甘病酒，废朝餐。何人得似醉中欢。"虽然为了健康，黄庭坚没有坚持"病酒"很多日，但不可否认，饮酒带来的乐趣安慰了逆境中的诗人。

登　高

[唐]杜　甫

风急天高猿啸哀①，渚清沙白鸟飞回②。

无边落木萧萧下，不尽长江滚滚来。

万里悲秋常作客，百年多病独登台。

艰难苦恨繁霜鬓③，潦倒新停浊酒杯④。

【鉴赏】

杜甫擅写七律，精品尤多，而以这首《登高》最为人赞赏。

先解诗题。古人素有重阳节登高的习俗，这首诗写于唐代宗大历二年（767年）重阳节，这一年杜甫五十六岁，客居夔州（今重庆奉节县）。虽然安史之乱已经结束四年，但国家经济和民生还没有从内战的消耗中恢复过来。在平息叛军的过程中，地方军阀崛起，中央对地方的控制能力大大削弱，西域吐蕃则趁机挑起边衅，唐朝仍是危机四伏，开元时期的盛世气象一去不复返。此前，杜甫在成都托身好友严武幕下五六年之久，度过了他人生中比较平静的一段时光。严武死后，杜甫失去依靠加之年岁渐暮，有归家之思，遂出川，因病滞留三峡边上的夔州。他没有想过在此长住，却一住经年。"明日重阳酒，相迎自酦醅"（《晚晴吴郎见过北舍》），他约了朋友吴郎登高饮酒，但是朋友爽约了，他只得"重阳独酌杯中酒，抱病起登江上台"（《九日五首·其一》）。

此诗前四句是写景，抓住夔州典型景象写出一片肃杀之气。夔州扼守三峡西口之夔门，高江急峡，地势极为险峻，景观极为壮丽。首联上句写远望之景，"风急天高"见秋气肃杀之厉。据《水经注·江水》记载，当地有民谣："巴东三峡巫峡长，猿鸣三声泪沾裳。"后世诗人写三峡多涉及猿鸣。下句写俯瞰之景，秋天长江水势变小，江中小洲袒露，可供江鸟停息。

颔联雄壮浑成，是杜甫的名句。落叶是秋季最典型也最常见的景象，写落叶的诗句车载斗量不知有多少，却从未有杜甫这一句含着千钧力道。"无边"描摹落叶铺天盖地的广大阵势，"萧萧"模拟秋风卷落叶的肃杀之声。诗人看到长江从远处滚滚而来，又向着远处滚滚奔去，雄浑壮观，大开大合。上一句写时序，下一句写空间，把宏阔的时空压缩在短短十四字内，非有扛鼎笔力不能至此。清人张世炜评这两联说："四句如千军万马，冲坚破锐，又如飘风骤雨，折旆翻盆。夔州极爱之，真有力拔泰山之势"（《唐七律隽》）。

后四句是抒情，写出悲秋的情绪。"自古逢秋悲寂寥"，古人悲秋一方面是因为秋季天转寒，气惨淡，万物归于消沉，另一方面也常常因为诗人自己处在宦游、贬谪、失意等逆境状态中。颈联点名悲秋的两个原因，一是"作客"，二是"多病"，此二者并无新意，但读来令人震撼，原因在于它们的程度之深。诗人不是一般的作客，而是"万里"作客、"常"作客，这就写出了他漂泊之远、漂泊之久。诗人不是一般的"多病"，而是"百年"即一辈子都处在多病之中。古代诗人写到"病"通常是两重意思，一是身体上的不健康状态，但更多的是境遇上的不得志状态。杜甫此时此刻则是二者俱全。宋罗大经评这一联说："万里，地之远也；悲秋，时之惨凄也；作客，羁旅也；常作客，久旅也；百年，暮齿也；多病，衰疾也；台，高迥处也；独登台，无亲朋也。十四字之间含有八意，而对偶又极精确。"（《鹤林玉露》）又，"万里"于空间是极大之数，"百年"于人生是极长之年，非如此阔大之词不能托住前一联的"无边"与"不尽"。所以，尽管颔联已经写得沉重浑厚，对一般诗人来说恐怕无法接续了，但杜甫这一联还能更上层楼，以巨大的人生悲情胜越宏阔的自然景象，真千古独步。

结尾是承接前联，诗人把心中交战着的心情落实为"艰难苦恨"四字，家国命运，个人遭际，一并于此。这正该是借酒浇愁的时刻，可偏偏诗人因老病缠身而刚刚戒了酒。这样，尾联中将愁苦之情由沉厚转化为绵远，乱世衰年的无尽悲苦尽萃于此。

这首诗格律极为谨严，且八句皆用对句，堪称一绝。元人评价说："一篇之内，句句皆奇；一句之内，字字皆奇。"自来品评此诗者甚多，而以明胡应麟《诗薮》推崇最甚："'风急天高'一章五十六字，如海底珊瑚，瘦劲难明，深沉莫测，而精光万丈，力量万钧。通首章法，句法，字法，前无昔人，后无来学。……然此诗自当为古今七律第一，不必为唐人七言律第一也。"

【醉】

是有真宰，与之沉浮。

如渌满酒，花时反秋。

破阵子·为陈同甫赋壮词以寄①

[宋] 辛弃疾

醉里挑灯看剑②，梦回吹角连营③。八百里分麾下炙④，五十弦翻塞外声⑤。沙场秋点兵⑥。

马作的卢飞快⑦，弓如霹雳弦惊。了却君王天下事⑧，赢得生前身后名。可怜白发生！

【鉴赏】

苏辛词，并称豪放，二人实有所不同，苏东坡是豪放中体现超迈，辛弃疾是豪放中内含悲壮，这是由他们所处的不同时代环境和不同的人生境遇决定的。这首《破阵子》是辛弃疾的代表性词作之一，正体现了豪迈与悲壮的艺术风格。

词题下注明此词是写给朋友陈同甫的。陈同甫即南宋著名思想家陈亮（1143—1194），他与辛弃疾有很多相似处：为人豪爽，才气纵横，喜欢谈兵，在宋金对峙形式下，辛、陈二人都属主战派，故引为知己。陈亮说："只使君，从来与我，话头多合。"（陈亮《贺新郎·寄辛幼安和见怀》）辛弃疾则说："我最怜君中宵舞，道男儿到死心如铁。看试手，补天裂。"（《贺新郎·同父见和，再用韵答之》），相契如此。南宋统治者一心求苟安，立志收复的主战人士政治上都不得意。辛弃疾长期被放置山野不用，英雄无地用武，抗金壮志难酬。而陈亮更是屡遭迫害，数次被诬告入狱。这首词的写作时间难以确定，有人认为是写在陈亮遭遇不幸的时候，也有人认为是写在陈亮考中进士的时候，总之辛弃疾写下这首"壮词"，一方面鼓励朋友，另一方面也自我鼓励。

　　上片起拍就描绘了一片毫光四射的场景：夜里，诗人饮酒到醉醺醺的，挑亮油灯，拔出宝剑细看，心中涌起无限豪情。剑，对于辛弃疾而言是战场杀敌的武器，而不是君子书房的饰物。"梦回"一句，有的人理解为"梦中回到了"，这不符合古典诗词语法的通常用法，应理解为"梦醒了"。词人醉后睡去，或因看剑心潮起伏，日有所思夜有所梦，醒来后耳边犹然回响着梦里听见的战斗号角，因此他回忆起梦中场景。"梦回"总领以下八句的梦境。这是一种什么样的梦境呢？那就是将士沙场驰骋，英勇杀敌，报效祖国的壮阔场面。词人以一位将领自居，并非是文人虚夸之词，"壮岁旌旗拥万夫，锦襜突骑渡江初。燕兵夜娖银胡䩮，汉箭朝飞金仆姑"（《鹧鸪天·有客慨然谈功名因追念少年时事戏作》），辛弃疾确实领过精兵，打过硬仗。现在，我们来看词人的梦境：军号响彻军营，号召将士们奔赴战场。出征前，官兵们分享着烤熟的牛肉，军乐合奏，士气高涨。"八百里""五十弦"二句对仗工整。"塞外声"指表现边关征战生活的乐器。这两句以具体化的场景表现出队伍出征前雄浑而热烈的气氛。上片以"沙场秋点兵"一句总括收笔，军威雄壮，斗志昂扬，历历如在目前。"点兵"，表明出发在即。

　　下片继续写梦境，写战争场面。"马作""弓如"二句写战斗的细部镜头，英雄乘坐健壮的战马，飞驰在战场上追逐敌人，他手挽强弓，搭弓开箭，弓弦震荡，连连发出霹雳般的嘣嘣声。这两句生动刻画了一位在抗击金国侵略者的战场上冲锋陷阵，英勇无畏，所向披靡的战士形象。接下来两句则概述英雄的功绩：他通过战斗，驱除侵略者，收复失地，完成忠君报国的事业，为自己赢得了千古美名。这两句不是写实，而是写理想。至此，功德圆满，全词壮怀激烈的情感达到顶峰。结句"可怜白发生",词人从梦境的激越中清醒过来,战斗也好,功业也好,原来只是"梦一场",现实是词人有心报国却报国无门,统治者根本不愿意起用他,他只能闲居在乡下,"却将万字平戎策。换得东家种树书"。这最后一句,乃是一声浩叹,是冷酷现实泼在热烈理想头上的一盆冷水。全词的情绪如从巅峰坠入谷底,此一句以千钧之力把英雄的悲哀和盘托出,感人至深。夏承焘先生评论说:"前九句写军容写雄心都是想象之辞。末句却是现实情况,以末了一句否定前面的九句,以末了五个字否定前面的几十个字。前九句写的酣恣淋漓,正为加重末五字的失望之情。这样的结构不但宋词中少有,在古代诗文中也很少见。"

望 海 潮

[宋] 柳 永

东南形胜①，三吴都会②，钱塘自古繁华③。烟柳画桥，风帘翠幕，参差十万人家④。云树绕堤沙。怒涛卷霜雪，天堑无涯⑤。市列珠玑，户盈罗绮，竞豪奢。

重湖叠巘清嘉⑥，有三秋桂子⑦，十里荷花。羌管弄晴，菱歌泛夜，嬉嬉钓叟莲娃⑧。千骑拥高牙⑨，乘醉听箫鼓，吟赏烟霞。异日图将好景⑩，归去凤池夸⑪。

【注释】

① 形胜：地理形势特别好。

② 三吴：吴兴郡、吴郡、会稽郡，合称三吴。今江苏南部，浙江北部和东部一带，古代属于吴国。都会：人口、财物集中的大城市。

③ 钱塘：今杭州，唐宋时已经是一座大城市。

④ 参差：形容房屋大小高低不齐。

⑤ 天堑：天然的险要江河，指钱塘江。

⑥ 重湖：西湖分里湖和外湖。巘（yǎn）：小山。清嘉：清秀美丽。

⑦ 桂子：即桂花。

⑧ 嬉嬉：游乐。莲娃：采莲女子。

⑨ 高牙：大将军的旌旗以象牙装饰。

⑩ 图：绘图。

⑪ 凤池：凤凰池，皇宫禁苑中的池沼。魏晋时，中书省设在禁苑，后遂凤池代称中书省。

【鉴赏】

柳永，原名三变，字景庄，后改名永，字耆卿，后官至屯田员外郎，世称"柳屯田"。柳永官职低微，其生平在《宋史》里无传，生年不确，他与欧阳修同时代，是北宋前期著名词人。柳永出生官宦之家，多次参加科举不利，曾作《鹤冲天》："才子佳人，自是白衣卿相……忍把浮名，换了浅斟低唱。"仁宗皇帝知道后将其黜落，说："且去浅斟低唱，何要浮名！"于是柳永自称"奉旨填词柳三变"，长期混迹酒楼妓院（见吴曾《能改斋漫录》），与歌妓乐工打成一片。

　　这首《望海潮》是一首投献之作。宋人杨湜在《古今词话》中有提到它的创作背景，大意是柳永到杭州想拜见孙相，门禁森严不得见，他作此词教给名妓楚楚，让她在孙府宴会上演唱，"孙即日迎耆卿预坐"。孙相是谁？传统上认为是孙何，今人薛瑞生考证是孙沔，并据此推测，词作于皇佑五年（1053 年）。

　　这首词主要是描绘杭州的繁华面貌。在柳永之前，五代及北宋初年，词人在词中所写的景物主要是闺阁园林之类的小景，都是些可以一览无遗且容易把握的风景，还没有一个词人如汉赋大家那样把整座大都市作为自己的描写对象，这是柳永的独创。柳永要从整体上把这个庞然大物把握在股掌之间，非得有高超的视域不可。上片起拍正是这样，它说杭州位于东南形势优越的地方，是三吴地区最重要的大都会，自古以来就是繁华之都。这三句，从宏阔时空视野中为杭州定位，以非凡气势推出自己要描绘的对象，开门见山，入手擒题，统领全篇。

　　随后，词人从几个不同角度选取有典型意义的景观加以铺叙。首先是城内景观：凝聚着雾气的柳树，装饰着彩画的桥梁，这是水网纵横的江南都市最常见的街巷小景；窗户挂着挡风的帘子，门口挂着翠色的幕帐，这是富裕民居的寻常陈设；以"参差十万人家"为结，盛赞人口繁多，征于史册，此非夸张。接着写城外景观，词人着笔于流经杭城东南的钱塘江，杭州原也是依江而建的。江堤上大树繁密如云，江面上白色波涛翻滚不息，以雪浪滚滚来状模钱塘江大潮，蔚为壮观。写完城内城外的自然景观后，词人转而歌颂杭州城的物阜民丰，市场上金银珠宝琳琅满目，家家户户都身着绫罗绸缎。

　　上片已然对杭城内外全面鸟瞰，下片词人集中全力去写最能代表杭州形象的西湖。

　　下片六字真字字玑珠：西湖分里湖、外湖，故说"重湖"；西湖周围层峦环绕而皆不甚高，故曰"叠巘"；"清嘉"则写出湖山秀美的特点。这是从空间写西湖之美。然后又转入时间维度，写西湖四季之美，主要是抓住秋季和夏季：秋天丹桂飘香，"三秋"写香飘之久，夏天荷花吐艳，"十里"言连绵之广。又，丹桂长在山上，照应"叠巘"；荷花植于湖中，照应"重湖"。接着"羌管"三句写西湖在阴晴昼夜的不同时辰的风姿，但不再单写湖光，而是从人们的休闲活动去写，将人与湖融合在一起，写出了湖的生气和人的悠闲。人们或吹羌管或唱歌，老人在湖边垂钓，少女在湖中采菱，好一派怡然自得、少长咸宜的祥和生活！

最后几句以写知州大人游湖情景收拢全诗，一方面顺理成章，一方面归结到投献主题。山水佳丽、都市繁华、百姓富足安乐，这些既归功于孙沔执政有方，也为他与民同乐提供了机会。"千骑"一句，写出孙沔出游的隆隆声威；"醉听""吟赏"两句写出他高雅的趣味和与民同乐的襟怀；最后两句展开设想，说异日"您"高升去中书省任职，定然舍不得杭城，要将城市景观绘图带走。这是表达对这孙沔的良好祝愿。

这首词非以深情与深意为特色，它之著名全在以磅礴气势、精切剪裁、高妙文才、敷陈笔法，描绘了北宋经济文化全盛时期东南名都杭州的繁华富庶，堪与张择端描绘开封盛况的绘画作品《清明上河图》媲美。作为投献之作，这首词难免略有溢美之情，但这不是它的主要方面。它不同于一般阿谀太平盛世的颂歌，主要表现了词人对杭州的喜爱，对人们幸福的由衷赞叹。

金 缕 曲

［清］纳兰性德

生怕芳樽满^①，到更深、迷离醉影，残灯相伴。依旧回廊新月在，不定竹声撩乱^②。问愁与、春宵长短。人比疏花还寂寞，任红蕤^③、落尽应难管。向梦里，闻低唤。

此情拟倩东风浣^④。奈吹来、余香病酒，旋添一半。惜别江郎浑易瘦^⑤，更著轻寒轻暖。忆絮语、纵横茗碗^⑥。滴滴西窗红蜡泪，那时肠、早为而今断。任枕角，欹孤馆^⑦。

【注释】

① 芳樽：精美的酒杯。

② 撩乱：同"缭乱"，纷繁的样子。

③ 红蕤（ruí）：红花。

④ 浣：洗。

⑤ 江郎：南朝文学家江淹，以《别赋》知名，晚年创作不如前期，成语有谓"江郎才尽"。此处是词人自称。

⑥ 茗碗：茶杯。

⑦ 欹（qī）：斜靠。

【鉴赏】

　　纳兰性德（1655—1685），字容若，满族正黄旗人，其父明珠为康熙朝权倾一时的权臣，他二十二岁中进士，后任一等侍卫，以贵公子而身居清要，扈从皇帝，颇得康熙器重。纳兰性德少年早慧，好学不倦，才华横溢，尤擅填词，有《饮水词》传世，他与当时文坛著名的汉族文士交往极深，名动一朝。纳兰的词以李后主为宗，幽怨感伤，情味深长，有极强感染力。他虽然在三十一岁便早早辞世，仍旧是有清一代最著名的词人之一。

这首词写深夜相思之情。一般诗词中为解相思忧苦常有借酒消愁的举动。上片起拍不是从饮酒写起而从止酒写起，可谓别出心裁。"生怕芳樽满"，并不是说没有饮酒，而是已饮过酒，且是饮酒至"更深"时分，到了"醉影""迷离"的程度，却还不能消除愁绪，独自与孤灯为伴，感到分外凄冷。后两句写景：深夜，一钩新月照着回廊，四周静悄悄，风吹竹叶发出沙沙声。"依旧"表明这景象并不陌生，应是当日团聚时见过的。当日曾共赏过新月，共听过竹声，现在只有词人独自在看，独自在听，因而月色触目，竹声入耳，无不唤起相思情意。这是因眼前景忆昨日事，由昨日事生眼前情。"问愁"两句也是语翻新意。古人写愁之多之长名句迭出，如杜甫的"忧端如山来，澒洞不可掇"，以山之高大沉重来比忧愁之沉重压身，又如李煜的"问君能有几多愁，恰似一江春水向东流"，以江水之浩浩无尽喻愁之绵绵不绝。这些都是同质比拟。纳兰这句以"春宵"比"愁"却不然，因为春宵是短暂的，愁绪是绵长的，而这句妙就妙在愁长与春宵短的异质而比，它不是把愁压短了而是把春宵拉长了，凸显了处于思念中的词人那种度日如年的感觉。"疏花"是稀疏的花枝，与繁花满枝相比，疏花给人寂寞之感。"落尽应难管"，盖因词人自己深陷寂寞心境中，竟无余力去伤春。"向梦里，闻低唤"写出了他想去睡梦中和思念的人团聚。

下片，仍是写夜里，仍是写相思，却又另起一种写法。词人想借东风吹去自己的愁绪，但春风吹来的阵阵花香，反令酒后的醉意加深，也就是令愁绪加深。江淹曾作《别赋》说"黯然销魂者，唯别而已矣"，词人以此自拟，表示离别已经够凄苦，人都因之而憔悴消瘦，更何况在这个乍暖还寒的季节里。这里，把伤春和惜别的两种情怀糅合在一起，回应春风吹病酒，都是做加法，极力描写愁绪加倍的情况。以下，用"忆"字领起四句，回忆以前相聚的三个场景：一是"絮语"，是说一些琐碎而亲昵的话语，当时说来是家常话，现在回忆起来却弥足珍贵；二是品茶和闲谈；三是西窗对烛，用李商隐《夜雨寄北》"何当共剪西窗烛，却话巴山夜雨时"的典故。这句的意思是很曲折的：它是说当日共对烛光时已说到日后有别离情事，早已断肠难耐，现在我们果然是分离了，此刻我感到的伤心欲绝正是那时已经提前感受过了的。人生聚少离多，故而团聚时也常常因为要离别而伤心，离别后自然更加因思念而伤心，如此说来，竟是聚也伤心，离也伤心，无时无刻不在伤心之中。结句回到眼前，写自己在旅馆里孑然一人，斜靠在冰冷的枕头上……

有人以为这首《金缕曲》是悼亡之作，有人以为是怀友之作，从词意看，难下定论。不论如何，它书写了词人满腔的缠绵悱恻相思之苦，千回百转，将断肠伤心之曲弹奏得格外深婉动人。

浣溪沙

［宋］李清照

莫许杯深琥珀浓^①，未成沉醉意先融。
疏钟已应晚来风。
瑞脑香消魂梦断^②，辟寒金小髻鬟松^③。
醒时空对烛花红^④。

【注释】

① 琥珀：指颜色好像琥珀的美酒。
② 瑞脑：一种名贵的香料，又称龙
脑香、瑞龙脑，原产于东南亚和西
亚，隋唐时期传入中国。
③ 辟寒金：相传为昆明国一种益鸟，
口吐金屑，可以装饰钗佩。这里指头
钗等首饰。
④ 烛红花：烛心燃过后结成的花状。

【鉴赏】

　　李清照流传下来四首《浣溪沙》，题旨相同，都是写少女怀春之情，一般认为是她随父李格非客居汴京待字闺中时的少作。

　　上片起拍"莫许"的"许"字，当代学者吴熊和认为是"诉"字之讹误，"诉"字作推辞解，"莫诉"就是不要推辞。琥珀借指色如琥珀的美酒，琥珀色是介于黄色和咖啡色之间的色彩，词人所饮的是黄酒或葡萄酒。这一句是说：不要推辞了，且把美酒斟满酒杯。第二句写词人刚刚喝了点儿酒，还没有到醉的程度，但是却已进入了类似醉酒的惬意状态了。可见使人"融"者，非酒力也，而是别有一段心情。在类似醉酒的状态下，词人的感官变得敏锐起来，她听到远处传来的钟声，感到黄昏微凉的习习晚风。上片写出词人自斟自饮，渐入醉境的那种慵懒而寂寞的情景。

　　下片，时间由黄昏过渡到深宵。词人自斟自酌，不胜酒力，似要慢慢睡去，却又因愁思难断而睡梦不成。这几句写她辗转难眠中对周遭的感知。此前点燃的瑞脑香已经烧完，因长时间辗转于枕上，头饰歪了，发髻也松了。蜡烛已经燃尽，结成花状的烛心还没有断落。"空对"二字写出心事重重，幽怨莫名，无人倾诉的怅惘心情。

这首词上片写饮酒，饮酒是求醉而未醉；下片写睡眠，睡眠是求梦而复醒，是醉亦不成，梦亦不成。无论是昼还是夜，少女的心神都感到百无聊赖而无所寄托。这种情怀，正是富贵人家深居闺阁的少女所独有的。这种闺情不同于少妇思远人的感情，后一种情感有明确思念对象，往往显得深情而坚定，而这一种情感则因为缺乏明确对象而显得轻盈朦胧。

本词所叙之事日常而细腻，所诉之情迷离而真切，不失为一首典雅婉转的闺情佳作。

西江月·遣兴①

［宋］辛弃疾

醉里且贪欢笑，要愁那得工夫。近来始
觉古人书。信著全无是处②。
昨夜松边醉倒，问松我醉何如③。只疑
松动要来扶。以手推松曰去。

【注释】

① 遣兴：遣发意兴。
②《孟子·尽心》："尽信书，不如无书。"
③ 何如：怎么样。

【鉴赏】

　　辛弃疾有英雄气，嗜酒善饮，涉酒词颇多，而以这一首写醉态最为妙趣横生。一般认为这首词是诗人后期闲居瓢泉时期（1194—1202）的作品，这是诗人第二次被放归赋闲。第一次他被弹劾落职，在上饶带湖一住就是十年（1181—1192），第二次又被弃置长达八年，此时诗人步入晚年，眼看自己收复中原的壮志没有机会实现，虽居住在风光绮丽的山野水乡，心情却非常无奈和痛苦。

　　上片写诗人借酒消愁的日常生活。"醉里且贪欢笑"，表面看写及时行乐、百世不萦心的生活状态，但"且"字透露出一种急迫感，它说明醉里的欢笑难以持久。因为平时心情太苦恼，才需要借酒寻乐，又生怕很快醒来，欢乐转眼烟消云散。下一句"要愁那得工夫"是正话反说。因为愁太多、太广、太深，时时刻刻团团围住了诗人，窒息着他，他才要逃到醉乡里去。正话反说时的语气要比直接表达时来得重，此句不单纯是在表达他的"愁绪"，更是表达出了内心的激愤。读了下面两句，我们就知道他何以激愤了。

原来，他近来有一个心得：不能全信古人书。诗人没有明说他在读什么书，又是如何得到这么一种感想，但语气中的偏激与愤慨是显而易见的。这里的古人书大概是指以儒家为主阐述忠君爱国、治国平天下的政治理想的那些书籍。辛弃疾正因为读信了古人书，立志践行古道，为正义事业献身，才产生如此多的痛苦，反倒是那些不信古书、不行正道、苟且偷安、投机钻营的人飞黄腾达，位高权重。这样说来，不信古书倒是更好些呢！胡云翼说这一句"不是菲薄古人，否定一切古书的意义，而是针对当时政治上没有是非和古人至理名言被抛弃的现状，发出的激愤之词"。

上片的情绪是压抑的，下片却描画了一幕充满喜剧感的醉酒独幕剧。这出独幕剧上演的时间是"昨夜"，地点是在"松边"，演出者是诗人和松树。词写到诗人和松树之间的对话与动作。诗人喝醉酒后问松树："我醉得怎么样？"松树当然不会回答他。他醉得步履蹒跚却不自知，醉眼蒙眬反以为松树在动，其实是诗人自己去扶松树，反说是松树来扶他，于是"以手推松曰去"。他的潜台词是：我没醉！我能走！我不要你扶！这一段写人与松之间的互动，看似无情还有情，看似有情又是诗人自作多情。下片把诗人醉酒后的幻视、幻听、幻觉写得惟妙惟肖，把诗人酒后的憨态可掬的情态也写得淋漓尽致，从中还能感受到诗人孤高自傲的性格。

词题为"遣兴"，但不是写寻常闲散之情，而是写忧愤之情；写忧愤之情又不直写，而是曲折地以醉写愁；写借酒消愁的诗词也不可胜数，这首词的好处是下片所塑造的喜剧化情景，它将诗人的醉态和狂态写的生动逼真，远远超过一般的陈词滥调。

曲江二首①·其二

［唐］杜　甫

朝回日日典春衣②，每日江头尽醉归。
酒债寻常行处有，人生七十古来稀。
穿花蛱蝶深深见③，点水蜻蜓款款飞。
传语风光共流转，暂时相赏莫相违④。

【注释】

① 曲江：又名曲江池，故址在今西安城南五公里处，汉武帝所造，唐玄宗开元年间大加整修，成为长安的游览胜地，其南有紫云楼、芙蓉苑；西有杏园、慈恩寺。

② 朝回：退早朝回来。

③ 见：同"现"。

④ 违：违背，错过。

【鉴赏】

　　《曲江二首》是杜甫在乾元元年（758年）暮春写的两首诗。当时安史之乱尚未平息，但最危难的时刻已过去，唐军已收复长安，玄宗、肃宗二帝也已还京，"九天阊阖开宫殿，万国衣冠拜冕旒"（王维《和贾舍人早朝大明宫之作》），唐王朝在肃宗领导之下出现了所谓的"中兴"之象。杜甫以左拾遗职位在朝为官，品阶不高却是皇帝近臣，"侍臣缓步归青锁，退食从容出每迟"（《宣政殿退朝晚出左掖》），他颇有作为一番的振奋心情。但很快，他发现自己实际上并没有得到皇帝信任，和他交谊较密切的贾至、严武等人都受到了排挤，是年六月，他也被排除出长安，出为华州司功参军。

　　《曲江二首》就写在杜甫政治上经由短暂得意转而无限失落的时候，表现了诗人低落的情绪。这里选的是第二首，而第一首也值得一说。

　　第一首诗云："一片花飞减却春，风飘万点正愁人。且看欲尽花经眼，莫厌伤多酒入唇。江上小堂巢翡翠，花边高冢卧麒麟。细推物理须行乐，何用浮名绊

116

此身。"诗人是极度敏感的，一片落花就能让他感觉到春天在逝去，何况是"风飘万点"呢？面对易逝的春光，诗人无可奈何，只有借酒消愁。第三联由春光写到人世变迁。大自然的美好景象稍纵即逝，人世间的富贵繁盛也难以长久，以前住人的小堂现在成了翡翠鸟的巢穴，权贵坟冢前的石麒麟也都翻倒在花草丛中无人理会。"物理"是指宇宙人生的变化之道，既然万事万物时刻变异，又何必被浮名所困呢，不如及时行乐吧。诗人悲伤春之短暂，其实就是看透了肃宗"中兴"不过是一时假象而已，因此情绪低落借酒消愁。

再来看第二首。此诗前四句流转浑融，一气呵成，它们的意思要连贯起来方能理解。第一联写行为，杜甫每天退早朝后并不直接回家，而是先把衣服典当了买酒，来到曲江边上喝得大醉才回家。第二联写如此行为的原因，之所以要"点春衣"，是因为到处都欠着"酒债"，可见前面的"每日"醉不是虚言，而是实有其事。那么诗人为什么要每日买醉呢？因为"人生七十古来稀"。这是用谚语入诗，感慨人生短暂："我"已经很老了，应该及时行乐。杜甫不是那种贪图安逸、醉生梦死的人，因此王嗣奭评说："初不满此诗，国方多事，身为谏官，岂人臣行乐之时？然读其'沉醉聊自遣'一语，恍然悟此二诗，盖忧愤而托之行乐者。"一般诗人作律诗都力避一字复用，而此诗第一联三用"日"字，却不令人觉其单调，也无拗口出格之感，炼字功夫之深可见一斑。

此诗第三联"穿花蛱蝶深深见，点水蜻蜓款款飞"最为人称道。曲江是长安的游览胜境，暮春时节美景众多，为何诗人独独只写蝴蝶、蜻蜓这两种小昆虫呢？可以设想诗人独在江边饮酒渐入醉态，他心情抑郁，本是无意观景，故而一切静止不动的景致，无论如何美轮美奂，都引不起诗人的注意。但是蝴蝶和蜻蜓是飞动的，它们多在眼前蹁跹，你想要不注意它们也难，诗人目光就随着它们的飞动而动。同是飞动，二虫又不同。蝴蝶喜欢往花丛中凑，因而是"穿花"，穿入花丛，时而出现时而被花瓣挡住，因而是"深深见"；蜻蜓喜欢往水面上飞,因而是"点水",水面周围无遮无拦,微风清佛,蜻蜓时而上时而下,因而是"款款飞"。诗人体物之深切,描述之精准,正表现了前一首所谓"细推物理"的功夫。此一联是杜诗中的名句,宋人叶梦得说:"诗语固忌用巧太过,然缘情体物,自有天然工妙,虽巧而不见刻削之痕。老杜……'穿花蛱蝶深深见,点水蜻蜓款款飞':'深深'字若无'穿'字,'款款'字若无'点'字,皆无以见其精微如此。然读之浑然,全似未尝用力,此所以不碍其气格超胜。"(《石林诗话》卷下)

最后一联表达惜春之意:春色如此美好,万物各有其乐,千万要珍惜,不要错过。"传语风光"把自然景物拟人化,诗人虽然政治上不如意,有愁苦,但他也别有怀抱,能和自然展开对话,自是一派天机。

要之,《曲江二首》的好处在体物深切,描绘精妙,抒情含蓄,深婉不尽。

临江仙·夜归临皋①

［宋］苏 轼

夜饮东坡醒复**醉**②，归来仿佛三更。家童鼻息已雷鸣③。敲门都不应，倚杖听江声。

长恨此身非我有，何时忘却营营④？夜阑风静縠纹平⑤。小舟从此逝，江海寄余生。

【注释】

① 临皋（gāo）：地名，黄州城南长江边上，元丰三年（1080年）五月后，苏轼在此居住。

② 东坡：地名，黄州城东边的一片荒地，苏轼在此筑"雪堂"，后以东坡为号。

③ 鼻息：鼾声。

④ 营营：形容往来不绝，后引申为奔波功名利禄。《诗经·小雅·青蝇》："营营青蝇。"

⑤ 阑：将尽。縠（hú）纹：绉纱似的皱纹，常用以喻水的波纹。

【鉴赏】

北宋神宗元丰三年（1080年），四十五岁的苏轼因乌台诗案被贬黄州（今湖北黄冈），名义上任"检校尚书水部员外郎黄州团练副使"，实为交属地看押。他到黄州先寓定慧院，旋即落脚于城南门外的临皋亭，第二年又向官府申请在城东开垦了一片荒芜的坡地，营建五间"雪堂"，因自号东坡。谪居黄州是苏轼人生的重要转折点，经历劫难，一个更加旷达的苏东坡出现在世人面前。

苏轼在黄州写出了《赤壁赋》《念奴娇·赤壁怀古》等一系列名篇，这首《临江仙》便是其中之一。南宋叶梦得《避暑录话》记载了这首词的写作背景：元丰六年初，苏轼大病，一月多未出门，有人误传他病逝。许昌范景仁得知消息后大悲痛，准备金帛吊唁，经人提醒，写信求证。苏轼"发书大笑"，"未几，复与数客饮江上，夜归，江面际天，风露浩然，有当其意，乃作歌辞，所谓'夜阑风静縠纹平，小舟从此逝，江海寄余生'者，与客大歌数过而散"。次日晨，城里传苏轼昨夜"拏舟长啸去矣"。郡守徐君猷大惊（他有看押罪人之责），马上派人打探，"则子瞻鼻鼾如雷，犹未兴也。"

词之上片是记事。题说"夜归临皋"，起拍言"夜饮东坡"，可见他是在东坡雪堂与人饮酒到很晚，酒席散后回临皋住处。"仿佛三更"，说明醉醺醺中辨不清确切时间，但知是深夜而已。他回家遇到一个令人沮丧的小插曲：家童早已经睡熟，鼾声如雷，听不见他敲门。苏东坡到了家门口却进不去！读者君，若是你遇到这个情况怎么办呢？用更猛烈的敲打叫喊声把童子闹起来吗？多数人大概就会这么办；转头回东坡雪堂去吗？也有些人会这么办；在门口坐下先打个盹吗？极少数醉鬼或许如此。但这都不是苏轼的做法，他不急躁也不颓唐，而是随遇而安，索性倚着手杖听起长江的浩荡江声来。诗人没有离开家门口一步，但我们分明感到他的心灵从这个不堪的生活小挫折中飞升起来，率性、潇洒、轻盈、浪漫。临皋在长江边，诗人住在这里，是日日夜夜都与江声为伴的。但夜深人静，江声会比他平日听到的清晰很多，诗人刚从醉酒中醒来，心灵也较往时敏锐。这时，他谛听江声大概听出了不一样的心曲，仿佛见到老朋友有了新面貌。天地之间，诗人并不孤单，天地借江声与他交流，他的心神随江流奔赴远方。

下片为议论兼抒怀言志。《庄子·知北游》："舜问乎丞曰：'道可得而有乎？'曰：'汝身非汝有也，汝何得有夫道。'舜曰：'吾身非吾有也，孰有之哉？'曰：'是天地之委形也。'""长恨此身非我有"语出于此，但主要是表达身陷尘世俗务的牵绊之中，不得自由的感慨，诗人盼望有朝一日能够摆脱羁绊，不再为这些功名利禄而奔竞，内心不再受尘世荣辱的纷扰。"夜阑"是天快放亮了，表示诗人站了很长时间；"縠纹"是绉纱似的皱纹，以喻水之波纹；"平"者，微波不兴也。这一句既是写当时外景，也是写当时内心。所谓内心，直接一层当然是此夜心情，他吃了闭门羹但是依然安之若素；更重要的是，他经历了乌台诗案生死劫难之后，心灵升华到顺时达命的新境界。最后，诗人表达了从此了无牵挂，逍遥入江海的志愿。他当然知道这是一种幻想，要紧的不是"小舟从此逝"的外在形式，而是他达到了内在精神上的超越。

这首词由一件日常生活的小遭遇入手，却独创出一片洒脱天地，叙事也好，议论也好，写景也好，都服务于塑造诗人崭新的精神境界。词境之高迈超绝源于诗人精神的高迈超绝，非寻常作者可比。

【醒】

月出东斗，好风相从。

太华夜碧，人闻清钟。

采 桑 子

［清］纳兰性德

谁翻乐府凄凉曲①？风也萧萧，雨也萧萧，瘦尽灯花又一宵。
不知何事萦怀抱？醒也无聊，醉也无聊，梦也何曾到谢桥②。

【注释】

① 翻：演奏，演唱。
② 谢桥：又称谢娘桥，相传谢娘为一名妓，诗词中谢桥代游冶之地。

【鉴赏】

纳兰特别擅长写深情而凄婉的爱情词。这一首《采桑子》也是一首情词，写一种淡淡的思恋之情，然而背后的情事终究难以实考。

上片写深夜听雨的情景。在一个风萧萧、雨潇潇的凄凉的夜晚，词人听到有人弹唱一首凄凉的乐曲，乐曲声与风雨声相互应和，波澜互荡，搅乱了词人平和的心境，他在孤独凄苦中无法入眠，一点点看着灯花烧尽。灯花即是灯芯，它随着夜转深而越烧越短，词人先以"瘦"后以"尽"写之，正表现这种慢慢燃尽的时间过程。"又一宵"则表明这样凄恻难眠的夜晚，已不是第一次，也不会是最后一次，竟是词人的日常境况。

下片起拍言"不知何事"是障眼法，词人当然知道他此时在思念何人，但他不明说，于是读者只能真的"不知何事"了。深夜难眠，思情萦怀，无从排遣，词人要借酒遣闷，但他感到"醒也无聊，醉也无聊"。无聊，看起来是一种百无聊赖，无所寄托的情形，实际上他是心有寄托，只不过寄托在远方罢了。歇拍

"梦也何曾到谢桥",更把无聊之情推进到极点。日有所思夜有所梦,有情人分别时便盼望能在梦中相逢,但这一句说即使梦中也不能够相逢,惆怅之深可知矣。或许,正是因为已经知道梦中不能相聚,词人才迟迟不愿睡去,虽然保持清醒状态会有无限凄苦、孤独和无聊,但至少也可以对灯花寄相思吧。

　　这首词语言平白如语,而情味幽怨,凄楚动人,原因正在于词人寄托了他的一往深情。

望江南·超然台作^①

［宋］苏 轼

春未老，风细柳斜斜。试上超然台上
看，半壕春水一城花^②。烟雨暗千家。
寒食后^③，酒**醒**却咨嗟^④。休对故人思故
国^⑤，且将新火试新茶^⑥。诗酒趁年华。

【注释】

① 超然台：苏轼在密州修葺的亭台。
② 壕：护城河。
③ 寒食：节令名，在清明前一二日。
④ 咨嗟：感叹声。
⑤ 故国：故乡。
⑥ 新火：寒食节禁火三日，节后生
火，叫新火。

【鉴赏】

这首词作于苏轼在密州（今山东诸城）知州任上，他还写有一篇《超然台
记》，收入清人吴楚材、吴调侯所编的《古文观止》。与文合观，更能理解这首词
的写作背景和命义所在。

熙宁七年（1074 年）十一月，苏轼从杭州通判移知密州。"释舟楫之安，而
服车马之劳；去雕墙之美，而蔽采椽之居；背湖山之观，而适桑麻之野。始至之
日，岁比不登，盗贼满野，狱讼充斥；而斋厨索然，日食杞菊。"可以说，无论
私人生活中的出行、居住、饮食，还是自然、社会环境，密州和杭州都不可同日
而语。这种变迁，在一般人恐怕要不胜其苦了，但苏轼住了一年后"貌加丰，发
之白者，日以反黑。予既乐其风俗之淳，而其吏民亦安予之拙也。"他有安居之
心，用余力整治园圃。"园之北，因城以为台者旧矣，稍葺而新之。""台高而安，
深而明，夏凉而冬温。雨雪之朝，风月之夕，予未尝不在，客未尝不从。"弟弟
苏辙给这个台取名为"超然台"，取《老子》"虽有荣辱，燕处超然"之意。

　　这首《望江南》就是苏轼与客登超然台有感而作，它写春日光景，应作于熙宁九年（1076 年）春。

　　上片写超然台上所见之景。"春未老"点名时间是仲春，稍晚些时，苏轼又作《望江南》起拍说"春已老"，可见是同时期的创作。写景分近、中、远三景。近景是和风吹动柳枝。风本是不可见之物，不说"轻"而说"细"，是将其视觉化，更显生动。"斜斜"写出柳条随风轻摇的婀娜之态；中景是护城河春波荡漾；远景是满城春花烂漫，千家万家都笼罩在春天的轻烟细雨之中。苏轼此时为密州一方行政长官，登台见到自己治下的城市春光旖旎，想到百姓太平和乐，心情自是舒畅。

　　《望江南》这个词牌起源于唐代教坊曲，原名《谢秋娘》，因白居易用这个词牌写出了名篇《忆江南》而更名为"忆江南"，后又名"望江南"。它原是单调成篇的。宋人作时，往往写成"双调"，即同一个曲调在复沓一遍。苏轼就是这样写的，因之有了下片。

　　下片抒怀，着重写怀乡之情。传说寒食节是为纪念春秋时期的介子推而起，时间在清明节前一两天，风俗是禁火。清明则有祭扫先人的风俗。诗人此时登高望远，自然起思乡之情，他宦游不能归，因此有所感叹。但他没有在伤怀情绪中沉溺很久，马上用"超然"之情自我宽慰。清明前的新茶刚刚采摘，正是品茗的最佳时机。"新火试新茶"，不但是当令最佳组合，而且表现了一种振奋而超然的情怀。最后，以"诗酒趁年华"一句结穴，表达出乐观积极的生命态度。

　　这首词作于超然台上，的确表达了苏轼"无所往而不乐者，盖游于物之外也"的随遇而安，潇洒从容，自得其乐的人生态度。

无 酒 叹

［宋］陆 游

不用塞黄河①，不用出周鼎②，
但愿酒满家，日夜醉不醒；
不用冠如箕③，不用印如斗④，
但愿身强健，朝暮常饮酒。
造物不少恕⑤，虐戏逐段新⑥，
坐令古铜榼⑦，经月常生尘。
平生得酒狂无敌，百幅淋漓风雨疾。
造物欲以醒困之，此老醒狂君未知。

【鉴赏】

陆游（1125—1210），字务观，号放翁，南宋著名诗人。陆游生活在宋金对峙时代，毕生以抗金北伐、收复中原为志愿；但长期不被朝廷重用，他只能将一腔爱国热忱写入诗歌之中，那些悲愤激昂的爱国主义诗歌奏响了时代最强音。近代梁启超《读陆放翁集》一诗盛赞："诗界千年靡靡风，兵魂销尽国魂空。集中什九从军乐，亘古男儿一放翁。"

作为热血男儿，陆游也是一位豪饮之人，他也将自己的饮酒豪情写在诗中。翻开陆游诗集，"对酒""醉中作""小酌""醉书"这样的诗题比比皆是。据学者刘扬忠统计，一部《剑南诗稿》九千三百多首诗中涉酒作品竟多达近三千首。这么多写饮酒的诗，风格当然极为多样，但表现饮酒的豪情、壮举乃至狂态，是其主要方面。《无酒叹》就是这样一首诗。

这首诗可以分为三段，第一段是议论，写人生只要有酒便可满足，其他的一切都是浮云。这一段用了好几个典故，用非常夸张的对比写出酒的重要性。求道成仙（塞黄河）也好，盖世功业（出周鼎）也好，高官厚禄（冠如箕、印如斗）也好，统统都比不上家里存满美酒，身体又足够健康来得重要，有了这两个条件，就可以每天从早喝到晚，日日长醉不醒，何其痛快淋漓！

第二段是叙事，写造物主对诗人没有体贴仁爱之心，好像故意戏弄诗人，使他连月喝不上酒，用于储酒的铜罍都落满了灰尘。诗中写的断酒状态不是夸张哭穷，而是实情。这首诗写于庆元五年（1199 年），诗人七十五岁。陆游从五十四岁由四川东归后主要都在故乡山阴（绍兴）生活，三十年中闲居多而起用少，俸禄极微薄，后来更是断绝。他晚年隐居城外鉴湖边的草堂，条件艰苦，生活困顿，以至嘉泰三年（1203 年）辛弃疾做浙东安抚使时想要替他新筑房舍，但被陆游谢绝。

第三段是抒情，诗人表达自己并不屈服于老天爷"虐戏"的豪迈情怀。他先说自己一生好酒，有酒喝就能"狂无敌"。"百幅淋漓风雨急"以可见的暴雨肆虐的景象写不可见的精神的狂傲放肆，设喻恰切，情态逼真。现在，老天爷不给他酒喝，想要困住他醉酒时的狂劲。诗人说造物主太小看他了，老天爷不知道的，"我"清醒的时候也照样狂态冲天！

这首诗所写的生活实情是非常困顿的，但诗人用一腔豪情狂态冲破了生活的束缚，他是醉亦狂，醒亦狂，这狂气绝不同于一般酒鬼的烂醉狂妄，而是一种不服输、不服老、不服穷的豪迈狂傲气概，它是一个伟大诗人自我精神的高度张扬。

雨 霖 铃

[宋] 柳 永

寒蝉凄切①，对长亭晚②，骤雨初歇。都
门帐饮无绪③，留恋处，兰舟催发④。执
手相看泪眼，竟无语凝噎⑤。念去去⑥，
千里烟波，暮霭沉沉楚天阔⑦。
多情自古伤离别，更那堪，冷落清秋
节！今宵酒**醒**何处？杨柳岸，晓风残
月。此去经年⑧，应是良辰好景虚设。
便纵有千种风情，更与何人说？

【注释】

① 寒蝉：秋后的知了。
② 长亭：秦汉时，驿道上每十里设
一亭，供人休息。城外长亭，往往也
是饯别之所。
③ 都门：京都汴京的城门。
④ 兰舟：木兰舟，船的美称。
⑤ 凝噎（yē）：喉咙哽咽说不出话。
⑥ 去去：一程又一程远去。
⑦ 楚天：古代江南属于楚国。楚天，
泛指江南地区。
⑧ 经年：一年又一年。

【鉴赏】

柳永这首写男女别情的《雨霖铃》是离别诗词中的千古名篇。

上片起拍三句首先营造出寒冷凄凉的送别环境。"寒蝉"点名送别时间是深
秋。蝉鸣原是自然之声，无悲欢可言，人闻之而感其凄切，实含着离人自己的心
绪。"长亭"写出送别地点，"晚"更把时间进一步确定在日暮时分。一阵密集秋
雨刚刚停歇，日暮秋雨寒意袭人，正与离人心境相激，倍添离别的悲凉。

"都门"以下五句正面写依依不舍的送别场面，集中表现内心不忍离别与情
势不得不离别的紧张关系，通篇都是矛盾语：搭好帐子设下送别酒宴，却没有心

情饮酒，一矛盾也；这边厢两人正恋恋不舍，那边厢舟子催人上船，二矛盾也；离别之际有万语千言要说，却喉头哽咽发不出一言一语，只有"执手相看泪眼"，三矛盾也。

"念去去"以下三句设想别后远行者的经历：离人此去江南，小舟远行一程又一程，但见烟波浩浩，暮色苍苍。从语气上说，这几句从"无语凝噎"的吞声中放出，如开闸之水奔泻而下，恰似离人行船一发而不可见矣。它将离人孤身只影的弱小状况与他将要融入的辽阔江天并置在一起，凸显出一种茫然不测之感。

下片，前三句跳开送别者深陷其中的情景，从空虚处落笔，连发两声悲叹，一叹自古以来离别总是令人感伤，二叹深秋时间总是使人悲怀。而词人现在遭遇了两境之叠加，销魂蚀骨，只能问一声"更那堪"？

"今宵酒醒何处，杨柳岸，晓风残月"是进一步设想远行者的境遇：他饮了离别酒，独在船上睡去，等到酒醒时分，发现船在行，人在走，故人故景都不可见。他惶惑自己身在何处呢？周围的一切都是陌生的，破晓时的凉风吹着他，他愈加清醒，只看得到岸边杨柳依依，天上残月弯弯。这几句是景语更是情语，以无限冷清凄切的景传递出无比孤寂难堪的情，成为千古名句。俞陛云说："客情之凄凉，风景之清幽，怀人之绵邈，皆在'杨柳岸'七字之中。"（《唐五代两宋词选释》）又，刘熙载在《艺概·词概》中用绘画中的点染技法评这几句，指出词人先点出"伤别离"的主题，然后以"今宵"句渲染之，也揭示出这首词谋篇布局上的巧妙处。

"此去经年"以下几句，说分别之后一年又一年过去，就算是遇到好时光好风景也都没有什么意义，即便心中有千万种情意，又能向谁诉说呢？这收尾的一段句子是平铺直叙，语浅意白，不用什么写作技巧，但把情绪扩张充满到十二分为止，酣畅饱满，全以情胜。

南宋俞文豹《吹剑录》记载了一个和这首词相关的著名故事："东坡在玉堂

日，有幕士善歌，因问：'我词何如耆卿?'对曰：'郎中词，只好十七八女子，执红牙板，歌杨柳岸晓风残月；学士词，须关西大汉，铜琵琶，铁绰板，唱大江东去。'"柳永的词深受一般民众欢迎，以至有"有井水处，皆能歌柳词"之说，这首词就是柳词中传唱最广的作品之一。

蝶恋花

[宋] 晏幾道

醉别西楼醒不记^①。春梦秋云^②，聚散真容易。斜月半窗还少睡，画屏闲展吴山翠。

衣上酒痕诗里字^③。点点行行，总是凄凉意。红烛自怜无好计。夜寒空替人垂泪^④。

【鉴赏】

晏幾道早年经历繁华，晚年沦落下僚，他是备尝了人生繁华与幻灭的滋味的。他在《小山词自序》中回顾自己的创作心路说："始时，沈十二廉叔、陈十君宠家，有莲、鸿、蘋、云，品清讴娱客。每得一解，即以草授诸儿。吾三人持酒听之，为一笑乐。已而君宠疾废卧家，廉叔下世，昔之狂篇醉句遂与两家歌儿酒使俱流传于人间。……追维往昔过从饮酒之人，或垄木已长，或病不偶。考其篇中所记悲欢合离之事，如幻如电，如昨梦前尘，但能掩卷怃然，感光阴之易迁，叹境缘之无实也。"

对晏幾道来说，富贵繁华是他亲身经历过后来又丧失了的一种生活状态，他写欢乐是生活在富贵温柔乡中的上层士大夫充满高雅文化气息的寻欢作乐，他写悲伤是繁华如梦、梦醒后不可复得的那种无限哀婉和伤痛。他的作品往往集中描写这类今昔对比、悲欢对比。这首《蝶恋花》也应该放在这样的背景中去理解。

上片起拍言"醉别西楼",是说词人在西楼（泛指歌舞酒宴的繁华场所）参加了离别的宴会,但他没有用心力去写宴会的场面,而是集中写宴会后的心情。醉别之情应该说是非常痛心、非常难忘的,词人却反说醒来已经不记得了。为什么呢?二、三两句说,因为人生聚散太无常,都如"春梦秋云",记得与不记得并无大区别,与其记得让自己痛苦,不如不记得让自己轻松。这看起来是禅宗说的"放下",其实并未见得真"放下"了。"春梦秋云"化用了其父晏殊的"长于春梦几多时,散似秋云无觅处",极言人生虚幻不实,诸境流转,转眼成空。四、五两句写由于感到人生昨日聚今日散的无迹可寻而心生无限惆怅,以至于夜不成寐,又无人为伴,只有去看床前的屏风。屏风上画的是吴地山水,山呈翠色,光亮可喜。此句以屏风为无情之物对照孤寂的有心之人,是反衬之法。

下片,"衣上酒痕"照应"醉别西楼",当时欢宴的陈迹宛然在目,"诗里字"或是当日"草授诸儿"的歌词吧。酒痕和诗句本是两物,但它们都体现着当日欢娱的陈迹,则又是同一象征。如今欢娱成空,则当日给人欢乐的酒痕诗行都转成了凄凉。节拍两句化用杜牧的"蜡烛有心还惜别,替人垂泪到天明"。连蜡烛都被我的伤心感染到落泪,我的伤心不问可知。上片言画屏无情而展翠,这里又说蜡烛有情而垂泪,都是写物象,而笔法多端如此。

晏幾道虽然经历人生的跌宕起伏,但他词的境界毕竟不够阔大。他的好处在"不失赤子之心"（王国维语）而有一往之深情,他的局限也在这里,叶嘉莹说:"小山（晏幾道号小山）写情实在写的很好,可惜的是,除了追念欢乐的日子以外,似乎人生就不再有别的意义了。"

杜工部蜀中离席①

［唐］李商隐

人生何处不离群②，世路干戈惜暂分③。
雪岭未归天外使④，松州犹驻殿前军⑤。
座中醉客延醒客⑥，江上晴云杂雨云。
美酒成都堪送老，当垆仍是卓文君⑦。

【注释】

① 杜工部：杜甫，曾授职检校工部员外郎官衔，人称杜工部。

② 离群：分别。

③ 干戈：干与戈都是兵器，常以此指战争。

④ 雪岭：大雪山，在今四川康定县境内。天外使：唐朝往来吐蕃的使臣。

⑤ 松州：唐松州都督府，属剑南道，治所在今四川省阿坝藏族自治州内。

⑥ 延：请，劝。

⑦ 卓文君：汉代才女，她与司马相如私奔，曾因家贫而临街卖酒。

【鉴赏】

　　李商隐（约813—约858），字义山，号玉谿生，晚唐著名诗人。晚唐政治生活以牛僧孺和李德裕为首的"牛李党争"对士人生涯影响极大。在这场党争中李商隐处境极为尴尬。李商隐早孤，为令狐楚收留赏识并传授他文章之道，令狐楚属牛党。后来泾原节度使王茂元聘李商隐为幕僚，爱其才而招为婿，王茂元属于李党。牛党视其为叛徒，李党不把他当自己人，以至于他"名宦不进，坎壈终身"（《旧唐书·李商隐传》）。

　　这首诗写于宣宗大中六年（852年），其时李商隐受四川节度使柳仲郢之邀入蜀为参军，他要离开成都返回梓州任所，在送别宴席上作此诗。诗人有意效仿杜甫风格，故题目有"杜工部"之说。

　　"人生何处不离群"开篇是一个劈空而来的反问，以此发出感慨：人生在世离散多而欢聚少，这是最正常不过的现象。现在"我"要和各位分别，真有无比惋惜之情。"世路干戈"写出了此时边患不断的乱世背景。乱世而飘零，是人生的双倍痛苦遭遇。

雪岭是大雪山，在今四川西部康定县境内，当时是吐蕃和大唐的边界地区。晚唐时期，内部政治腐败，藩镇割据，中央权力落空，导致边患屡起，吐蕃多次出兵犯境，严重时甚至深入到长安附近。四川乃是抗击吐蕃的前沿，松州西邻吐蕃国有军队驻守。第二联即是具体说明"干戈"的情况：出使吐蕃的使者还没有回来，驻守前线的将士枕戈待旦，战事一触即发。

第三联最具诗意，诗人把酒席上的场面和室外的天色并列，"醉客"与"醒客"一方面是对宴饮上各人状况的描述，同时"醉"与"醒"也是对不同处世态度的比喻。《离骚·渔父》云"众人皆醉我独醒"，诗人以"醒客"自喻表达了对"世路干戈"的深切忧虑。同样，"晴云""雨云"在江面上夹杂，令人无从预测天象，言外之意也是表达对个人前途和大唐国运的迷茫。看起来没有逻辑关系的两个现象，因为倾注了诗人的家国忧思而贯通一气，构成同一幅景致。此联的句法也值得一说，不但上下句间对仗工整，而且句内有对语，此为"当句对"，这个句法也是学杜甫的。杜甫《曲江对酒》有"桃花细逐杨花落，黄鸟时兼白鸟飞"，《闻官军收河南河北》有"即从巴峡穿巫峡，便下襄阳向洛阳"。

最后一联扣回宴饮之题。虽然人生忧患实多，但美酒当前，或可暂时忘却这些忧患。当时诗人四十来岁，在古人来说，这已是进入暮年的关头。他想到自己多年坎坷，无非在各地做些小官吏。他感慨成都真是度过晚年的好地方。诗人以汉代才女卓文君比拟宴席上斟酒的女子，实际是寄情无限忧虑于美酒美人之中。考虑到诗人马上要离开成都去梓州任所，成都送老云云，无非痴人说梦而已。

此诗标出要学杜甫风格，杜甫最重要的一点是秉承"一饭未曾忘君恩"的儒家精神，心系社稷苍生，再把一腔忧国忧民的深情熔铸到自己的诗歌中，形成了沉郁顿挫的诗史气象。李商隐这首诗也具有这样的艺术特点。

采桑子·其九

［宋］欧阳修

残霞夕照西湖好，花坞蘋汀①，十顷波平，野岸无人舟自横②。

西南月上浮云散，轩槛凉生③，莲芰香清④，水面风来酒面醒。

【注释】

① 花坞：四周高起的花圃。
②"野岸"句：韦应物《滁州西涧》："春潮带雨晚来急，野渡无人舟自横。"
③ 轩槛：指带有长廊和栏杆的凉亭。
④ 芰（jì）：菱角。

【鉴赏】

中国的名胜古迹往往与诗文结下不解之缘，壮丽奇绝的自然景观激发了诗人的创作灵感，而才情飞扬的诗文又赋予自然山水以人文气息。在风景秀丽的东南形胜之地有三个西湖，都是深受历代文人游赏、吟咏的名胜。其中，最著名的当然是杭州的西湖，另外两处则是扬州的瘦西湖和颍州（今安徽阜阳）的西湖。这首词所歌咏的正是颍州西湖。

作者欧阳修（1007—1072），字永叔，号醉翁，又号六一居士，北宋著名文学家，唐宋八大家之一。欧阳修在皇佑元年（1049年）知颍州。因为爱颍州西湖，二十年后致仕，就选择到颍州养老。他对颍州西湖感情最深，吟咏最多，晚年所作《采桑子》十首均以"西湖好"为第一句，构成一组"连章鼓子词"（以同一词调反复演唱的说唱艺术），是他赞美颍州西湖的一组佳作。

"何人解赏西湖好，佳景无时"（其四），欧阳修认为西湖无时不美，他的这十首词就从不同的角度表现了西湖的秀丽风光，有的写春天，有的写夏天，有的写热闹，有的写冷清，有的写他与众人饮酒听曲享受畅游之乐，有的写词人独自凭栏细察默思、感受宁静之美。这里选的是第九首，它选择了一个非常独特的角度：从黄昏到夜里游人散尽之后西湖的静谧夜景。

上片"残霞夕照西湖好"写明此刻观察西湖的时间是在黄昏，以下数句便是写夕阳余晖中的几处景色，从下片写到莲花可知这是夏季，花草都非常茂盛，花成坞、蘋满汀。"十顷波平"，宽阔的湖面没有游船和渔船往来，一平如镜。"野岸"一句直接用韦应物名句，只改了一个字。韦应物《滁州西涧》中"野渡无人舟自横"就以写风景之幽静而著称，"无人"不是说一直无人，而是白天游人如织，现在"笙歌散尽游人去"（其五）。当一切热闹归于平静，西湖才显出它的自然与自在的面貌，不受一丝干扰的从容与宁静。

下片写夜里景象，黄昏过完，月出云散，词人还没有离开，他独自凭靠在长廊的栏杆眺望湖面。清澈的月光照着湖面也照着轩廊，顿时令人感到阵阵凉意。由于是在夏天，这种凉意就不是凄凉，而是爽适。夜风轻吹，送来了湖中莲花和菱角的清香。词人独自赏景的时候喝了点儿酒，早有微微醉意，现在经清凉的风一吹，酒便醒了不少。

"智者乐水，仁者乐山。"这首词是词人在宁静时刻与西湖展开精神对话，收获独得之乐，它表现了欧阳修对颍州西湖的喜爱之情。在这静谧平和的湖光中，读者也不难感受词人当时的心态。

【歌】

载瞻星辰，载歌幽人。

流水今日，明月前身。

鹧鸪天

[宋] 晏幾道

彩袖殷勤捧玉钟①。当年拚却醉颜红②。
低杨柳楼心月，歌尽桃花扇底风。
从别后，忆相逢。几回魂梦与君同③。
宵剩把银钉照④，犹恐相逢是梦中。

【注释】

① 彩袖：色彩艳丽的衣袖，指代歌女。玉钟：玉制酒杯。
② 拚（pàn）却：甘愿，不顾惜。却：语气助词。
③ 同：聚在一起。
④ 剩：尽，只管。银钉（gāng）：银制的灯台，代指灯。

【鉴赏】

　　陈廷焯在《白雨斋词话》中评晏幾道词的特点说："李后主、晏叔原（晏幾道，字叔原）皆非词中正声，而其词则无人不爱，以其情胜也。情不深而为词，虽雅不韵，何足感人。"这首《鹧鸪天》是晏幾道的名篇之一，它写词人与一歌妓久别重逢时悲喜交集的感情，正体现了深情感人的艺术特征。

　　上片写欢宴场面。前两句写衣着华美的歌妓捧着精致酒杯，对着词人殷勤劝酒。美人美酒，谁又能拒绝呢？词人甘愿不顾惜自己是否会喝醉，也要尽情畅饮，酒力发作后满脸通红。写劝酒女子极尽娇态，写饮酒者也超出自己限量又是一股豪情。在一劝一饮的互动中，女子投桃，词人报李，写出二人情投意合，都全心全意顺从对方。"当年"，表明这里写的场景发生在往昔。以"彩袖"指代女子，语甚明而意颇曲折含蓄。醉颜之"红"与彩袖之"彩"则构成呼应，色彩感极强。

　　"舞低杨柳楼心月，歌尽桃花扇底风。"这两句写歌妓跳舞唱歌的情景，是词中名句。宴会场所在高楼里，高楼旁有杨柳树，月亮升起在杨柳之上，月在中天，光照楼心，女子就在月影之中起舞。"低"表明一个过程，月亮由楼心而渐渐低沉下去，说明舞跳了很长时间。歌女手挥着绘有红艳艳的桃花的团扇，一边舞动一边歌唱。曼妙的歌声像是被扇子扇出的徐徐轻风送到听众的耳中，绵柔不绝。"尽"字表明歌者用心用力，不唱到极致决不罢休。虽然只是一个歌舞镜头，但从环境到人物，从动作到情态，词人写了多少事情啊！但是，他只用了十四个字。当然，这两句的句式结构非常复杂，对仗极为工整精巧，而所用到"风""月""歌""舞"等字又都是极为艳俗的字眼，这都充分体现出诗词作为语言艺术的魅力。这两句的典雅与靡柔、富贵与繁华都不是一般人能够写得出来的。赵令畤《侯鲭录》引晁无咎云"知此人必不生在三家村中"，胡仔以为这两句"不愧六朝宫掖体"。

下片，前三句仍是回忆，但不是回忆欢聚时光，而是回忆离别后的相思。在离别中，词人对该女子日有所思，夜有所梦，日日夜夜，念念不忘。词人总是在梦里与她相聚，"几回"表示梦见次数之多。后两句落笔"现在"的重逢。今宵的相逢是意外相逢，词人简直不敢相信，因为以前只是在梦中相逢，现在他也"犹恐是梦中"，故要手持银灯，把女子看个仔细。评论者多以为结拍二句是从杜甫"夜阑更秉烛，相对如梦寐"（《羌村》）化出。唐圭璋说这一片"上言梦似真，今言真如梦，文心曲折微妙"（《唐宋词简释》）。

这首词一般都认为是以男子的身份来写他与一个歌妓之间的爱情，独吴小如以为"其实这首词自始至终，都是以女抒情主人公的身份和语气向她所爱的男子来表达她的深情挚谊的"（《含英咀华——吴小如古典文学丛札》），其说颇别开生面。但无论托身的抒情主人公是男子还是女子，这首词都不是套路化的浮泛之语，而是熔铸了晏几道自己的亲身体验。它有宫体诗的靡华，但无一丝一毫轻佻，因深情灌注而细腻深婉，有十分动人的艺术感染力。

辋川闲居赠裴秀才迪^①

［唐］王 维

寒山转苍翠，秋水日潺湲。
倚杖柴门外，临风听暮蝉。
渡头余落日，墟里上孤烟^②。
复值接舆醉^③，狂歌五柳前^④。

【注释】

① 辋川：陕西蓝田南有辋谷，辋川就是辋谷里的河流。秀才：唐代科举，初试设秀才、进士等科。高宗永徽二年（651 年）罢秀才科，其后以秀才统称考中进士者。裴迪：唐代诗人，与王维、杜甫等均有交往。
② 墟里：村里。
③ 接舆：相传为楚昭王时狂人，此处借指裴迪。
④ 五柳：陶渊明自号五柳先生，此处借指诗人自己。

【鉴赏】

　　在今西安市蓝田县辋川镇有一条山谷，宽约三五百米，长约十余里，两侧山势逶迤，中间一条清溪流过，谷内风景清幽绝色。唐朝初年，诗人宋之问在此营建别业，后来王维购买了这处别墅，复加修葺，他先后在此度过了三十年时光。《旧唐书·王维传》记载："维……得宋之问蓝田别墅，在辋口，辋水周于舍下，别涨竹洲花坞，与道友裴迪浮舟往来，弹琴赋诗，啸咏终日，尝聚其田园所为诗，号《辋川集》。"《辋川集》里的名篇佳作如《鹿柴》《竹里馆》《辛夷坞》等，今日五岁小儿多能朗朗上口。

　　这首《辋川闲居赠裴秀才迪》正反映了王维和他的朋友裴迪在辋川闲居唱和的生活场景。全诗四联，一、三联写景，二、四联写人，景与人错落交织，又都从一"闲"字流出。

　　先说写景的两联。第一联从时序着眼描绘了辋谷秋景：秋天到来，山色更加苍翠，辋川进入枯水期，流速缓慢。山为静态，水为动态，一联之中动静相宜，气氛是肃穆而悠远的。第三联也从时间入手，更具体地聚焦于诗人写作时的那个"此时此刻"：日暮时分，夕阳开始沉入渡口，农人开始准备晚饭，村里炊烟袅袅。"墟里"一句既是眼前实景，也是从陶渊明"暧暧远人村，依依墟里烟"（《归田园居·其一》）化出。落日写自然风光，炊烟写人间烟火，二者融合在一起构成一派自足自得、亘古不变的田园生活剪影。诗人选取的物象是落日、炊烟，与其名句"大漠孤烟直，长河落日圆"是同一物象，落日之圆形与炊烟之直线，落日之下沉与炊烟之上升，都构成画面上最简洁的对照。王维是公认的写山水田园的高手。仅以这四句论，他选取的都是典型之景，有远大景象，有具体景物，有声也有色；他遣词更是精心锻造而又消弭了烟火气息，"转""日""余""上"都是带动态的用字，把静景写活，在空间中融入时间感。

再说写人的两联。诗里写到两个人，第二联是写诗人自己。诗人在做什么呢？他拄着手杖靠在家门口静听秋蝉的鸣叫。其实，他并非有意去听蝉鸣，而是恰好此时有蝉鸣而已。这一句实际上是写诗人闲居中的"无所事事"，表现了一种安然悠然的情态，与陶渊明的"策扶老以流憩，时矫首而遐观"（《归去来兮辞》）同一情调。第四联是写朋友裴迪，他喝醉了酒跑到"我"的面前手舞足蹈，高歌吟啸。这一联诗人借用了两个古人来指代朋友和自己。接舆是楚国狂人，他不愿意做官，披头散发装出一副发狂模样。孔子周游列国曾经遇到他，他对孔子高歌："凤兮凤兮！何德之衰？往者不可谏，来者犹可追。已而，已而！今之从政者殆而！"这说明接舆是一个心性高洁又个性张扬的人物。五柳是陶渊明，陶渊明作《五柳先生传》，表达其乐于隐居田园、饮酒赋诗的生活和"不戚戚于贫贱，不汲汲于富贵"的人生态度。明末清初的王夫之评这一联说："楚狂、陶令俱凑手偶然，非著意处，以高洁写清幽，故胜。"此诗前六句都是缓缓道来，如静水深流，至收尾两句却有喷薄而出的激动，正表现出王维与裴迪两人契合无间的感情。

　　王维诗集中赠裴迪的诗作颇多，可见两人感情甚笃。因为他们一起流连辋谷之中，"日日泉水头，常忆同携手"（《赠裴迪》），这才有了这样一首杰作。此诗写的是闲居观感，实为友情之见证，全诗看似无一句有赠，而"通首都有'赠'意在言句文身之外"（王夫之语）。

郊 兴

［唐］王 勃

空园歌独酌^①，春日赋闲居^②。

泽兰侵小径，河柳覆长渠。

雨去花光湿，风归叶影疏。

山人不惜醉，唯畏绿尊虚^③。

【注释】

① 独酌：乐府杂歌谣辞有《独酌谣》。

② 闲居：西晋潘岳有《闲居赋》。

③ 绿尊：酒杯。

【鉴赏】

　　王勃，字子安，唐代文学家，"初唐四杰"之一。他少年才俊，十六岁以文章惊动唐高宗，终因年少气盛行事不稳，加之为人嫉妒，仕途不顺，命运多舛，还累及父亲贬谪交趾（今越南北部）。上元三年（676年），王勃自交趾探望父亲返回，渡海时遇大风溺水，受惊吓去世，年方二十七岁。

　　这首《郊兴》写春日诗人在郊外赏景饮酒的心情。

　　首联交代游赏的缘起。"空园"是出游的地点，"春日"是观赏的时间。"独酌""闲居"都是古代诗篇。汉乐府有《独酌谣》，多写孤独寂寞中的自斟自饮的心情；《闲居赋》是西晋才子潘岳的作品，他为官三十年屡遭迁移，厌倦了官场生涯，遂作此赋以表达退隐闲居的快乐，实际含不平之气，清人赵翼说"其迹恬静而心躁竞也"（《廿二史札记校正》）。从这两句可以看出，当时诗人出游，心中淤塞着一股不得志的郁郁之气。

　　中间两联描绘了眼前一派清新的春色。小径通幽，长满芳香的兰花；水渠漫漫，掩映在柳枝的浓荫中。"侵"是水平面上的展开，"覆"是从上往下的遮盖，一纵一横，两句结合在一起，表现出春意弥漫四周空间。

第三联这两句体物精细，用很少的字表达了眼前复杂的风景。刚下过雨，现在新晴，花瓣上的雨水还没有干透，湿润润的，色泽更加饱满夺目；风吹来，枝叶摇摆起来，在地上投下疏朗的样子。以雨写花之光，因风写叶之影，实际的着重点还是花与叶，只是把它们置于一种特殊的"情节"中，为物象增添"那一个时刻"的独特个性和动感。

结尾一联是抒怀。"山人"是指隐居之人，这里是诗人自称。在这大好春光中，我真想一醉方休，只怕酒杯太早饮空，不能如愿。

作为初唐诗人，王勃的这首诗还没有完全摆脱六朝绮靡风格，也没有完全去掉匠心，这从中间两联可以看出来。不过总体上看，这首诗充满了青春气息，他写出自然界的春光，好像也写出了初唐诗坛的朝气一样，预示着一个文化高潮的到来。

短 歌 行①

［三国］曹　操

对酒当歌②，人生几何？

譬如朝露，去日苦多。

慨当以慷③，忧思难忘。

何以解忧？唯有杜康④。

青青子衿，悠悠我心⑤。

但为君故，沉吟至今。

呦呦鹿鸣，食野之苹⑥。

我有嘉宾，鼓瑟吹笙。

明明如月，何时可掇⑦？

忧从中来，不可断绝。

越陌度阡，枉用相存⑧。

契阔谈䜩⑨，心念旧恩。

月明星稀，乌鹊南飞。

绕树三匝⑩，何枝可依。

山不厌高，海不厌深⑪。

周公吐哺⑫，天下归心。

【注释】

① 短歌行：乐府诗题。

② 当：对着。此言一边喝酒，一遍唱歌。

③ 慨慷：激昂。

④ 杜康：相传是造酒的圣人，此处为酒名。

⑤ "青青"二句：出自《诗经·郑风·子衿》。衿，衣领。

⑥ "呦呦"二句：出自《诗经·小雅·鹿鸣》。呦呦，鹿叫的声音。苹，艾蒿。

⑦ 掇（duō）：摘取。或说掇为通假字，通"辍（chuò）"，停止的意思。

⑧ 枉：枉驾的意思。

⑨ 契阔：契，契合；阔，疏远。此为偏义复词，偏契意。䜩：同"宴"。

⑩ 匝（zā）：周、圈的意思。

⑪ "山不"二句：出自《管子·形解》："海不辞水，故能成其大；山不辞土，故能成其高；明主不厌人，故能成其众；士不厌学，故能成其圣。"

⑫ 哺：口中咀嚼的食物。《史记》载周公："一沐三握发，一饭三吐哺，起以待士，犹恐失天下之贤人。"

【鉴赏】

曹操是中国历史上富有雄才大略的政治家，历史上称他为"治世之能臣，乱世之奸雄"。同时他还是一位杰出的文学家，其作品语言质朴，言之有物，给人纯真、爽朗、慷慨、雄壮之感。

东汉末年，社会动荡，诸侯争霸，逐鹿中原，曹操作为一位有眼光的政治家，为了保存、巩固、扩大自己势力，十分重视延揽人才。他曾颁布过《求贤令》《举士令》等公告。生当乱世，曹操反对汉代以门第、以德行来提拔人的原则，强调"唯才是举"，大胆起用那些"不孝不仁而有治国用兵之术"的"贱人"（《求逸才令》）。这种唯实不唯名的做法，为庶族士人提供了发展自己才能的政治空间。《短歌行》是曹操最脍炙人口的创作之一，这首诗带有浓厚的政治意图，它以文学的方式表达了求才若渴的急切心理。

全诗可以分为四段，每段八句。

前八句表达了东汉诗歌中常见的人生苦短的思虑。将人生比作清晨的露水，是当时常见的比喻，如《古诗十九首》说"浩浩阴阳移，年命如朝露"。因为人生短暂，忧思无穷，所以只好借酒消忧。但这几句诗确实写出了人生短暂的可悲之处，但不是悲伤和悲哀，而是悲中含壮。结合全诗，可以看出，作者发出"人生几何"的感慨，并不是要引导人去过那种消极的及时行乐、得过且过的生活。相反，他是要勉励有志之士抓紧光阴，以时不我待的心情来施展自己的才华。

如果说前八句还只是泛泛的谈论自己的"忧思"，那么接下来八句就把这种忧思进一步明确为渴求贤才的焦急心情。"青青子衿，悠悠我心"是《诗经》里的诗句，后两句是"纵我不往，子宁不嗣音"，是一首表达女子思念爱人的爱情诗。曹操借用这个表达男女相思之情的诗句来表达他对人才的渴慕。"呦呦鹿鸣"也是《诗经》里的诗句，用来描绘主人与宾客欢宴的场景。曹操借此表达要像对待贵宾一样来对待投奔他的人才，做到宾主和谐，其乐融融。

　　曹操提出要礼贤下士，但是人才并没有马上聚拢到他身边，所以接下来八句又写出他的忧心如焚。"明明如月，何时可掇"是兴的手法，意境十分优美，恰和诗人的"忧心"形成对照，反衬出忧心如月光照天地那般无处不在。"越陌度阡"四句，诗人说要是听到哪里有贤才，他愿意马上就驾车去请。

　　最后八句，进一步规劝人才来投靠他，而且多多益善。诗人以"乌鹊"来比喻那些人才，良禽择木而栖，乌鹊们"绕树三匝"却不知道"何枝可依"，在新旧军阀纷争的时代，有才略的人如何选择自己投靠的对象，他们也会犹豫不决。曹操呼唤这些人不要犹豫，投靠自己是最好的选择。《管子·形解》篇说："海不辞水，故能成其大；山不辞土，故能成其高；明主不厌人，故能成其众；士不厌学，故能成其圣。"曹操以此表达每一个人才他都会重视，而且人才越多越好，永远也没有满足的时候。最后，曹操以上古时期的著名圣人周公自比。据说周公贤惠，重视人才，天下人才都投奔他。他有时候洗头还没有洗好，或者吃饭还没有吃完，听到人才上门，就握着还没有擦干的头发或吐掉嚼了一半的米饭去迎接。周公真是千古以来重视人才、尊重人才的楷模，所以才有"天下归心"的局面。

　　这虽然是一首政治宣传诗，但是曹操以其高超的文学才华，将它写成了一首流传千古的名篇。它熔忧思、慷慨于一炉。整体风格以朴实刚健为主，又不失柔情之处，在一唱三叹之中传达出一位大政治家坚定、自信、乐观的胸襟。

长命女

[南唐] 冯延巳

春日宴，绿酒一杯歌一遍①。再拜陈三愿：一愿郎君千岁，二愿妾身常健②，三愿如同梁上燕，岁岁长相见。

【注释】

① 绿酒：古时米酒酿成未滤时，面浮米渣，呈淡绿色。
② 妾身：女子对自己的谦称。

【鉴赏】

　　词体起源于歌宴酒席助兴之需，南唐冯延巳官至宰相，生活优裕，酒宴歌舞正是他最熟悉的生活，他的《阳春集》中许多创作就是描写歌酒宴乐的篇什。他的作品虽然还没有脱离早期艳词类型化的特点，但是如叶嘉莹指出的，和温庭筠、韦庄等花间词人比较起来，他的作品表现出更强的感动人心的艺术力。原因在于，他的作品具有很强的主观抒情色彩，又不局限于一人一时情事，而能反映普遍的人情人性。这首小词就有这样的特点。

　　这首《长命女》是代言体小词，作者代酒宴上的女子陈情。不过这女子的身份不是一般歌舞酒女，而是官人的妻室，此词写的是夫妻恩爱的美好感情。

　　上片，在物华正美的春天，夫妻二人在家里设下酒宴，二人互相敬酒，喝一杯酒就唱一遍歌，多么亲昵、欢快。轮到妻子敬酒了。她端起酒杯，表达三个祝愿。下片是祝福的具体内容，首先祝愿自己的丈夫长寿，百岁还不够，要千岁；其次是祝愿自己也能永远健康；最后，祝愿夫妻恩恩爱爱，好像梁上的那对燕子，年年都相聚在一起，双飞双栖。古人常以燕子来比喻夫妻，劳燕飞分喻夫妻

153

别离，燕双飞喻夫妻恩爱，如李白说"双燕复双燕，双飞令人羡"（《双燕离》）。宋人史达祖《双双燕》描写春日里燕子双飞的情景："差池欲住，试入旧巢相并。还相雕梁藻井，又软语商量不定。飘然快拂花梢，翠尾分开红影。"这虽是体物之语，却正可见双燕呢喃恩爱之状。

这首词写了美景、美酒、美人、美好的爱情，四美齐俱，语言浅白，用情缠绵深挚，表达了人间夫妻祈愿恩爱长久的普遍情感，因此感人。

贺新郎·同父见和再用韵答之^①

[宋] 辛弃疾

老大那堪说。似而今、元龙臭味^②，孟公瓜葛^③。我病君来高**歌**饮，惊散楼头飞雪。笑富贵千钧如发^④。硬语盘空谁来听^⑤？记当时、只有西窗月。重进酒，换鸣瑟。

事无两样人心别。问渠侬^⑥，神州毕竟，几番离合？汗血盐车无人顾，千里空收骏骨^⑦。正目断关河路绝。我最怜君中宵舞^⑧，道男儿到死心如铁。看试手，补天裂。

【注释】

① 陈亮，字同甫（同父），婺州永康人，世称龙川先生，南宋思想家。

② 元龙：三国人物陈登，字元龙，以天下为己任。臭（xiù）味：志趣。

③ 孟公：西汉名士陈遵，字孟公，以好爽嗜酒著称。瓜葛：关系。

④ 千钧：古代三十斤为一钧，千钧，言极重。

⑤ 硬语盘空：韩愈《荐士》："横空盘硬语，妥帖力排奡。"原指不落俗套的语言，这里指议论时世的激烈言论。

⑥ 渠侬：吴语称"他人"为渠侬。

⑦ "汗血"两句：这里用了《战国策》里的两个典故。血汗盐车，《战国策·楚策》记载，用骏马拉盐车上太行山，才非所用，筋疲力尽仍上不去。空收骏骨，《战国策·燕策》记载，某国君以千金求千里马，三年不得，侍从改以五百金求千里马的遗骨，王大怒，侍从回答说："死马且买之五百金，况生马乎？天下必以王为能市生马，马今至矣。"果然，一年内得千里马三匹。

⑧ 中宵舞：借用东晋名将祖逖"闻鸡起舞"典故。

【鉴赏】

辛弃疾与南宋思想家陈亮相识于淳熙五年（1178年），两人志同道合，一见倾心。淳熙十五年冬，陈亮从东阳到上饶拜访被朝廷放归山野的辛弃疾，小住十余日而别。两人相聚甚欢，以至于分别后的第二天，辛弃疾骑马去追邀欲挽留，追至半路因雪深泥滑无法前行，才怅然作罢。不久，词人作《贺新郎》（把酒长亭说）寄给陈亮。陈亮和作《贺新郎》（老去凭谁说）一首寄回。这更激发了诗人的思念之情，于是又用前韵，再答陈亮。这就是本词题下注的由来。

因陈亮和词有"老去凭谁说"的感慨，故词上片起拍说"老去那堪说"回答他。诗人说自己年纪越来越大，功业无成，有什么值得一提呢？这是激愤语，也是无奈语。辛弃疾自二十三岁奉表南归后，一心想收复失地，屡次上书而不被重用，数次任职地方又都是远离前线，更于淳熙八年被彻底罢官。到写作此词时，他闲居带湖已八年，年届半百（四十九岁），怎能不产生岁月蹉跎的感慨呢？以下几句以两个姓陈的历史人物来比拟陈亮，一位是三国谋士陈登（字元龙），他有以天下为己任的气概，一位是西汉名士陈遵（字孟公），他慷慨好客，嗜酒纵情，这就写出了陈亮的性格和气度。辛弃疾对此深为喜欢，说自己与陈亮是臭味相投。接下来写两人在上饶欢聚的情况：饮酒和议论。陈亮来访时，辛弃疾正好生病，但他不顾病体与好友痛饮起来，"惊散楼头飞雪"把饮酒狂歌的孟浪场面写得淋漓尽致。"笑富贵千钧如发"，表现了两位英雄豪杰开阔的胸襟迥然不同于宵小之辈，他们把一般官员当作千钧重来看待的富贵只看得和毛发一样轻。"硬语盘空"借用韩愈的诗句"横空盘硬语，妥帖力排奡"，硬语是指他和陈亮对时政的激愤之论。他们主张抗金，而上层掌权者多是主和派，他们的言论自然是很刺耳的"硬语"，只能盘旋空中而无人聆听。"当时只有西窗月"，既是回顾两人夜谈时的景象，也是表达他们的言论曲高和寡的孤独无奈。

上片词人回忆了两人相聚的情况，下片转入是议论，也是跟好友交流思想。

"事无两样人心别"字面上看是说不同的人对同一件事情看法不一样。这里具体是指当时对南宋与金国隔江对峙的这个局面有两种不同主张，即主战派与主和派的对立。诗人质问那些主和派：神州大地，经历过多少次分裂与统一？言外之意是，分裂总是暂时的，统一才是大势所趋。现在金兵占领中原，有志之士当然要图谋收复失地，使江山归于一统。现实情况呢？大宋并非没有有志之士，只是他们得不到重用。辛弃疾和陈亮都是当时有真才干的人物，辛弃疾曾就对金战略上书《御戎十论》，陈亮也有《中兴十论》畅谈抗金军政大略，但是他们都没有机会一展自己的政治才能。诗人说"汗血盐车无人顾，千里空收骏骨"，汗血宝马被派去拉盐车也无人顾惜，千里马白白死去只剩下一具枯骨。这是悲叹自己的才华得不到施展，语气何其沉痛又何其无奈。"正目断关河路绝"，写出令诗人感到无比惨痛的现实状况：极目远望，中原被金兵霸占，山河破碎，收复无期。面对这种情况，诗人并没有在哀叹中消沉下去，而是以祖逖闻鸡起舞的故事盛赞陈亮慷慨自任的报国之心，并以此自警自勉。他终于在词的结尾向朋友隔空发出最慷慨刚强的呼吁："男儿到死心如铁。看试手，补天裂。"可以说，这句硬核宣言表达了爱国词人辛弃疾渴望祖国统一的坚强决心。

词中，辛弃疾用到很多典故（这是辛词的一个特色），但并不影响整体艺术效果。这首词是两位爱国志士友谊的见证，更是他们共同志向的表达。词作境界慷慨悲凉，情志气贯长天，读来字字铿锵，句句雷鸣，真不愧是辛词中的一篇杰作！

醉赠刘二十八使君①

[唐] 白居易

为我引杯添酒饮，与君把箸击盘**歌**②。
诗称国手徒为尔，命压人头不奈何。
举眼风光长寂寞，满朝官职独蹉跎。
亦知合被才名折，二十三年折太多。

【注释】

① 刘二十八使君：唐诗人刘禹锡。
② 箸：筷子。

【鉴赏】

　　刘禹锡有一首非常有名的诗《酬乐天扬州初逢席上见赠》："巴山楚水凄凉地，二十三年弃置身。怀旧空吟闻笛赋，到乡翻似烂柯人。沉舟侧畔千帆过，病树前头万木春。今日听君歌一曲，暂凭杯酒长精神。""酬"是酬答的意思，"乐天"是白居易的字。刘禹锡所酬答的正是白居易的这一首《醉赠刘二十八使君》。由于这首诗是赠刘禹锡的，只有结合刘禹锡的个人经历，才能更好地理解它。

　　刘禹锡是中唐时期著名的诗人、政治家、思想家。他早年和王叔文要好，王叔文做过太子的棋待诏（陪太子下棋的人）。后来太子继位，是为唐顺宗，起用王叔文组阁。王叔文提拔了包括刘禹锡在内的一批年轻有为的政治家。唐代中后期两大政治弊病是藩镇割据和宦官专权。这批年轻人锐意改革，试图夺取宦官手里的财政军事大权并打击藩镇势力，史称"永贞革新"。这场改革运动因顺宗皇帝意外中风不能理政，改革派失去支持而归于失败，参与人均遭到贬谪。当时被贬为远州司马的共有八人，称"八司马事件"，刘禹锡被贬为朗州司马，柳宗元被变为永州司马。

朗州在今湖南常德，刘禹锡在朗州待了近十年。元和九年（815年）十二月刘禹锡应召回京。第二年他写了一首《元和十年自朗州至京戏赠看花诸君子》，因后两句"玄都观里桃千树，尽是刘郎去后栽"讽刺满朝权贵都是他贬谪后提拔的新贵，触怒当权者，被贬到更偏远的连州（今广东连州）。在连州待了五年，他才被先后调任夔州（重庆奉节）、和州（安徽和县）。宝历二年（826年）刘禹锡奉调回洛阳，这才结束了长达二十三年的贬谪生涯。

刘禹锡回洛阳途经扬州，正好遇到从苏州回洛阳也经过扬州的白居易，两位诗人结伴"半月悠悠在广陵"（《与梦得同登栖灵塔》）。这两首诗就是这一次见面时的酬唱。白居易与刘禹锡早在元和年间已经相识，刘禹锡酬诗中说的"初逢"是久别重逢之意。两位诗人历经宦海沉浮久别重逢，格外珍惜难得相聚的时光。首联写了他们把酒言欢的情景："你"为"我"添酒，"我"为"你"吟诗，有来有往，亲昵又自然。

以下六句连成一体，对刘禹锡的坎坷命运表同情、鸣不平。"诗称国手"句是对刘禹锡才华的充分肯定和赞赏，这不是泛泛之辈的褒奖，也不是虚伪的吹捧，而是大诗人对大诗人惺惺相惜的定论。"命压人头"句是一个大转折，这一个才华横溢的大诗人，命运却对他这样不公平，不给他施展才华的政治舞台，反而叫他尝尽贬谪之苦，叫人徒叹奈何！满朝的官员，升迁的升迁，富贵的富贵，独独我们的大诗人"长寂寞""独蹉跎"，在荒凉的边远之地度过二十三年之久。"亦知合被才名折，二十三年折太多！"结句沉痛而悲愤。虽然白居易在把一切坎坷遭遇归结为命运的不公，但在着激愤之中不也流露出对当权者打压迫害正直而有才华的才人志士的不满吗？考虑到白居易自己也多次遭到贬谪，这里不也包含着"同是天涯沦落人"的自伤自悲之情吗？

相比之下，刘禹锡的酬答之作少了些悲伤和愤懑，更多地表现出一种豁达胸襟和乐观情绪，因而比白居易的原唱流传更广。

【愁】

生者百岁，相去几何。
欢乐苦短，忧愁实多。

月下独酌·其四

[唐] 李 白

穷愁千万端，美酒三百杯。

愁多酒虽少，酒倾愁不来。

所以知酒圣①，酒酣心自开。

辞粟卧首阳②，屡空饥颜回③。

当代不乐饮，虚名安用哉。

蟹螯即金液④，糟丘是蓬莱⑤。

且须饮美酒，乘月醉高台。

【注释】

① 酒圣：也有的版本作"圣贤"。

② 首阳：山名，在今甘肃渭源。相传为古之贤人伯夷、叔齐采薇隐居处。

③ 屡空：穷得一无所有之意。《论语·先进》："回也其庶乎！屡空。"颜回：孔子学生。

④ 蟹螯：《晋书·毕卓传》："右手持酒杯，左手持蟹螯，拍浮酒船中，便足了一生矣。"金液：指美酒。

⑤ 糟丘：酒糟积累山丘，比喻酿酒极多。蓬莱：古代传说中的海外神山。

【鉴赏】

《月下独酌》是李白写的一组五言古体诗，共四首，抒写了诗人在咸阳城里某一个月明的春夜，独坐在繁花盛开的园子里喝酒时的感受。

历来最为人传诵的，是其中的第一首："花间一壶酒，独酌无相亲。举杯邀明月，对影成三人。月既不解饮，影徒随我身。暂伴月将影，行乐须及春。我歌月徘徊，我舞影零乱。醒时同交欢，醉后各分散。永结无情游，相期邈云汉。"在这首诗里，花、酒、月、诗人和他的影子，这些美好事物共同构成了一个完满自足的自斟自饮的小天地。虽然是"独酌无相亲"，但毫无凄凉之感，寂寞中透露着美好，哀婉中表现出豁达。诗的画面感极强，诗人由静坐的自斟自酌到趁着月华酒意而自歌自舞，一静一动，在自恋与自怜中掺杂着自得与自爱。此诗的词与意均极为柔和优美，字里行间又充盈着哲思启悟，表达着诗人与自我，诗人与天地万物之间的那种互相牵绊的深情。这首诗为"独酌"组诗开了一个好头。

这里选的是这组诗的最后一首。这首诗接续第三首的"谁能春独愁"之问，集中写愁与酒的关系。酒，乃是解愁之物，但愁多达千万端，酒只有三百杯。两个数字的对比说明借酒消愁根本不可能"彻底地"消除愁闷。李白是一个功名心极强的诗人，当然他的功名心主要不是求一己的名利，而是有"济沧海"的阔大政治理想。一般认为这组诗写在天宝三载（744年），当时李白以布衣之身被皇帝召到长安，看似达到了人生辉煌的顶点，但实际上他得不到施展政治抱负的机会，内心苦闷得很。他的愁主要来自政治理想无法实现，这不是喝酒能够消除的。但李白不得志的时候，能以相对畅达的心怀宽慰自己，这是他了不起的一个地方。"辞粟卧首阳，屡空饥颜回。"他把儒家所推崇的圣人嘲笑了一通。他说伯夷、叔齐、颜回这些人，一个靠采薇生活，一个穷得吃不上饭，他们都享受不到饮酒的乐趣，纵然得了千古流传的贤人的空名，又有什么用呢？还不如趁着大好时光，及时行乐，手持蟹螯大嚼之以下酒，把酒糟当作蓬莱仙山，"乘月醉高台"，痛痛快快，潇潇洒洒，喝他个一醉方休！

李白一生好美酒，好击剑，好入名山游，看起来旷达潇洒至极，但他不是那种纯粹的求出世的人。他的人生理想不是做陶渊明，而是做鲁仲连，做诸葛亮，但他又没有机会做成鲁仲连和诸葛亮，所以他愁闷，他痛苦。他虽然愁闷、痛苦，但他不消沉、不悲观，而是越愁闷就越潇洒，越痛苦就越激昂。他那些最优秀的诗歌往往就是这种复杂感情的表现。这一组《月下独酌》就是这样。我们选的最后一首虽然不及第一首那样为人周知与激赏，但它实际上更能真切地表现李白这种复杂的心境。

菩萨蛮·其四

[唐]韦 庄

劝君今夜须沉醉，尊前莫话明朝事^①。
珍重主人心，酒深情亦深。
须愁春漏短，莫诉金杯满^②。遇酒且呵
呵，人生能几何。

【注释】

① 尊：同"樽"。
② 诉：推辞。

【鉴赏】

　　韦庄这首词用语浅白，甚至有些俚俗，仅从字面说，意思很容易理解，几乎无须注解。词写一次宴饮中主客劝酒的情景。上片"劝君今夜须沉醉，尊前莫话明朝事"，这是主人劝客人的话，主人说今晚有美酒请你一醉方休，不要为明天的事情忧虑。客人被主人的好客之情感动。"酒深"是酒杯斟得满满的意思，体现主人一片心意。客人表示自己完全能体会、也十分珍重主人的心意。过片写客人劝慰自己的话，同时也是对主人的回答。"春漏短"是说人生苦短，应当及时享乐，不要因为精美的酒杯倒得太满而推辞。"呵呵"是笑声，"遇酒且呵呵"是说有酒就应当开怀畅饮，因为人生真的很短暂。

　　这是词的表面含义。从这层含义说，这首词写一种及时行乐的人生态度，难免有些消极、游戏的颓唐色彩。然清人陈廷焯《白雨斋词话》评韦庄的词是"似直而纡，似达而郁"，看起来直接其实很纡曲，看起来放达其实很沉郁。这首词就是这样的，它其中所包含的纡曲和沉郁需要结合词人的经历来说明。

　　韦庄（约836—910），字端己，唐末五代诗人。他出身的长安杜陵韦氏是唐代的高门大姓，祖上出过宰相也出过诗人。韦庄少时无忧无虑，颇为放浪，但科考不利，四十五岁参加科举时赶上黄巢起义大军攻入长安，因战乱流落江南十余年。局势稍定后，他在五十九岁时才考中进士，此后在中央政府任职，但唐王朝再没有转机。六十六岁时，西蜀王建聘他为掌书记，朱温篡位唐朝灭亡后，王建也自立蜀国（五代十国中的"前蜀"），七十二岁的韦庄成为开国宰相，三年后去世。这是韦庄大致的经历。他是一个传统的读书人，忠君爱国，但是生在唐末的乱世之中，没有展示自己才华的机会，晚年虽然为王建器重，但毕竟不是效忠大唐。

　　这组《菩萨蛮》是韦庄入蜀后的作品，词共五首，历来被认为是一个整体，它以男女之情来寄托自己的遭遇和襟怀，抒发晚年的矛盾心情：一方面诗人想要回到长安，长安是他的故乡，又是唐王朝中央政权所在地，但是唐王朝已经日薄西山，他得不到任何机会返乡；另一方面，王建对他颇为器重，诗人又深感不能辜负这番知遇之恩。

　　知道了这一层背景，再来看这首词。词中写到的"主人"实际是指王建。韦庄有一次跟随中央政府的使臣入蜀调解军事冲突，被王建赏识，后聘他入蜀，委以重任，最后官至宰相，让他参与谋划蜀国建国方略，这一番"主人心"不可谓不诚、不重。这种政治机会一生中没有几次，何况诗人已经垂垂老矣，他如果不懂得"珍重"，恐怕再无机会。但对韦庄而言，效忠于这个军阀，毕竟不是他的人生理想，"莫诉金杯满"，他接受这个机会毕竟包含着很痛苦、悲哀的情感，因为他想要效忠的故国已经亡国了。所以在这组词的最后一首里，词人沉痛地哀叹："洛阳城里春光好，洛阳才子他乡老。……凝恨对残晖，忆君君不知。"

　　一曲看似写寻常宴饮的小词，竟然内含着如此曲折的人生经历和如此深广的家国忧患，我们怎么能匆匆读过呢？

自　遣①

［唐］罗　隐

【注释】

① 自遣：自我排遣。
② 恨：遗憾。悠悠：无穷无尽。

得即高歌失即休，多愁多恨亦悠悠②。

今朝有酒今朝醉，明日愁来明日愁。

【鉴赏】

罗隐（833—910），字昭谏，晚唐著名诗人。古代读书人的唯一出路是考科举。罗隐富有才华，到长安应考十来年，诗文为宰相所知，却屡考不中，"十二三年就试期，五湖烟月奈相违"（《感弄猴人赐朱绂》），史称"十上不第"。

此外，这个著名的落榜生相貌也不佳。《旧五代史》记载宰相郑畋有个女儿喜欢文学，常常诵读罗隐诗作手不释卷。郑畋怕女儿恋上罗隐，就安排罗隐上门，女儿隔帘偷看了诗人一眼，从此不再读他的诗。"因貌废诗"的故事一方面说明宰相女儿是个"假文青"，但也可见罗隐仪表确有"惊人"之处。因为有种种不得意的遭遇，罗隐诗文中总充斥一种不平之气。

这首《自遣》表面上看是表达及时行乐的生活态度，实际上内蕴强烈的郁愤之情。

诗的前两句是凭空而来，发一段抽象议论。"得"是获得，"失"是失去。人生在世，难免"患得患失"。一般情况下，得到了就开心，失去了就痛苦。但诗人在此作轻松放达语，他说得到了就要尽情尽兴高歌一曲，失去了就不要放在心上。为什么呢？因为人生有无穷的愁，无穷的遗憾，如果因为一次失去而耿耿于怀，那么此生痛苦就没有尽头了。

后两句以"酒"与"愁"对举，回应前面说的"得"与"失"，将两种生命的状态落实为两种生活的态度。这也是对"高歌"与"休"的具体化。"今朝有酒今朝醉，明日愁来明日愁"，把握当下，享受眼前的得意时刻，不要为没有到来的"明日"提前作无用的担忧。

这首诗，虽然从头至尾在对比两种生命形态，"得"与"失"，"歌"与"愁"，但实际上恰恰是要破除这种二元对立的生活观。它真正要表达的意思是，无论是得还是失都不要放在心上，而应该笑对它，及时行乐。

当然，我们不能因为"今朝有酒今朝醉"这句诗的脍炙人口而完全肯定此诗的思想倾向，我们应该吸取它乐观的一面，同时批判它消极的一面。

一剪梅·舟过吴江①

［宋］蒋　捷

一片春愁待酒浇。江上舟摇，楼上帘招②。秋娘度与泰娘娇③，风又飘飘，雨又萧萧。

何日归家洗客袍④。银字笙调⑤，心字香烧⑥。流光容易把人抛，红了樱桃，绿了芭蕉。

【注释】

① 吴江：今苏州市吴江区。
② 帘招：酒家的旗子。
③ 度：当作"渡"。娇：当作"桥"。秋娘渡、泰娘桥，吴江渡口、桥的名字。
④ 客袍：外出穿的袍子。
⑤ 银字笙：用银字装饰的笙。
⑥ 心字香：香盘回成心字型。

【鉴赏】

蒋捷生卒年不详，南宋末年中进士，与王沂孙、周密、张炎并称为"宋末四大家"。南宋被蒙元灭亡后，诗人守节不仕新朝，隐居在太湖之滨的竹山，人称"竹山先生"，有词集《竹山集》传世。

宋亡后一段时间，蒋捷为躲避兵乱，在吴、越一带过着漂泊江湖的生涯，他写下了一系列表现漂泊经历的词，寄托个人感兴、表达亡国之痛，这首《一剪梅》是其中之一。

上片起句"一片春愁待酒浇"不能等闲看过。这个"春愁"不是一般诗人在春天面对绵绵细雨、点点飞红时容易产生的多愁善感，而是包含着山河破碎、江山易主、自己有家难归的深痛巨创。愁绪难解，诗人只有借酒疏怀。"江上舟摇。"诗人侧身一叶小舟，而小舟则漂浮在宽阔江面，只这一个意象就写出了流离失所、落魄江湖的辛酸体验。岸边酒楼上，酒旗在风中飘动，仿佛招呼诗人进去喝一杯。诗人没有靠岸登楼，而是继续在水上漂流，过了秋娘渡，过了泰娘桥，扑面而来的是萧瑟的雨和凄冷的风。江水、小舟、岸边的酒楼、细密绵柔的春雨……上片所写均为江南水乡的典型风光，词境营造出一种动荡不安的感觉。小舟的飘荡与酒旗的飘摇形成呼应，凄风冷雨起到了推波助澜的作用，秋娘渡、泰娘桥无非是诗人四处漂泊中偶然经过的两个地方，不知道还有多少地方在前头。

下片，诗人由漂泊而想到回家，表达希望早日安定下来的心愿。这说明流落江湖不是他自主选择的，而是被逼无奈。"何日归家洗客袍"，这个问句表现了诗人的茫然与绝望，他意识到前途渺茫，难以规划，漂泊的日子或许和眼前的江流一样没有尽头。接下去两句，诗人想象回家后的生活，有佳人相伴，调笙燃香，何等从容惬意——但这是不可能实现的。越是想象舒心从容的生活，便越反衬出现实生活的愁苦。"流光容易把人抛。红了樱桃。绿了芭蕉。"结尾这几句是词中的名句。流光是形容时光像流水一样易逝难返。这个句子写春天转瞬即逝，也是写人生易老。诗人选取春末夏初时樱桃成熟、芭蕉长大这两个典型物象来表现季节转换，时光飞逝，非常生动而富于表现力。这组名句的艺术特点有两方面。首先它化抽象为具象，时光的流逝是一种抽象的人生感受，但是樱桃成熟，芭蕉长大又是非常具体的自然景象，善于用这种具体景象表达抽象的人生感悟正是诗人不同于哲人的地方。其次，它以丽景写哀情，樱桃之红与芭蕉之绿相互陪衬，如齐白石老人的瓜果水墨一样，色彩艳丽夺目，但它所表现的则是哀叹人生易老、有家难回的悲伤之情，这就使哀情倍增。

天 仙 子

［宋］张　先

【注释】

① 嘉禾：秀州（今浙江嘉兴）别称。
倅（cuì）：辅助的，副长官。
② 水调：乐曲名。
③ 流景：景，日光。流景是指流水一样的时光。
④ 并禽：成对的鸟。

时为嘉禾小倅①，以病眠，不赴府会。

水调数声持酒听②，午醉醒来愁未醒。
送春春去几时回？临晚镜，伤流景③，
往事后期空记省。
沙上并禽池上暝④，云破月来花弄影。
重重帘幕密遮灯，风不定，人初静，明
日落红应满径。

【鉴赏】

张先（990—1078），字子野，北宋前期词人，官至尚书都官郎中。张先主要生活在北宋仁宗皇帝时期，这是北宋最好的年代，以文学论，大小晏、欧阳修、柳永、苏东坡等一流词人云集。张先侧身其间，也不逊色。苏轼称赞他的诗歌创作"可以追配古人"。时人称他为"张三影"，因他有三句带"影"字的词句为特别得意："云破月来花弄影""娇柔懒起，帘压卷花影""柳径无人，坠飞絮无影"。"三影"之中最精彩的还得是"云破月来花弄影"，这一句就出自这首《天仙子》，因此本词成为宋词中的名篇。

　　根据题下注，可以知道这首词写于庆历三年（1043 年）春，作者任秀州（今浙江嘉兴）判官之时，其背景是秀州长官召集宴饮，词人因病，未能赴会。但词的内容，和这个题记所写的宴会没有直接关系，它的主题是伤春叹老。

　　上片先写词人独自听歌饮酒。从"午醉醒来愁未醒"这句可看出词人饮酒时的心绪是忧愁的。"水调"是一种乐曲，词人听着乐曲喝着闷酒，渐渐酒力发作，进入醉眠。因入醉眠而暂时忘记忧愁，小憩片刻后醒酒了，愁绪重又压上心来，似比饮酒之前更重一层。词人愁从何来呢？下面几句做了解释，愁绪之源有二：其一是送春去，其二是伤流景。这两个又是关联在一起的，因为春去不返，更加哀伤流光。词人此年五十二岁，这对古人来说已是进入暮年。当此之际，词人忆往昔则青壮时代早一去不返，思后期则暮年岁月茫茫未卜料也无多（其实张先高寿，活到近九十岁），因此有"空记省"之叹。

　　上片是从上午饮酒写到黄昏揽镜，下片则由黄昏过渡到深夜。

　　词人看到黄昏时水池边沙滩上禽鸟（或许是鸳鸯吧）成双成对，反观自己只身孤影，心境越发凄凉。"云破月来花弄影"，写夜晚到来院子里的景象。这个句子之所以成为名句，全在于动词的使用。夜晚是悄悄降临的，这是一个过程，但词人一直沉浸在自己的悲伤中，对这个过程没有察觉。当"云破月来"院子里顿放光明，词人才突然感到是晚上了。"破"字写出了突然出现的云散月现带给人的惊异之感。如果说"破"字已经令读者感到惊异的话，那么紧接着的"弄"字更令人赞绝了。"花弄影"表现的是微风拂动花枝轻轻摇晃，花枝在月光下投出的影子也随之波动的景象。但"弄"字不是客观地描绘这一景象，而是注入了人的情感色彩，弄有抚弄、逗弄、游戏的意味。它刻画的是一个有情的世界，在这个世界里，天上的月、空中的风、院子里的花、地上的影，以及身临其境的词人，这些看似毫不相干的事物都产生了关联。所以王国维在《人间词话》里高度评价这个动词，他说此词"着一'弄'字而境界全出矣"。下面两句写到风是势所当然，因为"花弄影"已经包含暗示有风的存在了。结句回到伤春的主题，由眼前的风联想到经过一夜风吹，明日将是落红满地，再次感慨一切好景都不能持续，此刻是"花弄影"的风流韶光，明日便是"红满径"的凄凉景象。

这首词的主题并非别出心裁，它之所以著名全在艺术水准超越群伦。它不是有句无篇的作品，但不可否认"云破月来花弄影"这句是词中最光彩的一笔。据说张先第一次拜访欧阳修，欧阳修兴奋地迎出门去大喊"好'云破月来花弄影'"，相见恨晚如此。

临 江 仙

［宋］徐昌图

饮散离亭西去^①，浮生长恨飘蓬^②。回头烟柳渐重重。淡云孤雁远，寒日暮天红。

今夜画船何处^③？潮平淮月朦胧。酒醒人静奈愁浓^④。残灯孤枕梦，轻浪五更风。

【注释】

① 离亭：送别的驿亭。
② 飘蓬：飘飞的蓬草。
③ 画船：装饰华美的船。
④ 奈：怎奈，无奈。

【鉴赏】

徐昌图，五代入宋时期诗人，生卒年不详，在北宋初年官至殿中丞。他在当时有才名，擅填词，可惜仅有三首词作流传下来，这是其中之一。

这首词写羁旅愁绪。上片起拍"饮散离亭西去"写词人在驿亭饮完送行酒与亲友分手独自踏上去往他乡的征途。这个起头非常特别，从分别之后写起，避开一般离别词常写的告别场景，离情在言辞之外又在词境之内。蓬是一种小草，分小支以数十计，小支断后被风吹飘到很远的地方，踪迹飘忽不定。古代诗歌中常用"飞蓬""转蓬""征蓬"等意象表示游子的漂泊遭遇。"长恨"表明词人浪游在外时间之多，一次远行尚难忍受，何况是经常的离别，这就使离愁加重一层。"回头"愈发体现出依依不舍的心绪，回头只见柳树重重，故人已渺然不可见。上片最后后两句写景，云与日是相对静止的物象，而雁则是飞动的物象。云日淡，雁日孤，日曰寒，触目都是凄凉惨淡。雁多是群行，此时辽阔的暮色中孤孤单单一只失群的大雁在飞，这便是远行者自我的写照。

下片，行人已在船上，却不知晚上船帆停泊之地在何处，这突出了漂泊的不安定感。然而，无论船在何处停息，对于行人而言都是一样的，因为都是他乡，都是孤身，或许只有朦胧月能够寄托他的思乡之情。后面几句，则在不知不觉之间把时光推移到深夜。离别时饮酒的醉意此刻已经全醒了，夜深人静时刻，心思清爽，羁旅的愁绪涌上来，沉沉得压在心头，一"醒"一"浓"恰形成对照。旅人难以入眠，与一盏微弱的孤灯为伴，听着水浪轻轻拍打船体的声音。最后几句孤寂空旷，景中寓有不尽情愫，有对故人的怀念，有对自身孑然远行的哀怜，也有对未来茫茫不可知的担忧，而一切又归为无可奈何的寂静之中。

这首词写羁旅之情，主题无新意，但这种感情是人之常情，故有恒久的感人力量。词所选取的都是典型物象，所有景物又着染了旅人哀伤的心绪，尤其结尾那几句意境幽远，与后来柳永的"今宵酒醒何处，杨柳岸，晓风残月"异曲同工。

宣州谢朓楼饯别校书叔云①

[唐] 李　白

弃我去者昨日之日不可留，乱我心者今日之日多烦忧。

长风万里送秋雁，对此可以酣高楼。

蓬莱文章建安骨②，中间小谢又清发③。

俱怀逸兴壮思飞，欲上青天览明月④。

抽刀断水水更流，举杯消愁愁更愁。

人生在世不称意，明朝散发弄扁舟⑤。

【注释】

① 宣州：今安徽宣城。校书：官名，秘书省校书郎的简称。云：李云，李白以族叔称之。

② 蓬莱文章：蓬莱是传说中的海外仙山，传说仙国秘籍藏蓬莱。汉代的中央校书处藏书极多，时称"道家蓬莱山"。建安骨：建安是东汉末年汉献帝的年号（196—220），这期间产生了以曹操父子为代表的一批诗人，风骨遒劲，世称"建安体"。

③ 小谢：南朝诗人谢朓，另有南朝诗人谢灵运世称"大谢"。清发：清新秀发的风格。

④ 览：通"揽"字。

⑤ 散发：古人束发，把头发散开，形容不受拘束的样子。弄扁舟：逃离现实，归隐江湖之意。扁舟，小舟。

【鉴赏】

唐代宣州即今安徽宣城地区，李白在天宝十二载（753年）漫游至此，逗留了两年。本诗即作于这期间。从题目看，当是时任秘书省校书郎的李云要离开宣城，李白在谢朓楼参加为他践行的宴会，在宴席上作这首诗。据《新唐书·文艺传》此诗又题为《陪侍御叔华登楼歌》，可见参加送别宴的不止二人。

送别是中国古典诗歌中最常见的一个主题。古代交通和通讯极不发达，亲人朋友一旦分开，再要团聚或了解对方音信都困难重重，因此惜别之情极为浓厚，临别往往要赋诗表达依依不舍的心意。李白就写过不少传诵千古的送别名诗，如"孤帆远影碧空尽，唯见长江天际流"（《黄鹤楼送孟浩然之广陵》），"浮云游子意，落日故人情"（《送友人》），"飞蓬各自远，且尽手中杯"（《鲁郡东石门送杜二甫》）等。这些送别诗情深意长，寄托无尽珍重之情。但这首送别诗却有些"非主流"，除了题目表示出送别外，全诗并不以"惜别"为主题，而是抒发了一种怀才不遇的坎壈之情，而且其中还夹杂了一段对诗史的评论。

"弃我去者昨日之日不可留，乱我心者今日之日多烦忧。"这首诗开篇两句即十足精彩，这种风格千古独此一家，不妨称之为"太白诗风"。太白诗风的突出特点是什么呢？古人说是"清水出芙蓉，天然去雕饰"，这评语还是带着"诗意的朦胧"，不够直白，要用浅白的话说就是"深入浅出"。不妨借用林庚先生对这句诗的点评："李白把他的心，正是这样，通过最朴素的语言，完全亮给我们。读到了这样的诗句，没有人会不感到那明朗的风格。这就是李白诗歌雅俗共赏、百读不厌的缘故，这也是盛唐诗歌的特色，通过了李白而得到了尽情的表现。"（林庚《诗人李白》）这两句诗横空而来，不写景，不叙事，而是提出对时间的一种哲思，所谓"往者不可谏，来者犹可追"（《论语·微子》）之意。同样思考时间，"光阴者百代之过客"（《春夜宴从弟桃李园序》）是客观的描述，而此诗里，一个"弃"字体现了昨日之无情，一个"乱"字体现了今日的无意。时光对谁都是平等的，但在时光里展开的人生遭遇却千差万别。李白长期追求政治上为国效力，却始终不得伸展，落魄在江湖。这两句诗实包蕴着李白一腔持久而强烈的积郁。

三、四两句点出宴会的时间与地点。秋风浩荡，大雁南归，原本自然而然的两件事，但用一"送"字，恰与第一句"弃"字形成对照，写出风似有情。诗人感到秋气如此爽朗，何必闷闷不乐，不如登楼畅饮。"酣"字一出，也如秋风横空，把前番"多烦忧"的情绪扫了个干净。李白作诗的情绪大起大落，大率如此。这才是第一波折。

接下来的两句用了典故，含义丰富。李白的诗是典型的唐诗风貌，以情韵意境胜，原是不靠引经据典，但偶一用之，就十分出彩。蓬莱是传说中收藏仙人秘籍的海岛，汉代中央校书处东观被当时人称为"道家蓬莱山"。本诗送别的对象李云就是校书郎，负责图书校雠。东汉末年建安时代诗人辈出，有"建安七子"，他们的诗歌不是堆砌和模仿，而是率真有个性，爽朗有力度，被评为"风骨遒劲"。"蓬莱文章建安骨"，这一句是赞扬李云的文章风格。小谢是指南朝刘宋诗人谢朓，在前代诗人中，李白极推崇谢朓，他说"玄晖难再得，洒洒气填膺"（《秋夜板桥浦泛月独酌怀谢朓》，谢朓字玄晖）。"清发"清新秀发之意，是李白对谢朓诗风的理解，一般认为"中间小谢又清发"这句是李白把自己和谢朓相比附。又，谢朓曾在宣城为官，建造了北楼，后人称"谢公楼"，即诗中说的"谢朓楼"，当天设宴之地，因此这一句尤为切题。

七、八两句承接上两句，写出了宴会现场酒兴高扬、壮怀激烈的风光。众人畅饮美酒，兴高采烈。他们已经身在高楼，但此楼显然还不够高，不能够满足他们向上飞窜的逸兴壮思，因此他们还要飞到天上去揽明月。"欲上青天揽明月"把李白的情绪推到极致。这诗句在豪迈中出奇想，在浪漫里见童真，最是李白风格的体现，难怪毛泽东会化用它写出"可上九天揽月"（《水调歌头·重上井冈山》）的诗句来抒发内心渴望改天换地的豪情壮志。

不过，好比飞起的浪花到达了顶点，它总要坠落下来，最后四句就是这一个怒波的回澜。就在逸兴高翔之际，诗人仿佛突然从幻想的高热思域中跌落出来、冷静下来，一下子清醒了。他发现自己并没有真正飞离人间，除了在诗情酒意中短暂得以实现精神飞扬之外，他仍旧得不到一丝施展才华的机会，他的周遭还是充满了令人窒息的烦闷，他的命运还是这般坎坷而无望，而他已不再年轻（当时诗人已经年过五十）。诗人残酷地感知到如果现实的人生遭遇不如意，那么美酒所能给人的安慰不但是虚幻的而且极为短暂，到头来酒醒之后痛苦反会更加剧烈。我们知道李白一生好酒如命，杜甫说"李白斗酒诗百篇"（《饮中八仙歌》），他自己说"百年三万六千日，一日须倾三百杯"（《襄阳歌》）。现在，他却写出了"举杯消愁愁更愁"这种情绪浓酽至化不开的黑墨似的诗句，这是"多么痛的领悟"。

　　还好诗人最后还能想到一条退路，一个可以自我疗伤的前途，那就是浪迹江湖。历史上，范蠡曾辅佐勾践复国，功成身退，"乘扁舟出三江，入五湖"；孔子周游列国，说出"道不行，乘桴浮于海"这样的话；庄子有机会去做官，却表达出曳尾涂中、相忘于江湖这样的人生理想。可见江湖，既可以是政治英雄的全身之处，也可以是政治不得志者的排遣之所，还可以是不愿意参与污浊政治的隐士的逍遥之境。"人生在世不称意，明朝散发弄扁舟。"或许，只有江湖才能以其包容与博大接纳和平复李白那一颗阴郁愤懑的心、那一股飞扬高蹈的情。有人惋惜此诗的结尾过于消沉，笔者却以为它更像是一种与醉酒的幻境一样带有自欺欺人意味的另一种陶醉，只是这种精神上的醉境显得更舒缓、更平和。失意者需要这样一种陶醉。

　　全诗不足百字，却堪称一部情感大剧，它以"弃""乱""烦忧"始，中经"酣""飞""上""揽"而归结于"愁"，终止于"散"和"弄"，还留下一片余韵，诚如刘学锴先生所评："思想情感的瞬息万变，波澜迭起，和艺术结构的腾挪跌宕，跳跃发展，在这首诗里被完美地统一起来了。"统观此篇，情绪虽沉郁而不失慷慨，诗兴虽时低时昂而不改豪壮雄强的总调性，写的是人生的消极面，仍旧不失盛唐气象之本色。

【花】

落花无言，人淡如菊。
书之岁华，其日可读。

【注释】

① 桃花坞：位于苏州金阊门外的一块城区。唐寅在此建桃花庵。

② 五陵：原指汉朝长安城外长陵、安陵、阳陵、茂陵、平陵这五座皇陵，皇陵周围还有富家豪族和外戚陵墓，后用来指豪门贵族。

桃花庵歌

[明] 唐　寅

桃花坞里桃花庵^①，桃花庵下桃花仙；

桃花仙人种桃树，又摘桃花卖酒钱。

酒醒只在花前坐，酒醉还来花下眠；

半醒半醉日复日，花落花开年复年。

但愿老死花酒间，不愿鞠躬车马前；

车尘马足富者趣，酒盏花枝贫者缘。

若将富贵比贫贱，一在平地一在天；

若将贫贱比车马，他得驱驰我得闲。

别人笑我太疯癫，我笑他人看不穿；

不见五陵豪杰墓^②，无花无酒锄作田。

【鉴赏】

　　本诗作者唐伯虎是深受中国民间喜爱的历史人物，"唐伯虎点秋香"的故事尤其流传广泛。唐伯虎有一枚印章"江南第一风流才子"，但这个风流才子并不像一般人所以为的那么潇洒放纵，他风流倜傥的背后实在有一段辛酸经历。

　　唐寅（1470—1524），字伯虎，号六如居士，南直隶苏州府吴县（今江苏省苏州市）人，明代著名书画家和诗人，与祝枝山、文徵明和徐祯卿四人并称"吴门四才子"。他出身于小商人家庭，少有才名，十六岁就在苏州府童试中考得第一名。"名不显时心不朽，再挑灯火看文章"（《夜读》），他和那个时代的士子一样想求得更大功名，但先后经历父母、妻子、妹妹亡故，一度一蹶不振。弘治十一年（1498年）参加乡试得第一名，称"解元"，他又有一印章为"南京解元"。第二年春赴奉天（今北京）参加会试。

当时，唐伯虎江南才子的名声已传到京城，以他的才华取得功名不成问题，但他不幸卷入了科场舞弊案，最终被取消本次会考成绩，且终身禁考科举，贬去浙江藩府充任小吏。这一场飞来横祸对唐伯虎来说是致命的，他从此再无缘功名。唐伯虎没有去浙江就职，他已无意踏入官场。他回到苏州，在潦倒落魄中靠卖画为生，"闲来写就青山卖，不使人间造孽钱"（《言志》）。从此，明王朝少了一个官员，中国艺术史多了一个自由而有趣的灵魂。

唐伯虎是名闻遐迩的才子，天性中本有风流放荡的一面，原先也经常流连于酒馆妓院，现在既然为那道貌岸然的封建统治者所不容，又被断绝了科举出路，他索性就此摆脱了压制人性的礼教和功名的枷锁，行为越发率真和放肆，升腾到一种全新的自由自得的人生境界。他休了嫌贫爱富的第二任妻子何氏，娶了红颜知己的歌妓沈九娘，又和弟弟分了家，用卖画的钱在苏州城北买下一块地安居下来。这块七八亩大的地原是宋朝宰相章淳的别业，传到子孙手里已经荒废。所谓大隐隐于市，唐伯虎购得此地后，种上桃树竹林，修建房舍池亭，经常和文徵明、祝枝山等文友在此聚会饮酒作画，又兼有美人相伴，真其乐无穷。

《桃花庵》这首诗作于弘治十八年，诗中唐伯虎以"桃花仙"自居，写出了他在桃花坞以花为朋、以酒为友、看透功名、不问世事的风流隐逸生活。

这首七言古诗共二十句，可分为三段。前八句是一段，描写了诗人种桃树、卖桃花，用卖花钱换酒喝，花下醒来花下醉，日日花酒常相伴的生活。这几行差不多是句句不离"桃花"，复沓连环，读来令人神清气爽，眼前一派花彩缤纷。

"众鸟欣有托，吾亦爱吾庐"，诗人对自己家园的热爱其实是对这种生活方式的热爱。接下去八句，他比较了两种对立的生活方式。一种是富贵的生活，居高位，守要职，出行是高头大马，宴饮是山珍海味。这种生活，世人多认为是"福"，殊不知它更是"苦"，因为过这种生活的人总要不断奔走劳碌，勾心斗角，他的心是累的、是不自由的，而且还难免扭曲和压抑。另一种生活就是诗人所过的贫贱生活，虽然贫贱艰苦，却能花友酒伴，终日享受闲情逸致，他的心是从容的，是自由的，而且能保全自己的本真与本性。哪一种生活更值得追求呢？最后四句便是回答和总结。别人看我甘于贫贱，就嘲笑我精神不正常。但我却要嘲笑他们被世俗价值观蒙蔽了双眼，浑浑噩噩而没有看清人生真相。富贵功名不过是过眼云烟，你看那高官显贵的墓地现在早就变作了农田。

这首诗通篇写桃花，写醉酒，但不给人颓丧艳俗之感，反而有一种清新洒脱的气息。"醉舞狂歌五十年，花中行乐月中眠"（《西洲话旧图》），诗人所欣赏和吟咏的生活方式，不在于花酒之表象，而是在花酒之中寄予了深层的审美体验，享受着精神的自觉与自适，借用德国诗人荷尔德林的诗句来说，唐伯虎在桃花坞的生活因其"诗意的栖居"而表现出一种动人的至美。

浣溪沙

[宋] 晏 殊

一向年光有限身^①。等闲离别易销魂^②。
酒筵歌席莫辞频。
满目山河空念远，落花风雨更伤春。不
如怜取眼前人^③。

【注释】

① 一向：即"一晌"，片刻的意思。

② 等闲：随便。

③ 怜：爱。元稹《会真记》："还将
旧来意，怜取眼前人。"

【鉴赏】

晏殊（991—1055），字同叔，少有才名，十五岁被宋真宗赐同进士出身，此
后仕途顺利，官至宰相，去世后谥元献，世称"晏元献"。晏殊虽然没有在政治
上显示出太大才干，但以其官居政治中枢和才当文坛盟主的地位提拔人才，奖掖
后进，为文化繁荣做出了重要贡献。晏殊擅词，有《珠玉集》一卷传世，其词继
承了南唐助兴歌舞的风流传统，又掺入士大夫情趣，温婉蕴藉，体现了上层士大
夫富贵优越的生活状态和闲适而高雅的思想情趣，境界并不阔大精深，却具有极
高审美品位。

这首《浣溪沙》是晏殊的名篇。

这是一首写离别的词。上片写生命的悲哀太多了。一个富贵中人，能有什么
悲哀呢？第一重悲哀是"一向年光有限身"。一向就是"一晌"，片刻时间；"年
光"是青春年华。这句说青春年华太短暂了，转眼即逝，人的生命是极其有限
的。第二重悲哀是"等闲离别易销魂"。"等闲"就是随随便便，很平常，很容

易。就是在这短短的人生中，还总是不断遭遇与爱人、亲人、友人的离别。这两种悲哀，都是日常性的，因此也是普遍性的。它能打动人，不在于写出了诗人自己特殊的悲惨遭遇，而在于写出了人人都在经历但是很可能视而不见的日常化的遭遇。这不是惊涛骇浪的悲苦，而是细水长流的悲哀。人生有这些悲哀，怎么办呢？诗人说"酒筵歌席莫辞频"。他不是让人永远在悲哀中沉溺下去，无法自拔。他有一种自我宽慰的方法，那就是饮酒听歌，舞风弄月，以行乐的生活去应对人生的悲哀。"莫辞频"，不要嫌它太频繁。

上片伤春惜别，词的情调比较低婉。下片起句"满目山河空念远"，境界陡然转大，出现了晏殊词中少有的阔大景象。"念远"是承上片"离别"而言。有离别，故有思念；有思念，故去远望；有远望，故有望之结果。不见离人，只是"满目山河"，山河虽然"满目"却皆非心中所盼望的，对于眼睛来说，这个"满"犹然是"空"。"空念远"这样一种心境，已足以令人销魂了，但还不止于此，还有外界环境来进一步刺激伤心之情。"落花风雨更伤春"，"伤春"是承上片的"年光"而言。季节上的春天，人生中的韶华，都是短暂的。花无千日红，春花本来就开不了几天，很快会凋谢，何况还有风吹雨打，"更"加重了诗人伤春的情怀。这两句"空"与"更"都是虚词，但抒情性极强。结句，仍旧是一个情绪上的回调，"不如怜取眼前人"。既然春光那么容易流逝，任谁也遮拦不住，既然离别总是发生，思念也是徒劳，那么，与其事后感慨，别后相思，不如抓住眼前的"此时此刻此人此情"倍加珍爱。

这首词主题并不新颖，只是寻常的伤春与惜别，但它脱离写作者特有的情境而写出普遍的人生悲哀，就别有一种宇宙意识和人生意识。在抒情方面，它像一道流波，情绪不是一往无前、一泄无余，而是回波叠澜，一波三折，深情内敛，格外蕴藉。

踏 鹊 枝①

[南唐] 冯延巳

谁道闲情抛弃久②？每到春来，惆怅还依旧。日日花前常病酒③，不辞镜里朱颜瘦。

河畔青芜堤上柳④，为问新愁，何事年年有？独立小桥风满袖，平林新月人归后⑤。

【注释】

① 鹊踏枝：又名蝶恋花。也有人认为本词作者是欧阳修。

② 抛弃：也有作"抛掷"。

③ "日日"句：杜甫《曲江二首》："且看欲尽花经眼，莫厌伤多酒入唇。"

④ 芜：草。

⑤ 人归后：指一般的路人。

【鉴赏】

"闲情"大概是中国古人的特创的一个词，它概括了一种人人能够感受到而又难以用清晰语言描绘出来的惆怅之情。闲的繁体字有两种写法，一是"閒"，一是"閑"，俞平伯先生说："閒情之閒做閒散解；閑情之閑做防閑讲……但后来两个字多混用。"（《唐宋词选释》）。"闲"是相对于"忙"的一种生活状态和心理状态。忙也是一种状态，无论忙于什么，总是有所忙的对象让人投入进去，融会进去，进而在所忙之中暂时忘却自身。闲则不同，闲是没有对象可供投入，只好反观自身，且感到自身无处安放，此时产生的情是人观察自己的内心而生发的一种情感，是一种本真而高级的情感。

冯延巳的这首词，就是要描述人人心中都有的"闲情"。

上片，起拍的含意就颇为曲折。"谁道闲情抛弃久"，这闲情到底是抛弃了还是没有抛弃？若是没有抛弃过何言"抛弃久"？若是抛弃了又何来"谁道"之问？这就写出了词人为闲情所困、挣扎不休的状态，闲情正是这样一种似有还无、欲割不绝的情感。"每到春来，惆怅还依旧。"这两句点出伤春主题。春天万物萌生，心灵最易被感发，一霎儿喜，一霎儿哀，就同天气一般阴晴不定。惆怅乃是一种无名、无端、无对象的失落恍惚之情，也即是"闲情"，它不是从特定情境（如相思）中生发出来的，毋宁说是无有情境可以放置心魂才有的那种有所希冀又恍惚不定的感觉。"每"说明惆怅是一种常态，年年如此；"依旧"则着眼于眼前的时刻，虽然年年如此，但此刻尤其如此。

接下来的"日日花前常病酒，不辞镜里朱颜瘦"，写日常状态，仍然紧紧抓住一个"闲"字来写，但写的却是一派"忙"的景象。忙着喝酒，忙着照镜子，恰恰是因为"闲"的缘故。为何要在"花前"不惜身地痛饮呢？一则词人只有花做伴显是寂寞已极，二则春花易凋触发了芳华易逝的感伤。词人"买醉"不爱惜身体，但又不是真的不在意自己，所以他会常常照镜子观察自己的憔悴与消瘦。"不辞"表面看是无悔的意思，实际上充满自伤自怜的感情，并不是那么洒脱的。

下片以写景起。芜，是荒草。第一句写春天河畔芳草连绵不绝，柳枝千丝万缕。这两种物象适足衬托词人内心惆怅的绵密之感。正像春草、柳条每年春天都要勃发一遍一样，词人"见新绿而触起新愁"（俞平伯语）。虽然上片说了"惆怅还依旧"，但这里又进一步剖析说"依旧"之中包含有"新"的成分。新在何处呢？应该说惆怅的内容是一样的，更新了的是对惆怅的感觉，就好像今年的绿和去年的绿本没有区别，但又是"新绿"。"新愁"正体现了词人的敏感与多情。"何事"之问与上片的"谁道"之问形成呼应。问新愁"何事年年有"是在无可问处提问，因为这问题不可能有答案，就好像问春草为何要年年绿一样。

结尾二句抛开前面的"何事"之问，脱离连贯而下的抒情链条，跳开去新辟一事，单起一景。这两句写词人兀自在小桥上伫立时的所见，料峭春风灌满他的

189

衣袖，一钩新月在林梢升起。这两句写的是夜景，"人归后"表明路上行人已绝迹，已是相当晚的时刻，结合下片起首写草柳姿色是白天光景，可见词人在小桥上独立时间之久。这种无所事事的长久发呆与伫立，不正是因为心绪茫茫、凄然无依所致吗？这两句虽写事写景而不及情，却以景语结情语，更加含蓄而有诗意，因此也成为冯延巳的名句。近人俞陞云评说："结末二句寓情于景，弥觉风致夷犹。"

杜丞相悰筵中赠美人①

[唐] 李群玉

裙拖六幅湘江水，鬓耸巫山一段云。
风格只应天上有，歌声岂合世间闻②。
胸前瑞雪灯斜照，眼底桃花酒半醺。
不是相如怜赋客③，争教容易见文君④。

【注释】

① 杜悰：唐武宗时期宰相。
②"风格"二句：杜甫《赠花卿》："此曲只应天上有，人间能得几回闻。"
③ 相如：汉代作家司马相如。
④ 文君：汉代才女卓文君，司马相如的妻子。

【鉴赏】

李群玉（808—862），澧州人，有诗才，曾赴京向唐宣宗献诗，授弘文馆校书郎，他在京师任职三年后辞官回乡。

诗是古代文人士大夫社交应酬的重要载体，此诗就是李群玉参加宰相杜悰宴席时作的一首应酬诗，赠宴席上一位以歌舞助兴的美人。

首联写此女子的装束，诗人展开联想，将女子长裙拖地，裙摆层层叠叠的褶皱比作是湘江的波浪，又将女子高高的发鬓比作是巫山间的云霭。"湘江""巫山"暗指两个神话故事。尧有两个女儿，长女娥皇，次女女英，后为舜帝的两个妃子。舜南巡而死于苍梧，二妃闻讯殉于沅湘之间，后世将她们神话为湘夫人。巫山则取巫山云雨的典故，宋玉《高唐赋序》写女神向楚襄王托梦自白："妾在巫山之阳，高丘之阻。且为朝云，暮为行雨，朝朝暮暮，阳台之下。"这里即以传说中的女神比拟眼前的美人。

美人不但身体姿容似女神一样婀娜窈窕，而且歌声也如仙乐一般动听。第二联化用了杜甫的"此曲只应天上有，人间能得几回闻"。和杜甫一样，诗人将天上与人间对举，天上是虚写，人间是实写，以虚托实，原本是人间听不到的歌声，不曾想竟然有机会听到。这种写法意有双关，一方面是对美人歌声的极度赞美，一方面也是对自己能够有幸听闻此曲的极度自谦。

第三联进一步写美人娇媚的姿色。"胸前瑞雪"是写皮肤白，在灯光下呈现，带上朦胧色彩。"眼底桃花"是写丰润的脸颊在酒力的催发之下泛着潮红的光彩。以"瑞雪"写白净，以"桃花"状绯红，形象生动。以"照""熏"两个动词写出一种动态之美，虽未及眼神，但美人那种顾盼生姿、巧笑情兮的神态毕肖于读者眼前。

最后一联是表达对主人的感谢之情。正是因为主人您对我的眷顾，让我参加这次宴会，我才有机会认识您家的美人。诗人以司马相如和卓文君这一对历史上的才子佳人来比喻杜悰和献歌美人之间的关系，则说明这位美人或是杜悰所宠爱的妾室。

这虽然是一首应酬诗，不免有些奉承夸张，但它把一位姿色佳妙的美人刻画得生动传神，尤其是"眼底桃花酒半醺"这一句，把美人微醉后那种娇嗔含羞的姿容形容得活色生香，允称名句。

圣 无 忧

［宋］欧阳修

世路风波险，十年一别须臾^①。人生聚
散长如此，相见且欢娱。
好酒能消光景^②，春风不染髭须^③。为公
一醉花前倒，红袖莫来扶。

【鉴赏】

　　这首词是欧阳修与朋友重逢在酒席上所作，具体写作背景无法确定，有学者
认为是皇佑元年（1049 年）知颍州时所作，根据是当时他有一首诗《秀才欧世
英惠然见访，于其还也，聊以赠之》与本首词意思相似，该诗前四句说："相逢
十年旧，暂喜一樽同。昔日青衫令，今为白发翁。"可备一说。

　　上片以议论起拍，"世路风波险"是对自己经历的宦海沉浮的概括。庆历五
年（1045 年）欧阳修因支持过范仲淹等人的庆历新政，被贬知滁州，后又转徙
到扬州、颍州，先后外贬长达十年，直到至和元年（1054 年）才被召回京城。
党争激烈，沉浮不定，世路风波，他都已经历。第二句说和老朋友分别已经十
年，现在重聚，感觉这十年也只是一瞬间而已。世路风波，写出人生长路漫漫；
十年须臾，又写出人生白驹过隙。两句看似矛盾，实则五味杂陈，尽在其中。
"人生聚散长如此"，这一声感叹里面有无奈之情，更有顺其自然的旷达。最后一
句说应当珍惜现在的重逢，尽情享受欢聚时刻，因为聚散无常，分别又在眼前。

　　下片第一句接上片结句"欢娱"而写饮酒：人生不得意的时光并不容易挨过，幸有好酒为伴，消磨日子便容易些。"春风不染髭须"，此句语义很曲折：岁月蹉跎，人生易老，诗人的胡须开始变白，一年一度吹来的春风可以使大地回绿，却不能把胡须染黑。此句后来被辛弃疾借用在名作《水龙吟》（壮岁旌旗拥万夫）中，辛词说："追往事，叹今吾，春风不染白髭须。""为公"二句，写诗人与朋友欢聚的喜悦放纵。他开怀畅饮，不醉不休，便是醉倒在花前，也不需要现场歌舞助兴的美人来搀扶。

　　这首词的大背景是写于身处政治逆境之中，主题涉及人生的悲欢离散，但情调并不冷清，有伤感却不悲凉，传达出诗人珍惜友谊、珍惜时光、珍惜眼前良辰美景的温润淳厚的襟怀，这也是欧阳修很多涉酒小令的主导风格。

读书山雪中①

[金] 元好问

前年望归归不得，去年中途脚无力。
残生何意有今年，突兀家山堕眼前②。
东家西家百壶酒，主人捧觞客长寿③。
先生醉袖挽春回④，万落千村满花柳。
山灵为渠也放颠⑤，世界幻入兜罗绵⑥。
似嫌衣锦太寒乞，别作玉屑妆山川。
人言少微照乡井⑦，准备黄云三万顷⑧。
何人办作陈莹中，来与先生共炊饼⑨。

【注释】

① 读书山：在元好问故乡忻州，原名系舟山，因元好问父亲曾在此山中读书，当时的名儒赵秉文将其改名为读书山。

② 家山：即读书山。

③ "主人"句：李贺《致酒行》："零落栖迟一杯酒，主人捧觞客长寿。"

④ 先生：指诗人自己。

⑤ 山灵：山神。渠：他，指诗人。放颠：放纵癫狂。

⑥ 兜罗棉：佛经称木棉树为兜罗树。木棉泛指草木花絮，这里指雪花。

⑦ 少微：星座之名。少微星又名处士星，古人认为星光所照之地，有处士居住。

⑧ 黄云：雪天的云。

⑨ 陈莹中：北宋学者陈瓘，因与蔡京等人不和，被放归乡里。此句作者自注："陈先生贬官后，与京师人书云：'南州有何事？今年好雪，明年炊饼大耳！'"

【鉴赏】

金代诗人元好问是太原秀容（今山西忻州）人。忻州附近有一座系舟山，传说大禹治水时在此系舟，由此得名。贞祐四年（1216年），面对蒙古军队的频繁南侵，金朝把国都从中都（今北京）南迁到汴京（今开封），元好问也携家南渡，避乱河南，就此告别了故乡。他有浓厚思乡之情，尤其思念系舟山，山上有他父亲元明德的读书处。后来画家李元甫为他作系舟山图，名儒赵秉文将此山改名为"元子读书山"。二十多年后，经历金、元政权更迭的战乱流离，年已五十岁的元好问总算回到家乡，"并州一别三千里，沧海横流二十年""眼中华屋记生存，旧事无人可共论"（《初挈家还读书山杂诗四首》其一、其三），他感慨万千写下好几首诗篇，《读书山雪中》是其中之一。

这首七言古诗，以四句为一段，可分为四段。

前四句写回乡之艰难与到家乡之欣喜。天兴二年（1233 年），蒙古军队攻占汴京之后，元好问以前朝官员的罪身被蒙元政权羁押在山东，先在聊城，后徙冠氏（今山东冠县）。诗说的"前年"是其羁押的最后一年，当时他还是有家不能回。"去年"羁押结束，他携家眷离开冠氏回忻州，行至济源，又停留了半年，因此说"中途脚无力"。直到该年（1239 年）夏才继续北上，并于冬天回到忻州。"残生何意有今年"写出了鼎镬余生的悲喜之感。"突兀""堕"则写出陡然看到读书山时不敢置信，如在梦中的感觉。

次四句写邻里招待他饮酒的场景。东家西家，都是劫后余生，此时相逢，无论是曾经认识的，还是不认识的，总是无比庆幸。大家携酒来访，嘘寒问暖，当然也会说起各种战乱之苦和苟全性命于乱世的侥幸。主客相互敬酒，表达美好祝福。诗人兴致很高，感慨很深，喝得醉意朦朦。"挽春回"三字，一方面是实写当时季节，即将春回大地的时节；另一方面也是象征着诗人脱离羁押，死里逃生回到家乡的人生转折。"万落千村满花柳"，既是对春天的展望，更是对此后隐居生活的展望。

接下去四句写雪景，喜悦之情喷薄欲出。在诗人看来，山神显灵，仿佛也醉饮了一番，变得放纵癫狂起来，降下漫天大雪是祝贺他回乡。大雪纷纷，天地万物失去了日常的真实面目，表现出如幻如梦的唯美色彩。诗人显然是想到佛家色空观，一切有为法，如梦幻泡影。"兜罗棉"是佛经用语，指木棉树，又可转而表示飞絮，此处形容雪花纷飞。大雪覆盖读书山，使它银装素裹，分外妖娆。

最后四句重申前意，表明自己回乡隐居的志愿得到实现。少微星是处士星，它所照到的地方，有处士居住。"少微照乡井"，是诗人自陈回到家乡过隐居生活。为欢迎他回乡，山神备下这一场轰轰烈烈的降雪。最后借用北宋陈莹中的故事结束全诗：瑞雪兆丰年，明年收成一定大好，人们可以吃到大个的面饼。

元好问经历国破家亡，"乱后真疑隔死生"（《答郭仲通二首》）。这首诗传达出这位孤臣遗老得返家园后的欣喜之情，这是一种"冰炭贮我肠"的悲欣交集之感，它是在历史和文化大悲剧的背景上绽放的一朵小小的喜悦之花，是含泪的笑。

九日置酒①

［宋］宋 祁

秋晚佳晨重物华②，高台复帐驻鸣笳③。
邀欢任落风前帽④，促饮争吹酒上花⑤。
溪态澄明初雨毕，日痕清淡不成霞。
白头太守真愚甚⑥，满插茱萸望辟邪。

【注释】

① 九日：即农历九月初九重阳节。

② 物华：自然景物。

③ 笳：胡笳，原是西域少数民族乐器，汉时传入中土，诗中泛指乐器。

④ 落风前帽：《晋书·孟嘉传》："孟嘉为桓温参军，九月九日，温宴龙山，僚佐毕集。……有风至，吹嘉帽堕地，嘉不觉之。"

⑤ 酒上花：重阳节饮菊花酒，酒里飘着菊花花瓣。

⑥ 白头太守：诗人自称。

【鉴赏】

宋祁（998—1061），字子京，北宋仁宗天圣二年（1024 年）举进士，官至翰林学士，史馆修撰，曾与欧阳修等人同修《新唐书》，也曾在寿州、陈州等多地任职，谥景文，故又称"宋景文"。宋祁很有诗名，尤以名句"红杏枝头春意闹"为人称颂，人称"红杏尚书"。可惜他的诗文集已失传，现在的作品集是后人所辑。

这首诗应是宋祁在某地任地方官时所写，题材是常见的重阳节登高饮酒。

首联写九日登高。农历九月初九，于秋季已属末尾，故言"秋晚"，这一天早上诗人早早起来，发现天气绝佳，故言"佳晨"。一晚、一晨相对照，诗人珍惜时光的心态已经显露出来。晚秋天气爽朗风光明丽，诗人深为喜欢，"重"字可说为全诗定调，不走寻常悲秋的老路子。后句扣住诗题写"置酒"细节：诗人在山上搭好帐幔，安排好乐队。

颔联写宴会上的热闹场面。前句用晋人孟嘉典故。征西大将军桓温任江州刺史时，孟嘉是其参军。一次重阳节桓温与属下登高赏菊，山上设宴，众人都着戎装，突然一阵风把孟嘉的帽子吹落在地，但他浑然不觉。桓温趁他如厕，让人把帽子捡起，又命人写纸条嘲笑他。孟嘉立刻写了一篇文采四溢的答词，使在场者无不叹服。这个故事表现了魏晋文人的风流和才华，后代诗人写重阳诗时经常提到，如李白《九日龙山饮》"醉看风落帽，舞爱月留人"，杜甫《九日蓝田崔氏庄》"羞将短发还吹帽，笑倩旁人为正冠"。后句写饮菊花酒的习俗，饮酒时把泡在酒中的花瓣吹开一点儿，刻写细腻。这一联用典恰切，对仗工整，表现了诗人与僚属登高饮酒时的愉悦心情。

颈联荡开一笔，关照高台上望见的景色。从这两句可知当时刚下过一阵秋雨，雨后初晴，太阳还不十分鲜明亮丽。"溪态澄明"表现了雨后溪流涨水而水面又复归宁静后的那种透彻感，"日痕清淡"表现了太阳隐在乳色云气中的那种类似莫奈印象派绘画的朦胧感。水色天光，俯仰之间尽入眼帘，各有特色，又一例的恬淡清新。

尾联收笔写诗人自己。"白头太守"，诗人自许也；"真愚甚"，诗人自嘲也。何以见其"愚"呢？原来诗人把茱萸插满头以求辟邪。古人重视重阳节，因其占两个极阳之数"九"，但古人视这一日为厄日，过节的主题是避祸延年。茱萸有红色的树果，古人认为可以辟邪，外号"辟邪翁"。重阳佩戴茱萸的传统由来已久，描写这一传统最著名的诗句，莫如王维的"遥知兄弟登高处，遍插茱萸少一人"。诗人的"白头"上插满了鲜红的茱萸果，这副样子显然有些滑稽可笑。诗人以自嘲的形式表现出自己与僚属众乐乐的爽朗情态。

古人写重阳节的诗歌，数不胜数，佳作也极多。宋祁这首诗未必是最出色的，但它的别具一格处，正在情调爽朗。近人陈衍在《宋诗精华录》里说："九日登高，不作感慨语，似只有此诗。"

【月】

空潭泻春，古镜照神。
体素储洁，乘月返真。

把酒问月①

［唐］李　白

青天有月来几时，我今停杯一问之。
人攀明月不可得，月行却与人相随。
皎如飞镜临丹阙②，绿烟灭尽清辉发③。
但见宵从海上来，宁知晓向云间没。
白兔捣药秋复春④，嫦娥孤栖与谁邻⑤。
今人不见古时月，今月曾经照古人。
古人今人若流水，共看明月皆如此。
唯愿当歌对酒时，月光长照金樽里。

【注释】

① 原题注：故人贾淳令予问之。
② 丹阙：红色的宫阙。
③ 绿烟：暮霭。
④ 白兔捣药：传说月宫中白兔捣药。
傅玄《拟天问》："月中何有？白兔捣
药。"
⑤ 嫦娥：是传说中后羿的妻子，她
偷吃了后羿的仙药，孤身飞升月宫。

【鉴赏】

悠悠长夜，茫茫太空，一轮皓月，清辉焕发，不知惊动了多少诗人的心魂。古代诗人没有掌握今人所了解的天体物理学知识，他们不知道月亮是如何产生的，是由什么构成的，其运行原理又是怎样的。他们只看到同一轮明月亘古亘今，照古人也照今人，照故乡也照异乡，照思念的人也照被思念的人，面对明月，诗人们不知道发挥了多少想象，寄托了多少情思。

李白是古代诗人中最擅长写明月的，这首《把酒问月》是他写明月诗中的杰作。

"青天有月来几时，我今停杯一问之。"全篇以一个"问"字起题。据诗人自己注解，这是朋友贾淳让他问的。这个注解也很妙，它解释了此诗创作的机缘。朋友自己不问而让李白代问，而李白也当仁不让，深刻揭示了李白与明月之间非同寻常的关系。其实，在李白之前，不少诗人已经向着月亮发问过。屈原于《天问》中问道："夜光何德，死则又育？厥利维何，而顾菟在腹？"（月亮有什么德行，能死而复活？里面的黑影是什么，是玉兔在你的肚子里吗？）曹操于《短歌行》中问道："明明如月，何时可掇？"傅玄于《拟天问》中问道："月中何有？白兔捣药。"初唐诗人张若虚于《春江花月夜》中问道："江畔何人初见月？江月何年初照人？"但是真正把这些零散的疑惑集中起来，发挥出来，极尽遐思之率真、风神之洒脱、诗情之高妙、哲思之浩渺的还要数李白。

接下来两句，写明月与人的关系。前句说明月挂在高高夜空，人无从攀登，看起来十分高冷，后句紧接着说：但无论人走到哪里，明月又都伴随在你身边，所以明月与人的关系是既远又近，既无情又有情。然后写明月升起后的状况：皎洁的圆月如明镜一样照着红色的宫阙，暮云散尽之后，清辉焕发，一片澄澈朗洁。这两句实写诗人肉眼所见的境况。下两句又离开眼前，以"天眼"来观照月升月落：夜幕降临，明月便从海面上跃出，夜尽晨来，它又消失在云霞之中。如此循环不易，令诗人惊奇的是，当人们看不见它的时候它又去了哪里，它运行的轨迹为什么如此神秘又如此恒定？

接着，诗人把疑问转到月宫之中。诗里写到关于月亮的两个美丽传说。一个传说月宫里有玉兔，它在不停地捣药。一个传说是后羿的妻子嫦娥，独自偷吃了灵药飞升月宫。传说固然美丽，但是也经不起推敲。玉兔为了什么要那么辛苦，年复一年地捣药呢？嫦娥贵为仙子而长年居住在月宫里，会不会感到寂寞，有没有什么人做她的邻居呢？这两句写出一种凄清孤寂的心境。

如果说，前面所写还是专注空间维度，只是单纯"问月"，那么接下来四句转入时间维度，把"问月"与"问人生"挽合起来。与明月存在的时光相比，人生只是一瞬。每一代人与明月共存在宇宙中的时光是极为短暂的，明月落而复升，升起的还是同一轮明月，人却不能死而复生。这一代人没有见过前代的月亮，今天的月亮却照见过前代的人。人生一代又一代更迭，好像流水一样奔腾不息。每一代人看到的月亮却是一样的，都是这般清辉俊爽。这四句围绕着由人、月、古、今四个元素构成的复杂关系叙事陈理，读起来音韵朗朗，理明情深，其中透露的人生感慨当然带有悲观色彩，但不是沉重痛苦的悲，而是清丽柔婉的哀，而诗意的优美又为这哀愁包裹上了唯美的色彩，使得这颗苦果不那么苦涩了。

最后两句，诗人的情思从对太空的巡礼和对人生的哲思中回到"把酒"现场。诗人表示既然人生短暂，就当及时行乐，不可辜负这良辰美景，他还发出了良好祝愿，愿"月光长照金樽里"。结尾这句诗将月与酒融合在一起，形象简洁、鲜明、美好。

这首诗书写的对象是人人都极熟悉的明月，但诗人以天真之奇想入题，融写景、抒情、哲思为一体，内容丰富多姿而用笔虚虚实实。全诗语言浅显如话，意象鲜明如刻，诗句时而飞奔流利，时而缠绵回环，第一句起得突兀却好像不得不如此起笔，最后一句结得紧促却又好像不得不如此作结，整首诗浑然一体，似乎天生地造便是如此，竟不似出自凡人之手，怎不令人啧啧称奇？！

水调歌头

［宋］苏 轼

丙辰中秋①，欢饮达旦，大醉，作此篇，兼怀子由②。

明月几时有？把酒问青天③。不知天上宫阙④，今夕是何年。我欲乘风归去，又恐琼楼玉宇，高处不胜寒⑤。起舞弄清影，何似在人间。

转朱阁，低绮户，照无眠⑥。不应有恨，何事长向别时圆？人有悲欢离合，月有阴晴圆缺，此事古难全。但愿人长久，千里共婵娟⑦。

【注释】

① 丙辰：此年是熙宁九年（1076年）。

② 子由：苏轼弟弟苏辙，字子由，其时在齐州（山东济南）任职。

③ "明月"二句：李白《把酒问月》："青天有月来几时，我今停杯一问之。"

④ 天上宫阙：指月宫。

⑤ 不胜：禁受不住。

⑥ "转朱"三句：写月亮运行，月光随之变动。

⑦ 婵娟：美女，此处指月宫里的嫦娥，又以嫦娥借代明月。

【鉴赏】

中秋佳节，夜空澄澈，明月高悬，清辉光耀遍洒大地山河。多么美好的夜晚！这又是团圆的节日，人们望明月、寄相思，心中总有无穷感慨。古往今来，咏唱中秋的诗词车载不完，斗量不尽，若问哪一首写得最好，恐怕非苏轼这首《水调歌头》莫属。胡仔《苕溪渔隐丛话·后集》卷三十九上说："中秋词，自东坡《水调歌头》一出，余词尽废。"

词题下有小引，交代写作背景。"丙辰"是熙宁九年（1076年），苏轼在密州（今山东诸城）任知州。孔凡礼《苏轼年谱》说："八月十五日，饮超然台……赋《水调歌头》。"超然台是苏轼修葺的一个高台，临城墙，下可观城，上可观天。诗人不是独饮，友人孔宗翰等相随，故能"欢饮达旦，大醉"，足见兴之豪也。"兼怀子由"，子由是他弟弟苏辙。苏氏兄弟手足情深人所周知，他们是兄弟更是知己，少年时代一同从父读书，青年时代一同离蜀赴京。嘉祐二年（1057年），二人同举进士步入仕途，到此词写作之年，他们已仕宦沉浮二十年，期间异地为官，聚少离多。苏轼每逢中秋总有念弟之作，两年后的《中秋月寄子由三首》说"六年逢此月，五年照离别"。丙辰这年二人距离比较近（辙在齐州，齐州和密州都在山东），但正因相距近而不能团圆，反令思念之情更为迫切。寄托深挚的兄弟亲情，是这首词的第一个艺术特点。

这首词的第二个艺术特点，是以特别浪漫的手法表达了诗人二十年宦海沉浮中感受到的进退失据。苏轼自小学儒，有澄清天下之志。他二十岁名满天下，后来更成为继欧阳修之后的文坛领袖。但在北宋中期改革派与保守派的激烈党争中，苏轼与两派失合，以王安石为首的革新派固然把他当作守旧派对待，而以司马光为首的保守派也不把他当自己人重用。虽然创作这首词的时候，离使他命运发生重大转折的乌台诗案还有三年，但熙宁年间是神宗领导下的变法时期，苏轼以反对新法而自求外放杭州、密州等地，政治上非常不得志。苏轼早年与苏辙有"夜雨对床"的约定，现在也不能真正付诸实践。中国古代士大夫总能感受到的入世与出世的矛盾心理时时困扰着苏轼。词的上片集中书写了这一矛盾心理。

起拍从李白诗句化出，以一种大胆而好奇的、几乎等同于天真的追问，把人一下子推到了浩渺宇宙的深处。"明月几时有"这个问题注定没有答案，但足以使人神往。古往今来，明月人人可见，天天可见，但人们对它所知何其少也。最熟悉的是它，最陌生的也是它。诗人的好奇心进一步伸展：人间以八月十五月圆之夜为中秋节，那么这一天在月宫上又是什么时节呢？这可以说是苏轼的"相对论"：从人间立场望明月和从明月上望人间是不一样的。后来苏轼在《前赤壁赋》中也发挥过一段相对论思想："盖将自其变者而观之，则天地曾不能以一瞬；自其不变者而观之，则物与我皆无尽也。"能够跳出人生的此在与有限，从一个更加宏阔的视角看待人生，这是苏轼超越常人的地方，故先著、程洪《词洁》说："此词前半，自是天仙化人之笔。"

接下来三句，苏轼便大肆发挥他的想象力。月宫中有"琼楼玉宇"，古人笔记如段成式《酉阳杂俎》、周密《癸辛杂识》都有类似想象故事。不过，其他的记载一般都以"游"的方式去叙述，某人由特别机缘而游历月宫，而苏轼却用"归"字，这表明他自认为是月中仙人。这种自我形象的体认继承自李白"谪仙人"，乃是最富浪漫情怀的诗人的自画像。但苏轼毕竟不是仙人，就像他毕竟不能真正归隐家山一样。他清醒地认识到"高处不胜寒"（据说这一句还含有政治寓意，宋神宗后来读到此句，感叹说"苏轼总是爱君"）。归去只是一种酒酣时刻的带着醉意的幻想，真正能够做到的不过是"起舞弄清影"。诗人认识到人生在世绝不可能真的脱离人间尘世，但这并不意味着就不能在人间过一种超然自适的人生。天使下凡，仙人在尘，依然可以表现出天使的美德，仙人的风姿。

上片写出词人从想要归去月宫到转为在人间起舞的复杂心理过程，以天真的想象、绚丽的语言、压制不住的诗情把纠结于出世、用世的内心情结进行了浪漫化地表达。意境清冷而空灵，充满自信、自爱、自恋、自怜的复杂感情。若将它所塑造的词仙形象跟诗仙李白做一比较，则这位词仙少了一份发扬，多了一份蕴藉。李白是青春的，苏轼是成熟的。

唐圭璋说："上片，因月而生天上之奇想；下片，因月而感人间之事实。"（《唐宋词简释》）我们可进一步引申，下片，苏轼以哲人的睿智关照"人间之事实",从而获得洞彻物理世情的人生智慧,达到以理节情、超然豁达的人生境界。哲理性正是本词的第三个艺术特点。

下片先以"转""低""照"三个动词表现夜深月落的过程。夜在向着旦转换,月亮从中天倾落下去,它的光在移动,照着朱红的阁楼,照进绣花的门窗,照见失眠的人。由楼而窗而人,诗人逐次写来,把月光一步步从天上引到最切近人的眼前。接着,诗人又提出一个诘问:明月,你对人间有什么怨仇呢?为什么偏偏在亲人不得团圆的时候变得如此圆满?!月之圆缺是其天道运行所致,和人间聚散并无关联。但诗人在兄弟离散的情境中,看到明月偏偏是最团圆之时,自然格外"触目惊心",仿佛感到明月有意和人作对一般,遂迁怨于它。这个诘问当然是极不讲理的,但不讲理恰是因深情所致,这是以情屈理。

不过,苏轼没有把不讲理坚持到底,他马上冷静下来,清醒起来。月圆月缺是自然现象,人聚人散是人世现象,二者各行其是,似乎并无必然联系。它们虽然没有联系,但真的就毫无关联吗?诗人站在更高的哲思基点上,洞若观火。他意识到自然也好,人事也罢,它们都服从着同样的法则。月不能永远圆满,月亮是圆少缺多,人不能常相欢聚,人间是聚少离多,"此事古难全"。与其强求和悲叹,不如旷达地接受这个事实,在离别时,各自珍重,相互思念。亲人之间就算相隔千里万里,总还可以在今夜仰望同一轮明月,通过明月寄托相思。"但愿人长久,千里共婵娟"这个传诵千古的名句,表达了苏轼旷达的情怀,也传递着他对世人深深的祝福。

这首写于中秋之夜的词,始终不离中秋月,始终不离兄弟情,兴象高妙,意境清旷,以极度浪漫的情思描绘了一幅不失飘逸绝尘又绝非不食人间烟火的诗人自画像。诗人以参悟宇宙法则的智慧关照人世离乱,达到了通透平和而不失温情的境界。这首词固然表达了苏轼明净高洁的思想情操,但更为重要的是,它还写出了人人心中有之而口不能道的骨肉深情,读这首词,我们感到情感是出自自己肺腑,苏轼只是为我们代言而已。千古只此一篇,有此一篇亦足矣。

襄 阳 歌

［唐］李 白

落日欲没岘山西^①，倒著接䍦花下迷^②。
襄阳小儿齐拍手，拦街争唱白铜鞮^③。
旁人借问笑何事，笑杀山公醉似泥^④。
鸬鹚杓，鹦鹉杯^⑤。
百年三万六千日，一日须倾三百杯。
遥看汉水鸭头绿^⑥，恰似葡萄初酦醅^⑦。
此江若变作春酒，垒曲便筑糟丘台^⑧。
千金骏马换小妾，醉坐雕鞍歌落梅^⑨。
车旁侧挂一壶酒，凤笙龙管行相催。
咸阳市中叹黄犬^⑩，何如月下倾金罍^⑪？
君不见晋朝羊公一片石^⑫，龟头剥落生
莓苔^⑬。
泪亦不能为之堕，心亦不能为之哀。
清风朗月不用一钱买，玉山自倒非人推^⑭。
舒州杓，力士铛，李白与尔同死生。
襄王云雨今安在^⑮？江水东流猿夜声。

【注释】

① 岘山：又名岘首山，在今湖北省
襄阳县。

② 接䍦（lí）：一种白色帽子。

③ 白铜鞮：南朝时期流传在襄阳一
带的童谣，为梁武帝时期所流行。

④ 山公：即晋人山简。

⑤ 杓（sháo）、杯：都是酒器。鸬鹚
是一种长颈水鸟，杓形如其长颈，是
舀酒器具；鹦鹉此处指鹦鹉螺，用鹦
鹉螺的壳制成的酒杯。

⑥ 鸭头绿：当时染色行业术语，以
绿色如鸭头上的羽毛之色。

⑦ 酦（pō）：重酿之酒。醅（pēi）：
没有过滤之酒。

⑧ 糟丘台：以酒糟为山丘，形容酿
酒之多。

⑨ 落梅：汉乐府有《梅花落》之曲。

⑩ "咸阳"句：典故见后文鉴赏。

⑪ 罍（léi）：酒器。

⑫ 羊公：羊祜，典故见后文鉴赏。

⑬ 龟：驮石碑的动物，名为赑屃
（bìxì），形似龟。

⑭ 玉山倒：晋人嵇康风度极佳，《世
说新语·容止》记载了时人山涛对他
的评价："嵇叔夜之为人也，岩岩若
孤松之独立；其醉也，傀俄若玉山之
将崩。"后来，人们用"玉山倒"来
形容人的醉态。

⑮ 襄王云雨：宋玉《高唐赋》《神女赋》记载楚怀王游巫山梦与神女相会之事，神女对怀王说："妾在巫山之阳，高丘之阻。旦为行云，暮为行雨，朝朝暮暮，阳台之下。"后怀王之子襄王游巫山，宋玉陈说此事，襄王也夜梦神女。

【鉴赏】

唐代的襄阳即今天湖北襄阳，是楚文化发源地之一。李白少年时代在蜀中度过，二十五岁时，"故知大丈夫必有四方之志，乃仗剑去国，辞亲远游"（《上安州裴长史书》）。"渡远荆门外，来从楚国游"（《渡荆门送别》），襄阳是他游踪所到之地。《襄阳歌》是他漫游时所写的著名作品，这是一首痛快淋漓的赞酒歌。

开篇前六句就地取材，以欢快笔法描写了襄阳历史上著名的美酒爱好者山简醉酒的故事。《晋书·山简传》说山简镇襄阳"优游卒岁，唯酒是耽。诸习氏，荆土壕族，有佳园池，简每出嬉游，多之池上，置酒辄醉，名之曰高阳池。"《世说新语·任诞》记载更为生动有趣："山季伦为荆州，时出酣畅。人为之歌曰：'山公时一醉，径造高阳池。日莫倒载归，酩酊无所知，复能乘骏马，倒著白接篱。举手问葛彊，何如并州儿。'"山简喝醉后倒戴帽子、倒骑马的旷达放诞很有行为艺术的味道，李白多次在诗中提及，如"醉上山公马，寒歌甯戚牛"（《秋浦歌》），"临醉谢葛强，山公欲倒鞭"（《留别广陵诸公》）等，而以此处写得最详细。醉翁的"花下迷"，观看醉翁的儿童的"齐拍手"与"唱"，道旁人的"问"与"笑杀"，组成极有趣的人物群像，呈现出一幅喜感十足的画面。

"百年三万六千日，一日须倾三百杯。"这可能是古往今来最豪迈的饮酒宣言。两句共十四字，数目字占八个（一、三、六、百、千、万），且不避重字（一、百重出，日重出），词极浅白，但意气奋发，表现了他壮浪纵恣的风貌。善为夸张语是李白诗作的标志性风格，他的很多名句都是夸张句，如"白发三千丈""长风几万里""飞流直下三千尺""蜀道之难难于上青天"之类。这一联也是夸张。有趣的是，这个夸张是用数字计算来表现的，冷静的计算推理和漫无边际的诗意形成强大的艺术张力，使这个夸张合乎表面推理，不近生活常情，又恰恰刻写出诗人胸臆。

接下来两联转入写景，但不是客观地写，而是写一个酒徒眼中的景。诗人看到远处汉水碧波滔滔，他由这绿波想到了葡萄酒（今天葡萄酒是红色的，但唐代葡萄酒是绿色的。自汉张骞通西域后，葡萄和葡萄酒就传到中国，属于"进口商品"，中国自己并不会酿造。据《南部新书》记载：唐太宗破高昌，把葡萄作为战利品收入宫中，"并得酒法，仍自损益之，造酒，绿色，长安始识其味"。）诗人禁不住浮想联翩：要是这浩浩江流都变成春酒，那该多美啊！这"异想天开"表现了李白天真的奇思与烂漫的夸饰，这也是浪漫诗人对世界认知方式的一种自然展现。

紧接着两联，从写景转而描写一种携妓饮酒、欢歌作乐的浪荡生活。"千金骏马换小妾"用的是魏曹彰的典故：曹彰看上别人的一匹骏马，就用自己的一个小妾去交换。在不把女性命当回事的古代社会，这种事情被当作士大夫的风流韵事来传诵。香车宝马，歌姬为伴，载酒而行，一面歌舞、一面纵饮、一面游荡。这比起固定端坐在某个宴席上喝酒，又别是一种洒脱的放浪形骸的活法，说是颓废也无不可。

紧接着，诗人又写了两个历史人物。一个是战国时期的李斯，他是法家的代表人物之一，辅佐秦始皇统一六国，后来连同两个儿子一起被秦二世腰斩。他临行前对儿子说："吾欲与若复牵黄犬，俱出上蔡东门逐狡兔，岂可得乎！"（《史记·李斯列传》）。另一个是晋朝的羊祜，《晋书·羊祜传》记载，羊祜镇守襄阳，常游岘山，置酒吟咏。一次他对随从说："自有宇宙，便有此山。由来贤达胜士，登此远望，如我与卿者多矣！皆淹没无人闻，使人悲伤。"羊祜死后，襄阳百姓在岘山建庙立碑纪念他，看到石碑，往往落泪，称"堕泪碑"，即诗中说的"一片石"。此碑唐代尚存，李白见过，孟浩然也见过（孟氏名作《与诸子登岘首》有"羊公碑尚在，读罢泪沾襟"句）。这两个历史人物，都是在政治上大有作为的英雄豪杰，一个不得善终，一个留下虚名，但虚名又能留多久呢，石碑还不是剥落残破生苔藓？时人感念羊祜，看到石碑睹物思人，还要落泪，现在人们看到它早就无动于衷了。所以，功业也罢，空名也罢，真不值得追求，人生在世，不如及时行乐。真正的惬意是在清风朗月之中，携妓饮酒，于金罍里寻快活。"清风朗月不用一钱买"，此句真好！

舒州杓，力士铛都是酒器。这几句，诗人说愿意和酒具永远相伴，生死不离，也是用夸张手法表达愿意老于醉乡的人生愿景。结尾两句以楚王安在的感叹，反衬不如及时行乐的主旨。其实，全诗以"李白与尔同死生"作结也无不可。最后两句意思并无补充，看起来是赘词，但实际上又非常必要。它一方面回到襄阳的楚国文化关于巫山云雨的传说中，扣住了"襄阳歌"的题目，另一方面使得诗情变得绵柔，言尽而意犹未尽。

此诗体裁是李白最擅长的七古，又杂有三言、十言，语言奔放跌宕，节奏错落有致，恰与本诗所表现的浪荡不羁的主旨相合。全诗开张度极大，思绪翻飞，古今人物事迹纷呈，但通篇不离对饮酒的赞美之意，表达了一种快意行乐、放荡洒脱的生活观。如果用这种生活观长期主导人的生活，当然不可取，但若让它在一时一地一情一境中发挥作用，敦促一种热爱人生、享受生活的乐观状态，则无不可，大可不必斥之以"颓废"而避之唯恐不及。

郊陶潜体诗十六首·其六

［唐］白居易

天秋无片云，地静无纤尘。

团团新晴月，林外生白轮。

忆昨阴霖天，连连三四旬。

赖逢家酝熟，不觉过朝昏。

私言雨霁后，可以罢余尊。

及对新月色，不醉亦愁人。

床头残酒榼①，欲尽味弥淳。

携置南檐下，举酌自殷勤。

清光入杯杓，白露生衣巾。

乃知阴与晴，安可无此君②。

我有乐府诗，成来人未闻。

今宵醉有兴，狂咏惊四邻。

独赏犹复尔，何况有交亲。

【注释】

① 榼（kē）：盛酒或贮水的器具。

② 此君：指酒。

【鉴赏】

　　唐元和六年至八年（811—813）白居易退居渭水河畔的故乡下邽金氏村。在作于这一时期的《适意二首》中，诗人回顾此前生活"十年为旅客，常有饥寒愁。三年作谏官，复多尸素羞。有酒不暇饮，有山不得游"，而今"一朝归渭上，泛如不系舟。置心世事外，无喜亦无忧"。古代诗人的心境往往在仕宦和隐退之间徘徊，而仕宦生涯能得意者实在太少，因此多有作诗赞赏隐居之乐的。陶渊明被称为"古今隐逸诗人之宗"。白居易仕途失意退隐在田园，生活境况与陶渊明相似。据这组《效陶潜诗体十六首》诗前自叙所言，可知诗作于元和八年秋，时逢阴雨连连，不得出门，诗人在家饮酒读陶渊明集，"适与意会，遂效其体，成十六篇"。这组诗表达了诗人闲居独饮的安适之情，在清净欢乐中透露出一种及时行乐的人生观。

此处选的是这组诗中的第六首。

此诗前四句写景。阴雨连绵三四十天之后，忽然放晴，秋夜新来，天上无片云，地上无纤尘，环宇澄澈，此时一轮明月升起在树林上空，令人好不欣喜。接下来六句，诗人回忆起刚刚过去的那段日子，因下雨宅在家里，全靠饮酒度日。这组诗第四首是写那段生活的，不妨引数句在此："而我独何幸，酝酒本无期。及此多雨日，正遇新熟时。开瓶泻尊中，玉液黄金脂。持玩已可悦，欢尝有余滋。一酌发好容，再酌开愁眉。连延四五酌，酣畅入四肢。忽然遗我物，谁复分是非？"这一段详细描写从开瓶到喝醉的全过程，读之令人会心而笑。正因为雨天里已经喝尽兴了，所以有"私言雨霁后，可以罢余尊"的决心。这一句收束此诗前半段，是一个小结。

现在，雨果然停了。诗人是不是真的就"罢余尊"了呢？并没有。当着这美好月色，他把此前的决心抛之脑后，将没有喝完的酒"携置南檐下，举酌自殷勤"。"殷勤"二字，表现了诗人情不自禁的喜悦之态。"清光入杯杓"，只此一句即刻画出一派悠闲自得的独饮之乐了。注入杯中的不只有清明的月光，分明还有诗人和悦的目光。诗人在月下独酌，凝视酒杯，通过酒杯而与月光交融，与弥漫在夜空下的天地灵性交通。雨天饮酒有雨天饮酒的乐趣，晴天饮酒有晴天饮酒的乐趣。"乃知阴与晴,安可无此君。"诗人从原先"罢余尊"的想法进展到一种新的领悟。的确,饮酒的快乐,与其说受天气影响,不如说受心情影响。白居易为官之时能直言,创作《卖炭翁》等讽喻诗反映民间疾苦,等到乡居时,他能达观自慰而不怨天尤人,有良好的心态才能有闲适的生活,他不是借酒浇愁,而是享受酒中趣味。

最后几行由饮酒而转向诵诗。诗人趁着酒性朗诵自己的得意之作,声音之大,竟至于惊动四邻。"独赏犹复尔,何况有交亲。"结句透露出淡淡的寂寞之感,从全诗所写的独饮、独赏的独得之乐宕开一笔,表达了对知交的怀念。在下首诗里,白居易进一步写下对朋友崔群、钱徽、李绅、元稹的思念:"我有同心人,邈邈崔与钱。我有忘形友,迢迢李与元。……岂无他时会,惜此清景前。"

通观这首诗,以平常语写平常事,而它的妙处也恰在"平常"二字上。村居不同于仕宦,但诗人能够安然享受这种"平常"的乐趣,实有一种"不以物喜,不以己悲"的生活智慧。诗中写雨后新霁的秋月之美,寥寥数语,启人神往。

这一组诗也是白居易写酒诗中的名作,限于篇幅,我们不能全选,概言之,它们表达出诗人对饮酒之乐的体会非一般酒徒可比,他是嗜好而不沉迷。诗人绝非贪杯之人,"未尽一壶酒,已成三独醉……一饮一石者,徒以多为贵。及其酩酊时,与我亦无异"(其五);他饮酒固然也得到醉的欢乐,"朝亦独醉歌,暮亦独醉睡"(其五),但更重要的却是通过饮酒领悟宇宙之道,"朝饮一杯酒,冥心合元化"(其三),他最赞赏的是陶渊明"还以酒养真"(其十二)的态度。

饮酒五首·其一

［金］元好问

西郊一亩宅^①，闭门秋草深。
床头有新酿，意惬成孤斟。
举杯谢明月^②，蓬荜肯相临^③。
愿将万古色，照我万古心。

【注释】

① 一亩宅：古人称贫士居所。《礼记·儒行》："儒有一亩之宫。"
② "举杯"句：李白《月下独酌·其一》："举杯邀明月，对饮成三人。"
③ 蓬荜：蓬门荜户的简称，指用荆棘茅茨编的门户。

【鉴赏】

　　元好问少有才名，屡次参加科举却都不顺利，直到在仕与隐之间多有徘徊，他一度隐居嵩山长达十年（二十九岁至三十八岁），对被誉为"古今隐逸之宗"的诗人陶渊明非常有好感。"我爱靖节翁，打酒得其天"（《后饮酒诗五首·其五》），元好问曾效仿陶渊明《饮酒》组诗而作《饮酒诗五首》和《后饮酒诗五首》。此处所选的是《饮酒诗五首》中的第一首。

　　诗人注明这组诗写在襄城，襄城是今河南省襄城县，他在此经营有田宅。这首诗作为组诗的开篇，总起介绍他在此地隐居独饮的日常生活。

　　前两句写隐居地点和当时季节。诗人住宅在襄城西郊，非常简朴，也没有什么人来往，常常处于闭门状态，园子里秋草又高又密。家宅的特点，一是在郊外，二是长满荒草而不打理，这就突出自然与野趣，表明居住者的隐士身份。

　　三四两句引入"饮酒"主题。秋季粮食喜获丰收，故有新酿。"孤斟"照应前面的"闭门"。因无人来访，诗人只能自斟自饮，但他并不感到悲哀，而是感到闲适。"惬意"二字表明诗人对隐居生活感到满意。

　　后四句写对月夜饮的具体场景，暗用李白《月下独酌》中"举杯邀明月，对影成三人"的意境。诗人独饮却不孤单，"徘徊云间月，相对淡以默"（其五），他与天上明月交流，有一种莫逆之感。他向明月敬酒，感激它光临自己简陋的住处。其实月是自然天体，光照九州万户，不因富贵贫贱而区别对待，但在有情的诗人看来，月光照临自己的住所显得格外有情。月色皎洁，万古不易，诗人心境平静安泰，也万古如斯。万古色照万古心，诗的结尾臻于天人合一的至高境界。这种境界的获得当然不能离开饮酒的功效。

　　在后面的几首诗中，元好问对饮酒更是赞美有加，"独余醉乡地，中有羲皇淳"（其二），"如何杯杓间，乃有此乐国"（《后饮酒五首·其二》），他自己更是"一饮三百杯，谈笑成歌诗"（《后饮酒五首·其四》），"此饮又复醉，此醉更醋适"（其五）。总之，元好问这组诗无论从意境还是情怀上都是陶渊明《饮酒》诗的异代回响，语浅情醇，不减陶令。

念奴娇·赤壁怀古①

〔宋〕苏 轼

大江东去②，浪淘尽、千古风流人物。故垒西边③，人道是，三国周郎赤壁④。乱石穿空，惊涛拍岸，卷起千堆雪。江山如画，一时多少豪杰。

遥想公瑾当年，小乔初嫁了⑤，雄姿英发。羽扇纶巾⑥，谈笑间、樯橹灰飞烟灭⑦。故国神游⑧，多情应笑我，早生华发。人生如梦，一尊还酹江月⑨。

【注释】

① 赤壁：三国时的赤壁之战到底发生在何处，学界有很多争论。苏轼词中所写的是今湖北黄州城西的赤壁矶。

② 大江：长江。

③ 故垒：当年战后残留的营垒遗迹。

④ 周郎：周瑜，字公瑾，三国时吴军主帅。

⑤ 小乔：东吴乔玄有二女，长女嫁孙策，小女嫁给周瑜。

⑥ 羽扇纶巾：手握羽毛扇子，头戴青丝带的头巾，当时儒将装束。

⑦ 樯橹：樯是船桅杆，橹是船桨，指曹军战船。

⑧ 故国：指赤壁古战场。

⑨ 酹：把酒洒在地上，表示祭奠。

【鉴赏】

北宋神宗元丰五年（1082 年）七八月间，苏轼在黄州泛舟长江赤壁矶，写下了传诵千古的散文《赤壁赋》和词作《念奴娇·赤壁怀古》。这首词是东坡豪放词的杰出代表，明杨慎《草堂诗余》评说："古今词多脂软纤媚取胜，独东坡此词，感慨悲壮，雄伟高卓，词中之史也。铜将军、铁拍板唱公此词，虽优人谑语，亦是壮其雄卓奇伟处。"

词题为"赤壁怀古"。黄州赤壁是不是三国赤壁的古战场？这是有疑问的，现代历史学家们多持否定观点。苏轼也不确定，只说是"人道是"。但这不影响他身临其境时产生思古之幽情。三国时期，战乱频仍、动荡不堪，在这短短的半个世纪里，涌现出诸如曹操、诸葛亮、刘备、关羽、孙权、周瑜等许许多多雄才大略而风格各异的历史人物。他们的故事长期在民间流传，深受文人和普通百姓喜爱。赤壁之战是一场关系全局的战役，孙刘联军大败曹操，经此一役，形成三国鼎立格局。

上片起拍即作雷鸣巨响。滚滚长江，浩荡东流，浪涛翻腾，奔卷涤荡的气概无坚不摧，历史好像长江一样，推陈出新，多少曾经叱咤风云的英雄人物已被时间大潮席卷而去。这三句将历史和自然融为一体，写出它们前进时的巨大声威和冷峻无情，横空而来，雄壮至极，陈廷焯盛赞为"大笔摩天"。

在发出这一段高屋建瓴的感慨之后，词人将目光由泛泛而论的"千古风流人物"落实到眼前这片古战场。"乱石穿空"状石壁险峻陡峭，高耸入云；"惊涛拍岸，卷起千堆雪"，写长江冲击山壁，浪头飞溅的雄奇壮观。山势逼人，涛声震耳，光泽夺目。这几句虽是写自然风光，但山如守、江似攻，分明带着古战场的厮杀与怒吼。上片以"江山如画，一时多少豪杰"总括一笔收住。

下片以"遥想"领起，将词境由眼前所见景象转入对历史的回顾。词人把聚光灯打在周瑜身上，因为他是这次战争的主导者和胜利者。"小乔初嫁"，考之史册并非事实。周瑜娶小乔年时二十四五，而指挥赤壁之战则是十年后，无论如何算不上"初嫁"，但词人用蒙太奇手法大胆剪辑拼贴，将英雄抱得美人归的得意时刻与统领千军万马决胜沙场的高光时刻并置，一则凸显周郎年轻有为，二则表现了他春风得意。《三国志·吴书·周瑜传》写周瑜其人"长壮有姿貌"，说他"雄姿英发"允当妥帖。"羽扇纶巾"则强调周瑜儒雅的风度和对战事成竹在胸的自信从容，遂有后句大败曹军于"谈笑间"的举重若轻的辉煌战绩。赤壁之战周瑜取胜的关键在水战而用火攻，"灰飞烟灭"四字下得再恰当不过。至此，从上片的"故垒西边"到下片的"樯橹灰飞烟灭"这一段写"怀古"内容就结束了。

接下来，苏轼转入抒情。"故国神游"写自己畅怀历史，凭吊英雄，但历史毕竟已经远去。当年周郎年纪轻轻就在这里建立了丰功伟绩，苏轼置身其地难免会做对比。反观自己，不但没有建立功勋，且是戴罪之身谪居在黄州，虚度年华，白发已爬上了鬓角。真是没有对比就没有伤害。诗人虽然很受伤，但并没有因此郁郁不乐，自怨自艾。他反倒以一个"笑"字对待。这笑中当然包含有苦涩，但更包含着豁达。为什么要为自己没有像周郎一样建功立业而悲哀呢？"人生如梦"，这本是一种很消极的思想，但苏轼用在这里，却不是消极而是旷达。消极，是不思进取；旷达，是看清形势后不强求。人生功业上的成就除需要自身积极进取外，还需要外在环境的配合。旷达是该进取时进取，进取不成时不执着。"一樽还酹江月"，酹酒江月乃是和古人（周郎）对话，英雄惜英雄也，俞陛云说："洒杯酒而招魂，瑜亮有知，当凌云一笑也。"（《唐五代两宋词释》）

这首词由景入史，因史抒情，将壮丽的江山、激荡的历史、英雄的从容潇洒和丰功伟绩熔为一炉，在抒发自己失意之情时，也不执着悲情，只蜻蜓点水般带过而继之以超迈豁达襟怀，引前人为知己，作壮语而当歌，壮怀激烈，气象博大，不但前无古人，而且后稀来者。金代元好问赞美说："词才百余字，而江山人物无复余蕴，宜其为乐府绝唱。"（《题闲闲书赤壁赋后》）

把酒对月歌

〔明〕唐　寅

李白前时原有月，惟有李白诗能说①。
李白如今已仙去，月在青天几圆缺？
今人犹歌李白诗，明月还如李白时。
我学李白对明月，白与明月安能知！
李白能诗复能酒，我今百杯复千首。
我愧虽无李白才，料应月不嫌我丑。
我也不登天子船，我也不上长安眠②。
姑苏城外一茅屋③，万树梅花月满天。

【注释】

①"李白"二句：李白有诗《把酒问月》。
②"我也"二句：杜甫《酒中八仙歌》："李白一斗诗百篇，长安市上酒家眠。天子呼来不上船，自称臣是酒中仙。"
③ 茅屋：指作者的桃花庵。

【鉴赏】

　　唐寅这首《把酒对月歌》是由李白《把酒问月》而引发的异代回响。

　　"李白前时原有月，惟有李白诗能说。"自李白把酒问月之后，七八百年一晃而过，当年对月抒怀的"今人"李白已成为"古人"，现在轮到"今人"唐寅把酒对月。就像李白当年感慨的："今人不见古时月，今月曾经照古人。古人今人若流水，共看明月皆如此。"唐寅吟诵着李白的诗篇，看到明月也如李白所见过的那样"皎如飞镜""清辉发"，但无论是遥远的天上的明月还是早已死去的李白，都不能感知到"我"在举杯对月了。诗的前八句写出了明月常在而人生短促的悲怆之感，写的是人人熟知的事实，抒发的是无人可共语的寂寞。

后八句，诗人由李白而转向自身，把自己的才华和遭遇与李白做对比，进一步抒发自己既沉寂又自适的心情。李白一生诗酒潇洒，生前已被时人惊为天人，杜甫在《酒中八仙歌》中写道："李白一斗诗百篇，长安市上酒家眠。天子呼来不上船，自称臣是酒中仙。"唐寅表示自己无论是在酒量还是在诗才上都向李白看齐，"愧无李白才"这是以傲然姿态作谦虚之辞，主要为了反衬下句，即我也有酒有诗，可以无愧于"对月"。"我也不登天子船，我也不上长安眠。"这两句表达出堪破功名的潇洒至极的人生态度，这种态度实是从怀才不遇的沉痛人生遭遇中翻转出来的。李白曾经受玄宗之诏而入长安，但是并没有获得施展政治才华的舞台，玄宗只当他是点缀朝廷的御用诗人，他很快就被"赐金还山"。而唐寅则因为卷入科场舞弊案而被禁绝仕途，只好落魄江湖，措身"姑苏城外一茅屋"之中，靠诗酒书画度日。"茅屋"是指诗人营建的桃花庵，看来桃花庵里不仅种桃花，还种了梅花，最后一句"万树梅花月满天"，从对自我生活、心灵的反观深思中跳脱出来，归结到"月满天"上，扣住了"对月"的题目。这一句好似一个夸张雄壮的收止音符，表达出诗人从自怨自怜中升腾出来的开阔胸襟和豪迈情感。

这首诗是自然与人文共同催发的绝佳作品。就自然方面说，是天上的明月；自人文方面说，是李白的诗歌。唐寅将自己的情思作为第三者，加入到明月与李白的共感之中，完成了一次跨越时空的对话与抒怀。整首诗体式上效仿李白，但唐寅不是亦步亦趋而失去了自我面貌，诗中表达的飘逸豪放、自由舒展的精神世界恰恰是"江南第一风流才子"唐寅的最佳写照。

【肠】

壮士拂剑，浩然弥哀。

萧萧落叶，漏雨苍苔。

九　日^①

［唐］杜　甫

去年登高郪县北^②，今日重在涪江滨^③。
苦遭白发不相放，羞见黄花无数新。
世乱郁郁久为客，路难悠悠常傍人。
酒阑却忆十年事，肠断骊山清路尘^④。

【注释】

① 九日：九月九日重阳节。

② 郪（qī）县：唐梓州治所，其地在今四川三台县南郪江乡。

③ 涪江：江陵江支流，发端于四川岷山主峰，流经平武，江油、绵阳、洪射、遂宁等市，在重庆合江区汇入江陵江，全长七百公里。

④ 骊山：在陕西临潼县，山有温泉，华清宫所在地。

【鉴赏】

　　此诗写于唐广德元年（763年）的重阳节。重阳节有登高习俗，诗人借登高饮酒之际抒发流落他乡的凄凄之情。

　　首联交代登高地点，这也是此诗的写作背景。郪县是唐代梓州的治所，其地在今四川绵阳三台县南郪江镇，涪江流经此处。这两句是说诗人去年在郪县度过了重阳节，没有想到今年还是在这里过节。诗人为什么会有这一番感慨呢？因为他流落到梓州是身不由己的。在安史之乱的动荡中，杜甫于乾元二年（759年）流落到成都。后来与他有世交的将领严武入蜀任成都尹，杜甫算有了点儿依靠。宝应元年（762年）严武应召回长安，杜甫送严武远至棉州奉济驿，"远送从此别，青山空复情"（《奉济驿重送严公四韵》）。这时遇到剑南兵马节度使徐知道谋反，兵戈一起，杜甫便回不了成都。他只好到离成都比较近的梓州投靠长安时结交的汉中王李瑀，这一投靠就是两年。在此期间他回不了成都，家眷也接不来梓州。在梓州过第一个重阳节，杜甫有"兵戈与关塞，此日意无穷"（《九日登梓州城》)之叹，转眼又是重阳节，怎能不感慨。

第二联写自己观花的感受。重阳也是赏菊花的时节，菊花每一年都新开，而诗人则一年比一年老去，诗人观今年新菊而越发感到自己的白发与年俱增。这一联对仗工整，"苦"与"羞"揭示了杜甫的心情，"白发"与"黄花"则使诗句充满画面感。

第三联由赏花伤老进而感慨自己的遭遇。"世乱"是指当时安史之乱未平，吐蕃边患又起，徐知道新在蜀中作乱，远远近近，里里外外，大唐竟无处不处于战乱之中。"久为客""常傍人"是说自己长期在外漂泊，无法在乱世中很好地安顿自己，总需要依靠老朋友的照顾。杜甫在成都依靠严武，在梓州依靠李瑀，同时他还写信向高适求助，虽然这些人和他都有或深或浅的交谊，也看重他的才华，但不可否认，这种寄人篱下的生活滋味还是非常艰辛的。

最后一联，诗人由眼前情景而忆起十年前的往事，感到一种极度伤心。他回忆的是什么事情呢？"骊山清路尘"。骊山在陕西临潼县，距长安六十里，山有温泉，华清宫就在骊山。天宝十四载（755年）十一月，杜甫从长安去奉先县探亲，路过骊山。当时安禄山刚刚谋反，消息还没有传到长安，唐玄宗正带着杨贵妃和群臣在骊山宴饮享乐，通宵达旦，"凌晨过骊山，御榻在嵽嵲……君臣留欢娱，乐动殷胶葛。"（《自京赴奉先县咏怀五百字》）统治者寻欢作乐，百姓又过着什么生活呢？杜甫回到家，"入门闻号啕，幼子饥已卒"。这次路过骊山的感触，让杜甫发出了"朱门酒肉臭，路有冻死骨"的控诉强音。这种荒淫无度的统治怎么能够持久呢？果然"渔阳鼙鼓动地来，惊破霓裳羽衣曲"，两京陷落，玄宗奔蜀，十年来战火不止，诗人一直过着动荡不安的生活。饮酒而念及这些家国之变、身世之悲，怎能不有断肠之痛呢？

御街行·秋日怀旧

［宋］范仲淹

纷纷坠叶飘香砌①。夜寂静，寒声碎。真珠帘卷玉楼空，天淡银河垂地。年年今夜，月华如练②，长是人千里。

愁**肠**已断无由醉。酒未到，先成泪。残灯明灭枕头欹③，谙尽孤眠滋味④。都来此事⑤，眉间心上，无计相回避。

【注释】

① 香砌：落花的石阶。

② 练：白色丝绸。

③ 欹（qī）：倾斜，斜靠。

④ 谙（ān）尽：尝尽。

⑤ 都来：算来。

【鉴赏】

范仲淹是北宋杰出的政治家，也是著名文学家，他的词创作仅存五首，多写离愁别绪，却见英雄本色，在刚强雄健的总体风格中体现出细腻柔情。《御街行》就是这样一首写离愁的词，前人陈廷焯评为"淋漓沉着"。

词题为"秋日怀旧"，上片重在写秋季夜景。

前三句虽然不是正面写秋风，但所写景象无不是瑟瑟秋风深藏于后，在秋风中落叶纷飞，堆满了楼前的台阶。夜深人静，落叶的簌簌声听得更加清晰真切。"碎"字深体物理，也写出诗人此刻神经格外敏感，没有这种敏感性，就不会有后文的"怀旧"。"真珠"以下两句写诗人卷起窗帘，遥望夜空，长空无纤云布染，因此说"天淡"。银河布满了密密麻麻的星辰，连贯倾斜，垂落直到视野尽头，仿佛是和大地连在一起。这一句写秋夜银河的壮阔景象，历来被人称道。后三句，由面对浩瀚星空产生了身世之慨，诗人长年在外宦游，不得与家人团聚，年年如此，面对这样的月色，则能不起思念之情？

下片转入抒情。

客游在外，思念家人，孤苦无依之中往往会借酒消愁，这是人之常态。因此，酒往往出现在表现离愁的诗词中，范仲淹也写过这种名句"酒入愁肠，化作相思泪"（《苏幕遮》，"浊酒一杯家万里……将军白发征夫泪"（《渔家傲》）。但在这首词里，诗人为了表现离愁之浓，更是写出极为决绝之语。他说饮酒已经不能消愁，原因不是在酒而在诗人自身的愁太浓太烈，竟然使得通酒的肠已断绝，那还怎么饮酒呢？"酒未到，先成泪"，泪重于酒，这比"酒入愁肠，化作相思泪"更上一层楼。接着写耿耿长夜，孤枕难眠的苦思之状。最后三句，诗人说怀乡之情浓烈难以排遣，它既郁结在心中，也紧蹙在眉头。如此写愁苦不堪之状，如在读者眼前。后来，李清照《一剪梅》中的名句"此情无计可消除，才下眉头、却上心头"就化用了范仲淹的这句词。

遣 怀

[唐] 杜 牧

落魄江湖载酒行，楚腰**肠**断掌中轻^①。
十年一觉扬州梦，赢得青楼薄幸名^②。

【注释】

① 楚腰：指细腰美女。"楚灵王好细腰，而国中多饿人。"（《韩非子·二柄》）。掌中轻：汉成帝皇后赵飞燕"体轻，能为掌上舞"（《飞燕外传》）。肠断：也有版本作"纤细"。

② 青楼：旧指精美华丽的楼房，后多指妓院。薄幸：薄情。

【鉴赏】

　　杜牧（803—852），字牧之，唐京兆万年县人，他出身的京兆杜氏是数百年的高门士族，祖父杜佑官至宰相，并且是诗学名著《通典》的作者。出身在这样的家庭，杜牧一方面受到家风的影响，博学多才，另一方面也染上了豪门子弟奢侈放纵、喜好声色的生活习性。

　　大和七年（833年），三十一岁的杜牧应淮南节度使牛僧孺之邀，到扬州入其幕府任掌书记，在扬州生活了三年。扬州在唐代已是非常繁华的大都市，它地处鱼米之乡，物产丰饶，经济富庶，又是长江与运河的航运节点，商贾云集，贸易繁荣。扬州的都市文化十分繁荣，王建《夜看扬州市》诗云："夜市千灯照碧云，高楼红袖客纷纷。如今不似时平日，犹自笙歌彻晓闻。"声色歌舞的夜生活可见一斑。其时杜牧青春正好又生性风流，他身居要职、常有清闲，公事之余便经常流连于青楼酒肆。这首诗是回忆往事之作。当时杜牧已四十岁，任黄州刺史，他回忆十余年前在扬州诗酒风流的生活，无限感慨，也不无懊悔之意。

　　第一句中的"落魄"是形容潦倒失意的情形，实有夸张成分，因为杜牧当时并不十分潦倒。杜牧大和二年中进士，很快随沈传师到洪州（今江西南昌）、宣州（今安徽宣城）任职，与沈分别后，即入牛僧孺幕府。沈、牛二人很器重他，不但委以重任，而且关怀甚切。不过，从大和二年至九年，他辗转供职于洪州、宣州、扬州之间，说是流落"江南"倒不算矫情。"载酒"是说自己走到哪里喝到哪里，过着一种极其放肆的生活。

第二句合用了两个典故。"楚腰"说的是楚灵王好细腰，宫女们多节食，竟至于有饿死的。"掌中轻"说的是汉成帝的皇后赵飞燕身材苗条，舞姿婀娜，尤其是瘦美，能作掌上舞。这一句是赞美扬州妓女美貌无双，歌舞超伦。

后两句是写现在的感慨。"十年"表示时光的长与慢，"一觉"表示时光的短与速，把这两个时序词并置在一起，通过强烈对比凸显了人生如朝露般短暂，如迷梦般虚幻。而诗人此刻回忆的这个梦，又是在扬州度过的那种美人做伴，歌酒不辍的生活。回首那段酒色光阴，诗人多少感到有点儿懊悔，欢乐早已不见了踪影。诗人收获了什么呢？无非是妓女们到处传说他的薄情寡义罢了。"赢得"二字有很强的反讽意味，实际上它写的是"失去"和"没有实现"。杜牧祖上出过大将，出过宰相，他有才华，研兵法，想对中晚唐藩镇割据的状况有所献策，但是他并没有获得施展其政治才能的舞台，"赢得"二字里实际包含着诗人内心很深的酸楚。

重九后二日同徐克章登万花川谷月下传觞①

［宋］杨万里

老夫渴急月更急，酒落杯中月先入。
领取青天并入来，和月和天都蘸湿②。
天既爱酒自古传③，月不解饮真浪言④。
举杯将月一口吞，举头见月犹在天。
老夫大笑问客道，月是一团还两团？
酒入诗肠风火发，月入诗肠冰雪泼。
一杯未尽诗已成，诵诗向天天亦惊。
焉知万古一骸骨，酌酒更吞一团月。

【注释】

① 徐克章：其人不详。万花川谷：作者的花园，地方不大，种花甚多，故名。
② 蘸湿：浸湿。
③ "天既"句：李白《月下独酌·其二》："天若不爱酒，酒星不在天。"
④ "月不"句：李白《月下独酌·其一》："月既不解饮，影徒随我身。"浪言，胡说。

【鉴赏】

杨万里（1127—1206），字廷秀，号诚斋，江西吉水人，与尤袤、范成大、陆游并称南宋时期的"中兴四大诗人"。

这首诗写于绍熙五年（1194年），当时诗人退休在家。从题目看出，此诗是重阳节后，诗人与友人徐克章在自己的花园万花川谷里夜饮畅谈而作。此诗想象夸张奇特，模仿李白风格。罗大经《鹤林玉露》记载：他十余岁时随父亲拜访杨万里，亲耳听到诗人向他父亲朗诵此诗，并且得意地说，"老夫此作，自谓仿佛李太白"。李白有《月下独酌》等名作写酒写月，杨万里此诗也是紧紧围绕着我、月、酒三者展开。

　　前四句写一个寻常景象：诗人往杯子里倒满美酒，酒中倒映出一轮月影。诗人是怎么写这个景象的呢？他说：我渴了要倒酒喝，没想到月亮比我还急，我还没把酒喝下，它先跑到酒里，还带上一片天空同入酒中，双双都浸湿身子。诗人用拟人手法把月亮那种好酒的情态写活了。五、六两句，他总结说：天是爱酒的，月也是爱酒的。李白说"月既不解饮"，那是胡说。

　　然后，诗人写喝酒。月已经落在酒杯之中，他仰头一饮而尽，便是将月亮和酒一起吞进肚子。可是抬头望天，月亮怎么还在天上呢？他大笑着问朋友：月亮是一个呢还是两个？多么幼稚的问题！多么天真的问题！多么妙趣横生的问题！这种诗人的天真，和朱熹用"月印万川"来说明"理一分殊"的哲学家的玄思正好形成有趣的对照。

　　"酒入"四句更是奇想壮采，逸兴飞扬。诗人已经把酒和月都吞下，两者在他肚子里发挥不同的效果。酒发热发散，诗人感到腹中如煽风点火一般；月色晶莹，有冰雪之质，诗人又感到腹内如冰封雪冻一般。冰火夹攻诗肠，诗兴就如火山喷涌不可遏制，一杯酒还没有喝完，一首诗已经大功告成，对青天高声朗诵，青天也大吃一惊。这几句用非常夸张的语言表达自己在灵感激荡下的创作状态。结尾归结到人生苦短、及时行乐的老调，好在"酌酒更吞一团月"乃以月、酒、人三者收住全诗，力道不减。

　　杨万里曾在一张自己的画像上题诗："清风索我吟，明月劝我饮。醉倒落花前，天地即衾枕。"这首诗就是他诗酒花月生涯的写照。

水调歌头

[宋]葛长庚

江上春山远，山下暮云长。相留相送，时见双燕语风樯①。满目飞花万点，回首故人千里，把酒沃愁肠②。回雁峰前路③，烟树正苍苍。

漏声残④，灯焰短，马蹄香⑤。浮云飞絮，一身将影向潇湘⑥。多少风前月下，迤逦天涯海角，魂梦亦凄凉。又是春将暮，无语对斜阳。

【注释】

① 风樯：帆船。

② 沃：浇灌。

③ 回雁峰：在衡阳衡山，相传大雁南飞不过衡阳，天气变暖飞回北方。

④ 漏：漏壶，古代的计时设备。

⑤ 马蹄香：马蹄踏过花草，留有芳香。

⑥ 潇湘：泛指湖南。潇，指潇水河，湘，指湘江，都在湖南境内。

【鉴赏】

葛长庚（1194—？），闽清人，年幼父亡母嫁，只身漂流到雷州，改名白玉蟾，字白叟，又流落琼州，故号海琼子。他后来入武夷山修道，被宋宁宗诏馆太一宫，封紫清明道真人，后归山。葛长庚是道士，被全真教奉为南五祖之一，他与当时文人有交往，自称"酒龙诗虎"，其《贺新郎·别鹤林》说："昔在神霄宫，是上皇娇惜，便自酣歌醉舞。来此人间不知岁，仍是酒龙诗虎。"他的作品有《海琼集》四十卷，《玉蟾先生诗余》一卷。

这首词写诗人与故人离别远行后的离愁别绪。

　　上片前两句写送别时场景：诗人在江边和友人辞别，远眺春山，暮色苍苍。这萧瑟暗淡的景象正是诗人心境的表现。"相留相送"，传达出留又留不住、送又舍不得的依依别情。这时，诗人看到江面上燕子绕着帆船翩翩飞舞，燕子总是双飞双栖，这就更衬托出远行人孑然一身的清冷。诗人越走越远，回想故人，不禁伤情落泪，只见春日落花万点，回头看去，早看不见故人的身影。"飞花万点""故人千里"，对仗工整，以极大之数目，状写极强的情感。"把酒沃愁肠"一句写离愁难耐，只能借酒浇愁。"回雁峰"是衡山七十二峰之一，相传大雁南飞不用飞过衡阳便能遇春天北归。然而诗人却不能像大雁一样往回飞，只能更向前行。烟树苍苍，无限凄凉。

　　下片写旅人夜行的情景。"漏声残"写声觉，"灯焰短"写视觉，"马蹄香"写嗅觉。马在行走，踏碎路上花草，马蹄上就沾有香气。"浮云飞絮"形容游子飘落他乡，"一身将影向潇湘"则写梦魂回到故人身边。游子身心分离，又皆是飘忽不定，选用意象都极为朦胧。回想相聚之时，花前月下多少快乐。想到别后生涯，海角天涯多么孤单。结尾两句以写景收束，春天将尽是一层感伤，一日将尽又是一层感伤，离别的伤感不在语句中却在诗情内。这道景色正是词开篇写到的"春山""暮云"之景。

　　这首词写春日景最为精彩，尤其开篇写到的山、水、云意境悠远，通篇又将离情融入景中，令人读来伤怀。

青玉案

[宋] 贺 铸

凌波不过横塘路①，但目送、芳尘去。
锦瑟华年谁与度②？月桥花院，琐窗朱
户③，只有春知处。
飞云冉冉蘅皋暮④，彩笔新题断肠句⑤。
若问闲情都几许？一川烟草，满城风
絮，梅子黄时雨。

【注释】

① 凌波：形容女子轻盈的步履。曹植《洛神赋》："凌波微步，罗袜生尘。"横塘：在苏州城外。
② "锦瑟"句：李商隐《锦瑟》："锦瑟无端五十弦，一弦一柱思华年。"
③ 锁窗：雕绘连锁花纹的窗子。朱户：红色的门。
④ 蘅（héng）：一种香草。皋（gāo）：沼泽中的高地。
⑤ 彩笔：喻写作才华。《南史·江淹传》："（淹）尝宿于冶亭，梦一丈夫自称郭璞，谓淹曰：'吾有笔在卿处多年，可以见还。'淹乃探怀中得五色笔一以授之。"

【鉴赏】

贺铸（1063—1120），字方回，北宋卫州人，自称唐代诗人贺知章之后，因贺知章晚年在家乡会稽镜湖居住，贺铸因此号为"庆湖遗老"（庆湖，即镜湖）。铸少有豪侠气，为官几十年，做过武职文职，但都是闲职散官，郁郁不得志，晚年厌倦官场，退居苏州。铸善诗文，尤长于词，同时代词人张耒称赞他"乐府之词，高绝一世"（《东山词序》），诗集有《庆湖遗老诗集》（前后集，今存前集九卷），词集有《东山词》（二卷，今存上卷）。

这首《青玉案》又名《横塘路》，是作者居苏州时的作品。贺铸在苏州盘门外十余里处名横塘的地方筑有一间小宅院，名"企鸿居"，他常去小住。本词写的是他在去横塘的路上遇见一陌生而美貌的女子，动了单相思之情，因不得结识而倍感惆怅的情绪。

上片，前三句写词人在路上邂逅这位姑娘，但她并不到横塘来，自顾自远去。"凌波""芳尘"是用曹子建《洛神赋》"凌波微步，罗袜生尘"。曹植原诗是描绘女神宓妃在洛水的水面上款款而行踏着波浪，水沫溅起像小灰尘一样粘在罗袜上。贺铸用在这里，一方面切合横塘水乡的景致，一方面又将女子比作宓妃，突出她楚楚动人的芳姿。

后面全是设身处地的悬想之词。因女子已远去，词人料想她也是孤身一人，遂有"锦瑟年华谁与度"的叹息。这一句化用李商隐的"锦瑟无端五十弦，一弦一柱思华年"，周汝昌说这是"以锦瑟之音繁，喻青春之岁美"。如此美好的年华却不能与知心人共度，只有在形单影只中虚度无聊。以下写桥、院、窗、户，都是悬想外人不可进入的女子庭院深闺中的景物，一一写来，映照出主人的寂寞。她的芳华"只有春知"。"只有春知"就是"无人知"。

下片，"飞云冉冉"由悬想回到当下。词人目送女子走远之后，没有跟着离开，而是立在原地痴想。他似乎等着佳人再度出现，竟然一直呆立到黄昏降临，眼见着暮云升起，迷蒙了河泽与沙洲，女子也没有再来。词人的愁怀不得慰藉，于是将自己无望的失落和感伤谱成一首伤心的情歌。

最后四句是自问与自答。"若问闲情都几许"，"闲情"的成分是极其复杂的，它包含着相思、愁绪、无奈、幽怨、哀伤等等。"一川烟草，满城风絮。梅子黄时雨。"词人以眼前所见的春草、柳絮、梅雨作答，这些都是春天特有的物象，它们都有绵密、缠人、不可胜数等特点。三句三叠，却是一个意思，表示闲情之多、之久、之无从摆脱。问答巧妙之处在于，问的是一种虚无缥缈的东西，所问虽虚，但问题却提得实实在在；而答的都是再具体不过的景物，所答虽实，但又答得多么空灵！后人尤其欣赏"梅子黄时雨"这一句，贺铸因此被称为"贺梅子"。这一句固然好，但它是直接化用了寇准诗句"梅子黄时雨如雾"，它的佳妙要还原到整个问答的语境中才能显露，有了前面一问二答语的铺垫，才翻出新颖意蕴，显得尤为熠熠夺目，因为它的得意处不是写景，而是以景语抒情。

这首词虽是侧艳之作，但也有论者以为它写自己退居的横塘非宓妃所能到之处，其中"自有一番不得意、难以显言处"（黄苏《蓼园词选》），"它表面似写相思之情，实则是抒发悒悒不得志的'闲愁'"（沈祖棻语）。

南乡子·和杨元素，时移守密州①

[宋] 苏 轼

东武望余杭②。云海天涯两杳茫。何日功成名遂了③，还乡。醉笑陪公三万场。

不用诉离觞④。痛饮从来别有肠⑤。今夜送归灯火冷，河塘⑥。堕泪羊公却姓杨⑦。

【注释】

① 杨元素：杨绘，字元素，熙宁七年（1074年）七月知杭州。

② 东武：指密州，隋代称密州治所诸城为东武。

③ "何日"句：《老子》："从成名遂身退，天之道。"

④ 诉：劝。

⑤ "痛饮"句：《五代史》闽主曦谓周维岳曰："岳身甚小，何能饮之多？"左右曰："酒有别肠，不必长大。"

⑥ 河塘：沙河塘，在杭州城南，是杭城的繁华之地。

⑦ 羊公：西晋名将羊祜，守襄阳，有德政。羊祜嗜酒，常在岘山饮酒。他死后，襄阳人在岘山立碑纪念，望见石碑者，莫不堕落，后人因称"堕泪碑"。

【鉴赏】

这是一首离别词。熙宁四年（1071年）苏轼外放杭州通判，熙宁七年移知密州（今山东诸城）。这是他为告别自己的上司、知州杨绘而作的词。

据《宋史》，杨绘是"绵竹人，少而奇警，读书五行俱下，名闻西州"。苏轼和他是同乡（蜀人），他们政见也相似，杨绘反对王安石新法而罢京官外放。杨绘当年七月到任，苏轼九月离杭，他们共事时间只有短暂两个月。不过，此前二人已相识，苏轼对杨绘很有好感，"爱君才器两俱全"（《浣溪沙》）。杨绘善诗，苏轼和他有唱和之作。

上片全是设想之语。起拍，词人还没有离杭，设想身在密州回望杭州，看不见杭州，只看到云海茫茫。从眼前的相聚写到即将到来的天涯远隔，似将无尽离情充满了这辽远空间。接着，词人更是大胆畅想：盼望有一天功成名就，回乡隐居，到时候可以陪杨绘大醉三万场。"功成身退"之说是老庄思想的主要体现，但语气之间也表现了苏轼此时积极进取的政治心态。苏轼因反对新法被外放，仕途并不如意。但他在杭州做了不少造福人民的工作，政声卓著，离任之际，"吏民惜其去"（孔凡礼《苏轼年谱》）。在杭州他是任副手，去密州他是当主官，有刚健进取心态并不难理解。"还乡"是说回四川老家，杨绘也是四川人。所以"功成身退"的畅想不仅指自己，也包括对方。双方都功成身退，"怀乡"和"陪公"可以一并实现。"三万场"借用李白《襄阳歌》"百年三万六千日，一日须饮三百杯"的说法。这种畅想只是空想，永无真正实现的一天，诗人无非借此表达临别豪情，或许意在安慰对方。词题注明"和杨元素"，杨绘有送别原唱，可惜现在看不到了。

下片，结束畅想回归送别现场。前两句延续上片的豪情。情到深处酒亦浓，"酒逢知己千杯少"，痛饮送别酒，不用等人劝。这首词一路写来，都是以豪情写离怀，到了"今夜"之后这几句歇拍，才稍稍点出一些凄冷和寂寞来。河塘是杭州城南繁华区，诗人却说这里"灯火冷"。"冷"字意在表明灯火稀疏，但比用"稀"或"疏"都好，因为它不是纯客观写景，而是融入了主观感受。结句，情调依旧复归昂扬。羊祜是西晋名将，镇守襄阳受民众爱戴，死后民众为他建庙立碑，望之堕泪。"羊""杨"同音，苏轼借用堕泪碑典故表示杨绘一定能够在杭州任上政绩斐然，得百姓爱戴。这是以略带调侃的笔调表达他对杨绘的诚挚赞美与深切祝愿。

这首离别词类似于高适的《别董大》，对离愁别绪只是轻轻点到，全篇以豪情写别情，意气纵横。这显然不是离别诗词的主导风格，但正因其特别而显得尤为可贵。

【泪】

百岁如流，富贵冷灰。
大道日往，若为雄才。

钗头凤

[宋]陆　游

红酥手，黄縢酒①。满城春色宫墙柳。
东风恶，欢情薄②，一怀愁绪，几年离
索③。错！错！错！
春如旧，人空瘦。泪痕红浥鲛绡透④。
桃花落，闲池阁，山盟虽在，锦书难
托⑤。莫！莫！莫！

【注释】

① 黄縢（téng）酒：用黄纸或黄绢封口的酒，表示优质。縢，封缄捆扎的意思。
② 欢情：美满的爱情。
③ 离索：离别后孤独的生活。
④ 红浥（yì）：眼泪沾染胭脂变成红色，浥是湿透。鲛绡（jiāoxiāo）：薄绸手帕。
⑤ 锦书：书信。

【鉴赏】

　　如今去绍兴旅游，少不了要去沈园。白天逛沈园，在园内粉墙上就能看到这首《钗头凤》（当然，是现代人题写的）；晚上游园，则能欣赏到一台绍兴戏，演的就是陆游和唐婉的爱情悲剧。

　　陆游在二十岁左右娶表妹唐婉为妻，婚后二人琴瑟和谐，但陆游母亲不喜欢唐婉。孝道是封建社会最重要的纲常，陆游不可能突破，他受不住压力被迫和唐婉离婚。后来唐婉再嫁，陆游再娶。数年后一个春天（有的说是1151年，有的说是1155年），陆游到山阴城外禹迹寺南侧的沈氏园游春，巧遇唐婉和她丈夫也在园内。唐婉致酒果招待陆游，二人重逢，百感交心，诗人在沈园墙上题了这首《钗头凤》（事见周密《齐东野语》等书）。

　　上片起拍写令人销魂伤心的致酒情景：唐婉用红润酥软的双手为诗人捧上一

杯美酒。有学者提出"红酥手"一语过于香艳,不太适合用在曾经和诗人伉俪情深并深为诗人敬重的前妻身上,因此推断这首词很可能不是写给唐婉的。笔者以为这个词并无不妥,它只是如实地写出了唐婉美貌之一角。《诗经》云"执子之手,与子偕老",诗人迫于母命休妻,现在此手已为他人所"执",香艳只是表面,其实包含着很沉痛的懊悔与无奈。"满城春色宫墙柳"点名重逢时间和地点。手之红、酒之黄、柳之绿,构成一幅明丽图画,更反衬出诗人心境的悲哀。"东风恶"是指母命破坏和摧残诗人的美好姻缘。"恶"字情感倾向极为明显,表明诗人本心深处并不同意母亲,但是母命难违。诗人回忆和唐婉在一起的时光充满恩爱欢乐,只是太短暂了。"薄"字和"恶"字形成对照,体现了诗人对往日时光的无比珍惜与眷恋。两人分开后,诗人愁绪满怀,孤孤单单,再无欢乐。"错!错!错!"三个字,一字比一字惨痛。二人既结为夫妇,又情投意合,应该天长地久才对,怎么会生生被拆散呢?这是怎么回事?怪母亲的无情?怪自己的懦弱?怪命运的捉弄?诗人似乎也理解不了。

过片,诗人从悲愤控诉回到眼前景色。春天还是这般美好,唐婉却比以前更加消瘦。唐婉为何消瘦?是分别后旧情未断绝的苦恼所致,还是新婚生活不如意所致?这一句包含无限怜爱之情,但此刻这种情感他已不能向唐婉表达。"空"表明消瘦伤心没有实际意义,并不能改变他们的境况。唐婉的泪水打花了脸上的胭脂,湿透了手里的丝绢。写唐婉伤心,也写出自己伤心。两个人这般伤心欲绝,而沈园里的桃花也好,池阁也罢,却都无知无觉,该落的落,该闲的闲。"桃花落,池阁闲"这两句宕开一笔去写景,让我们感觉整个世界都不了解、不关心、不在意他们的悲伤,只有他们两人悲哀的心曲相知相通。这对有情人被命运拆散,在这特殊场合相逢,当初恩爱时许下的山盟海誓还在心中回响,但各自都有了新家庭,断然无法再用书信传达心声。"莫!莫!莫!"三个声,一声比一声无奈。事已至此,一切都无法挽回,什么都不要提了吧!

　　据说唐婉在这次会面之后不久就去世了，而陆游对唐婉的怀念却一直没有断绝，直到晚年仍有诗词回忆唐婉，如七十五岁那年写的《沈园二首》，其中一首是这样写的："梦断香消四十年，沈园柳老不吹绵。此身行作稽山土，犹吊遗踪一泫然。"

　　前面提到，有学者认为沈园重逢的故事不一定可靠，陆游这首词写的未必是他与唐婉的爱情悲剧。这种说法当然也有一定根据，但终归还不是主流看法，人们宁愿相信这首词就是这段凄美爱情的最好见证。

江城子·孤山竹阁送述古①

［宋］苏　轼

翠蛾羞黛怯人看②。掩霜纨③，泪偷弹。
且尽一尊，收泪唱阳关④。漫道帝城天
样远，天易见，见君难。
画堂新构近孤山。曲栏干，为谁安？飞
絮落花，春色属明年。欲棹小舟寻旧
事，无处问，水连天。

【注释】

① 孤山：山在西湖边上，唐白居易
任杭州刺史，曾在山上为鸟窠禅师筑
竹阁。
② 翠蛾：眉毛修长状如蚕蛾，指宴
席上的官妓。
③ 纨（wán）：扇子。
④ 阳关：即《渭城曲》，源于王维的
《送元二使安西》，后入乐府，成为送
别名曲。

【鉴赏】

　　这是一首送别词，作于熙宁七年（1074 年）八月，当时苏轼在杭州任通判，
送别的对象是上司、杭州知州陈襄。陈襄，字述古，熙宁五年八月到任，熙宁七
年七月调任南都（今河南商丘）。陈襄在杭期间主持修浚西湖及六井，苏轼一同
谋划。同时，他们不只是上下级关系，还多有宴饮、从游，"钱塘风景古来奇，
太守例能诗"（《诉衷情》），二人唱和颇繁。陈襄离任时，苏轼在不同场合作送别
词多达七篇，可见情谊之深。

　　词作于西湖边上孤山竹阁上设宴相送之时。因二人都是一州长官，照例有官
妓参与宴会助兴。这首词是酒宴佐兴之作，因此表现出词体婉约而纤美的本色，
尤其词的上片，全用代言体，代现场官妓表达惜别之情。"翠蛾羞黛"是对官妓
容貌的描绘，她修长的双眉，用黛笔（青黑色）描过，越发显得娇美。她用一柄

白丝绣的团扇遮住脸部，好像害羞怕被人看到。其实，不是害羞，而是为太守的离任而伤心，偷偷在团扇后面流泪。词人用"怯""掩""偷"三个动词写出女子的心理。接着，她把眼泪擦去，向主人敬酒，强颜欢笑，又为其唱送别的《阳关曲》。如果说这几句还是从旁观者的视角写的话，那么"漫道"后面三句是直接以女子口吻道出了。这里用了典故：晋明帝幼时聪慧过人，才几岁大，一次他父亲元帝接见长安来使，问明帝："长安和太阳哪个更远？"明帝说："太阳远。因为没听说有人从太阳那里来的。"元帝很得意，隔一天在朝堂上当着大臣们的面又问他这个问题。明帝回答说："长安远。"元帝大吃一惊，问他怎么和昨天说的不一样。明帝回答说："我抬头能看见太阳，但看不见长安。""天易见，见君难"，借以远易近难这种不合情理的现象，更加表达出依依别情。

下片，词人不再替人代言，而是表达自己的惜别之情，但不是直接抒发，而是曲折委婉，借乐景写别情。乐景之一是写眼前设宴孤山竹阁。此楼是新建的，现在我们在这里欢会，多么畅快。但是，太守走了之后，这些栏干，又供谁去欣赏呢？乐景之二是悬想来年的春天到来。明年杭州城里柳絮飞繁花开的时候，我定然还要荡舟西湖，却只能独自去寻访曾经一起游览赏乐过的景致。往事，只能追忆而不能重现。以"水连天"作结语，既写出了西湖的景色，也蕴含着无穷的情意。下片词意，实同于柳永的"此去经年，应是良辰好景虚设"。

这首词作于宴席上，难免有些套路化，但我们既然了解苏轼和陈襄的交往和情谊，可知词中惜别之情绝非是应酬性的，而有真情在。"春色属明年"等句则表明苏轼只是惜别而不是感伤，因为仕途调动本是寻常现象。这首词有花间风味，苏轼虽然开创了词的豪放一派，但他的词作并非一味豪放，而是风格多样的。

相 见 欢①

[南唐] 李 煜

林花谢了春红②，太匆匆，无奈朝来寒
雨晚来风。

胭脂泪③，留人醉，几时重？自是人生
长恨水长东。

【注释】

① 词调名又作"乌夜啼"。

② 谢：辞去。

③ 胭脂泪：女子脸上搽胭脂，眼泪
流过，就染上了胭脂的颜色。

【鉴赏】

李煜（937—978），字重光，号钟隐，五代十国时期南唐国的末代皇帝，史
称李后主。李后主琴棋书画样样精通，敏感多情，就其天性而言是个典型的艺术
家。可惜他不幸错生于帝王之家，以文弱之质而掌疲弱之国，既没有振作国威的
政治才干，也没有享受太平的幸运人生。他在位十五年，时时面临赵匡胤建立的
宋朝的强大压力，苟且偷安不得舒展。他年年向赵宋进贡称臣，仍不免最后惨遭
灭国，"最是仓皇辞庙日，教坊犹奏别离歌，垂泪对宫娥"（《破阵子》），他本人
被羁押到汴京，从帝王沦为阶下囚，这一年（975 年）李煜四十岁。两年后，在
生日那一天，李煜被宋太宗毒死。

李煜是一个失败的皇帝，却是一个成功的词人。他的词流传下来的不过
三四十首，名篇极多，尤其是被俘期间所写的表现亡国之痛的作品，意境深大，
情感真挚，非常打动人心。这首《相见欢》就是其中之一。

此词语言非常单纯明净，如口语一般，其感染力完全来自语词背后深蕴着

的情绪。上片集中写春天落花的景象。"林花"具体是什么花，作者并没有明说，这就使得词一开篇出现的意象带有普遍性和概括性。谢，凋谢。"春红"，春天的花以红色为主。"太匆匆"三字内含着强烈的惜春之情。春花绚烂却难以持续，都免不了凋谢的结局，这原是自然规律，无可奈何，足以令人伤心欲绝。更何况，还有那"朝来寒雨晚来风"摧残着它们，使之提前凋亡。"朝""晚"不是一朝一夕，而是朝朝夕夕，"寒"兼指风和雨。"无奈"表示无法对抗风雨摧残时的痛苦心情。上片虽然写的只是风雨摧残下春花凋零，但"春红"显然是一切美好事物的象征。结合李煜人生经历来说，饮酒纵乐的帝王生涯便是他的"春红"，等到宋兵围城、金陵陷落、肉坦而降，被押赴汴京，便是摧残他的"寒雨"和"晚风"。"雕栏玉砌应犹在，只是朱颜改"（《虞美人》），这不是"太匆匆"了吗？

下片，由写景转入人事。美人脸上搽有胭脂，眼泪将胭脂化开成了"胭脂泪"，词人没有具体写出在什么情形下发生了美人"留人醉"的事，可以推测当是他回忆起帝王生涯中的某个场景。"佳人舞点金钗溜，酒恶时拈花蕊嗅"（《浣溪沙》），"晚妆初了明肌雪……醉拍阑干情味切"（《玉楼春》），他当年不是也写过这种场景吗？可他早已不是帝王，那种听笙箫、游上苑，"寻春须是先春早，看花莫待花枝老"的日子已经不归他所有。"几时重"不是疑问而是对"不可能重"的悲叹。有了这样的悲哀心境，作者终于发出了这一声泣血的哀叹："自是人生长恨水长东。"就修辞手法来说，这两句都是用比喻法，以人人熟悉可见的、滔滔不绝的江流来比喻压倒一切的、挥之不去的愁苦。"恨"里包含有悔恨、愁苦、惨痛等心情，是词人对自己从昔日之帝王堕落为今日之囚徒的全部人生痛楚的凝练。这一句和作者的另一个名句"问君能有几多愁，恰似一江春水向东流"同一意境，但表述更加简洁。

李煜的个人遭遇当然是不可复制的，但他在词中表达了对一切美好事物的怜惜与爱，表达了在美好事物横遭摧残时感到的无限痛苦，表达了在生命时常遇到无法排遣的万端愁绪时的无奈之感和深切哀伤，这些情感却具有超越个体化的普遍意义。李煜以明晰的意象、清新的语言将这些情感转化为诗意，这是他艺术上的高超之处。但他的艺术不是单纯的技巧，而是从他的人生遭遇中逼迫出来的，是用血泪写成的文字。

浣溪沙

[宋] 张孝祥

【注释】

① 水蘸空：江水和天空相接。
② 鸣鞘（shāo）声：挥动马鞭发出的声音。
③ 戍楼：边境上的城楼。

霜日明霄水蘸空①，鸣鞘声里绣旗红②。
淡烟衰草有无中。
万里中原烽火北，一尊浊酒戍楼东③。
酒阑挥泪向悲风。

【鉴赏】

张孝祥（1132—1169），字安国，别号于湖居士，南宋初期词人。张孝祥政治上属于主战派，因此其作品中充满收复中原的爱国之情，风格豪迈，与苏辛相近。这首词即表现了他的这种爱国思想和艺术风格。

此词作于孝宗乾道四年（1168年），当时诗人知荆州兼任荆湖北路安抚使。荆州是宋金对峙的前线地带，诗人在秋日登上城楼观望边塞，浮想联翩，感慨万千，写下这样一首壮词。

上片写登楼所见。"霜日"是秋日；"霄"是天空，明霄，晴朗明丽的天空；荆州在长江边上，江流湖泊众多，诗人看到远处水天相接，茫茫一色。第一句写出边塞的阔大景象，充满雄浑苍茫之感。第二句写近处军营里的情况：鲜艳的军旗在风中猎猎作响，将士们在加紧操练，战马奔驰往来，挥动马鞭的呼啸声传到城楼上。这种紧张激烈的军营生涯唤起了诗人的豪情。"淡烟衰草"是秋日典型的物象，透露出一种悲慨衰煞之气，抗金大业未成的悲凉心境实已蕴含其中。

　　过片写诗人在城楼上的思虑。中原是指陕西、河南、山西、山东等地，原是宋朝的大好河山，现在沦落在金人手里，"洙泗上，弦歌地，亦腥膻"（《六州歌头》）。中原百姓遭受异族统治者的蹂躏，苦不堪言，"遗民泪尽胡尘里，南望王师又一年"（陆游《秋夜将晓出篱门迎凉有感》）。此时，诗人站在抗金的烽火线上，想到北面就是等待收复的中原故土，而这片故土沦陷已经四十多年，朝廷上却是主和派占主导，统治者只求苟安一时，根本就置故土于不顾。想到这里诗人怎能不痛苦万分？他只能痛饮浊酒以浇心中块垒。但诗人饮酒后反而更加悲慨万端，不禁洒下热泪，眼泪与秋风混在一起，恰如诗人一片拳拳忠心。

　　这首词融合悲秋和边塞两个传统题材，选用了秋季与边关的典型意象加以表现，而诗人抒发的不是一己之悲，而是家国之悲，词境格外雄浑饱满，充满爱国激情。

金缕曲·赠梁汾①

［清］纳兰性德

德也狂生耳②！偶然间、淄尘京国③，乌衣门第④。有酒惟浇赵州土⑤，谁会成生此意⑥？不信道、遂成知己。青眼高歌俱未老⑦，向尊前、拭尽英雄**泪**。君不见，月如水。

共君此夜须沉醉。且由他、娥眉谣诼⑧，古今同忌。身世悠悠何足问，冷笑置之而已！寻思起、从头翻悔。一日心期千劫在⑨，后身缘、恐结他生里⑩。然诺重，君须记！

【注释】

① 梁汾：顾贞观（1637—1714），字华峰，号梁汾，江苏无锡人，清代重要词人。康熙十五年（1676年）与纳兰性德相识，成为至交。

② 德：纳兰性德自称。

③ 淄尘：风尘。

④ 乌衣门第：高门贵族之家。东晋大族王导、谢安住乌衣巷，故称。

⑤ "有酒"句：李贺《浩歌》："买丝绣作平原君，有酒唯浇赵州土。""赵州土"指平原君的坟墓，战国时赵国公子平原君以礼贤下士著称。

⑥ 成生：纳兰性德，原名成德，此时尚未改名，故自称成生。

⑦ 青眼：相传晋人阮籍看自己讨厌的人用白眼，看意气相投的人用青眼。杜甫《短歌行赠王郎司直》："青眼高歌望吾子，眼中之人吾老矣。"

⑧ 娥眉谣诼：谣言中伤。屈原《离骚》："众女嫉余之蛾眉兮，谣诼谓余以善淫。"

⑨ 劫：佛教认为天地一成一毁是一劫。

⑩ 后身：佛教认为生命轮回，此生之后还有来世。

【鉴赏】

纳兰性德生于富贵之家却极重情义，其爱情词缠绵悱恻人尽皆知，同时，他还是一个重友情的人，这首词便是他表达友情的名篇。

题赠的对象梁汾名顾贞观，晚明东林党人顾宪成之后，康熙初年（1661年）曾入京为官，十年落职还乡，十五年入京在明珠府上任馆职（家庭教师）。纳兰性德是明珠家大公子。一般人看来，二人不可能成为知己，他们至少有三重差距：在年龄上，顾比纳兰年长近二十岁；在地位上，顾是革职官员，纳兰是新赐进士、任康熙帝御前侍卫；在关系上，纳兰是主人，顾只是雇员。但种种世俗鸿沟对纳兰性德来说都不存在，他超越一切俗谛，一眼认定顾贞观可作知己。顾贞观回忆："岁丙辰，容若年二十二，乃一见即恨识余之晚，阅数日，填此曲为余题照。"

上片一开始是自我介绍，纳兰从身份这一敏感话题入手，极力消弭彼此之间的鸿沟。纳兰表明心迹：我在本质上只是一个狂生，由于偶然机缘托生在富贵王侯之家，豪门繁华对我来说和尘埃一样不值一提。纳兰以"狂"字概括自己心性，狂就是慷慨放达、不拘礼节、忘尘脱俗。"有酒唯浇赵州土"用战国公子平原君的典故极为恰切自己身份，纳兰的贵公子身份无法否定，也不必否定，反而可以利用起来作为广泛交游的条件，词人以此表明自己有结交贤能的真心与热情，但自己这一番心意常常不被人理解。

"谁信道"以下几句写二人之契合。顾贞观也能超越寻常人的见识和纳兰倾心相待，只有这样，二人才能结成"知己"。"青眼高歌人未老"表现了他们结成知己后对酒当歌，挥斥方道的豪迈与兴奋。这句诗从杜诗化出，但脱落杜诗苍老悲哀的感慨而转成青春激扬的激越。二人尽日对饮，大有英雄惜英雄之意。上片结句宕开一笔写饮酒时月色如水，月便是他们情谊的见证人，二人坦荡相待，心底如月色般纯洁。

上片主要是表达自己的心曲，下片起笔先转到顾贞观身上。"共君此夜须沉醉"劝朋友多多饮酒，不醉不休。"且由他"数句都是安慰之词，因顾贞观此时处于人生低谷。纳兰把他的遭遇和屈原相比，明言凡是忠信杰出之人难免被小人造谣中伤，生路坎坷，古往今来大多是这样，不妨冷笑相对。"冷笑"是对陷害他人的宵小之辈的不屑和蔑视，也是表达对坎坷生涯的超越和从容。"寻思起、从头翻悔"是说追本溯源的话，恐怕托生为人就是错误。把人生当苦海，这当然有些消极思想，却也是安慰人的终极语。

"一日心期千劫在"以下仍旧回到友情的主题。这一段读来荡气回肠，恰是从"人生是错"这个悲观论调里翻转出来的斩钉截铁、感人至深的宣誓友情的诺言。佛家以天地成毁一次为一劫。诗人说，你我一朝引为知己，这情谊便能穿越千万次天地的毁灭而不毁、不坏、不改、不变。诗人说，今生今世做朋友太短暂，我们约定来生来世还要做朋友。我这个誓言，你一定要记住。丁绍义《听秋声馆词话》评论这个来生之约道："纳兰容若深于情者也……念念以来生相订交，情至此，非金石所能比坚。"十年之后（1685 年）纳兰性德病殁。顾贞观回忆这几句词："私讶他生再结语，殊不祥何意，为乙丑五月之谶语也，伤哉！"

顾贞观也非常珍重他与纳兰的知己之情。顾有《弹指词》传世，集中最后一首附记有言："呜呼，容若已矣，余何忍复拈长短句乎？"情深如此。

水龙吟·海棠

［宋］王沂孙

世间无此娉婷^①，玉环未破东风睡^②。将开半敛，似红还白，余花怎比。偏占年华^③，禁烟才过^④，夹衣初试^⑤。叹黄州一梦^⑥，燕宫绝笔^⑦，无人解、看花意。犹记华阴同醉^⑧。小阑干、月高人起。千枝媚色，一庭芳景，清寒似水。银烛延娇^⑨，绿房留艳^⑩，夜深花底。怕明朝、小雨濛濛，便化作燕支泪^⑪。

【注释】

① 娉（pīng）婷：形容女子美好的样子。

② 玉环：杨贵妃，名玉环。

③ 偏占年华：言海棠占尽美好春光。

④ 禁火：寒食节，在清明节前一二日。

⑤ 夹衣：有里有面的双层衣服，但中间不垫棉絮。

⑥ 黄州一梦：苏轼贬谪黄州时，有《寓居定惠院之东，杂花满山，有海棠一株，土人不知贵也》等诗。

⑦ 燕宫绝笔：陆游在成都时，在故蜀燕王宫见到海棠盛开，有《张园海棠》等吟咏。

⑧ 华阴：花荫。

⑨ 银烛：明亮的烛光。延：延续。苏轼《海棠》："只恐夜深花睡去，故烧银烛照红妆。"

⑩ 绿房：花苞未开放时是绿色的。

⑪ 燕支：即胭脂。胭脂泪，比喻雨中的海棠花。

【鉴赏】

海棠在中国种植历史悠久，先秦《诗经》中"投我以木瓜，报之以琼琚"的"木瓜"就是一种海棠类植物。唐宋时期，海棠深受王公贵族、文人学士、普通百姓喜爱。唐德宗贞元年间贾耽编著《百花谱》赞美海棠为"花中神仙"，宋人陈思编撰《海棠谱》是收集有关海棠题咏和传说的专书。王沂孙这首《水龙吟》

也是一首咏海棠的佳作。

王沂孙，字圣与，号碧山，南宋会稽（今浙江绍兴）人，因家住玉笥山，又号玉笥山人，他大约生活在 1230 年至 1291 年之间，经历了由宋入元的历史巨变。王沂孙以写作咏物词著称，他的咏物词不是单纯体物，还隐晦地包含着因南宋被蒙古人灭亡而产生的亡国之痛和故国之思。

上片先写海棠之美，"娉婷"本是形容少女娇美容貌，这是用美人比海棠，好比诗词中常见的用娇艳的花朵比美人一样，名花美人本就两相宜。第二句再以杨玉环比海棠。据《杨太真外传》记载，一次唐明皇召见杨贵妃，贵妃醉酒未醒，由侍女扶着前来，妆残鬓乱都没有打理，下跪也困难，唐明皇打趣地说："岂妃子醉，直海棠睡未足耳。"此后，诗词中常见海棠花与杨贵妃联系在一起。"未破"是花苞还没有完全开放，即后句说的"将开半敛"之状。词人抓住的是赏花的最佳时机，半开之花有娇羞之状，越发楚楚动人。这几句以杨贵妃之宿酒未醒的娇媚之姿容来比喻海棠花半开不开之娇色。

开头几句是曲折地写海棠之美，下面几句则是直接描绘海棠花的形状与颜色。海棠花期在寒食节后几天，这时人们刚刚换上轻便的夹衣。春天百花盛开，姹紫嫣红，但词人认为海棠力压群芳，独占春光。从"叹黄州一梦"以后几句，离开咏物，涉笔人事，词人提起宋代两位大诗人和海棠花的情缘，苏轼在黄州咏赞过定惠院的海棠，陆游在成都赞美过旧蜀燕王宫里的海棠。现在两位大诗人早已作古，海棠花失去了知音。这几句诗中包含的深意是，词人感叹才士凋零，导致赵宋王朝国势衰颓至于倾覆。

下片"犹记"所领起的几句是由眼前的海棠花而回忆起往日某次赏花情景，那真是"花间一壶酒"的美好光景。诗人在小院中倚着阑干、饮着美酒，天上月色溶溶，院内海棠朵朵，成千累万，如花的海洋占满整个院子，半红半白的海棠沐浴在清白月光中发散出清寒的风姿。夜已深，赏花人还不愿意离开，他秉烛夜游，夜以当日，尽量延长这美妙的时光。"银烛延娇"这句是化用苏轼《海棠》诗中的两句："只恐夜深花睡去，故烧银烛照红妆。"但也可见出两位不同时代的词客骚人相同的爱花、惜春的心情。"绿房留艳"是说花苞未开，留待来日。既然来日也能开花，词人又为什么非得抓紧夜晚的时光鉴赏呢？最后几句给出了答案："怕明朝、小雨濛濛，便化作燕支泪。"原来词人是害怕明天会有无情风雨吹打，"绿肥红瘦"，满园花瓣凋残，如流在脸颊上的胭脂泪。这几句也是含着深意的，俞陛云评道："下阕'明朝小雨'二句黯然家国之悲，音在弦外花香细雨间。"（《唐五代两宋词选释》）

这首词语言优雅，用典恰切，词人将"咏物"与"写志"结合起来，咏物则观察细腻，描绘入微，刻写出海棠真色，写志则含蓄深远、悲哀沉痛，寄托了黍离之悲，不失为一篇值得反复涵咏的佳作！

黄海舟中日人索句并见日俄战争地图^①

［近代］秋　瑾

万里乘云去复来^②，只身东海挟春雷。
忍看图画移颜色^③，肯使江山付劫灰^④。
浊酒不销忧国泪，救时应仗出群才^⑤。
拼将十万头颅血，须把乾坤力挽回。

【注释】

① 日俄战争：1904—1905 年日俄两国因争夺朝鲜半岛和中国东北而进行的战争，主战场在中国的辽东半岛。沙俄战败。

② 去复来：1904 年夏，秋瑾东渡日本，次年春回国，六月再次赴日，十二月返国。

③ 图画：地图。移颜色：地图上各国都涂不同颜色，移颜色指中国领土变成日本领土的颜色。

④ 劫灰：劫火的余灰，指灾难之后的残迹。

⑤ 出群：超出群体。

【鉴赏】

秋瑾（1875—1907），原名闺瑾，字璿卿，号旦吾，后改名瑾，字竞雄，自号"鉴湖女侠"，近代著名民主革命志士。1904 年，秋瑾冲破封建家庭束缚，东渡日本求学，广泛结交鲁迅、陶成章、黄兴、宋教仁等旅日的思想进步的留学生，并积极参加革命活动，创办报纸，宣传革命思想和妇女解放。1905 年加入同盟会，次年回国，与革命家徐锡麟共谋推翻清廷的起义。秋瑾在杭州、绍兴等地奔走筹备，后因徐锡麟起义失败而被捕。1907 年 7 月 15 日，秋瑾在绍兴从容就义，年仅三十二岁。孙中山撰挽联道："江户矢丹忱，感君首赞同盟会；轩亭洒碧血，愧我今招侠女魂！"

秋瑾不仅是革命家，也善于文学创作，尤其接受革命思潮影响之后的作品，雄强激烈，充满英豪之气和忧国之情。1904—1905 年日俄两个帝国主义为争夺朝鲜半岛和中国东北的权益爆发了一场战争，更可悲的是战争在辽东半岛进行。秋瑾在赴日本的船上（一说是回中国）看到了当时的地图，恰好有日本友人向她索要诗句，她就写下了这首诗。

首联写诗人东渡日本求学的情况。秋瑾生长在一个官宦之家，二十一岁那年依父母之命媒妁之言嫁到湘潭首富王家，她与丈夫毫无共同语言，两人思想境界更是天壤之别。秋瑾赴日本求学是冲破封建家庭的重重阻挠才成行的。"挟春雷"写出了诗人心中激荡着的悲愤与豪情。"春雷"象征这变革的力量。

次联写日俄战争在诗人心中引起的悲痛之情。诗人先看到反映战争形势的地图，属于中国的领土被标成了日本版图的颜色，再联想到属于中国领土的辽东半岛竟成为日俄两国的战场，祖国大好河山饱受战火蹂躏而腐败无能的清政府竟然在这场战争中"保持中立"。此情此景，于心何忍？"忍看"是"不忍看"的意思，"肯使"是"不肯使"的意思。诗人表达了对清廷的不满，更表达了对祖国遭受苦难的感同身受。

第三联，诗人提出要改变国家面貌需要杰出的人才挺身而出。"浊酒不销忧国泪"这一句慷慨悲凉又掷地有声。诗人意识到国家遭难，会令一切爱国之人悲伤，想要借酒疏闷，但仅仅悲愤痛苦和饮酒消愁是改变不了国家命运的。要挽救时弊，还需要出类拔萃的豪杰志士团结起来，勇担重任。这是对她在日本结识的革命志士的勉励和褒扬。

最后一联表达了为国牺牲的豪情壮志。要挽救国家危亡，需要有人出来牺牲自己，只有无数革命志士奋不顾身，才能挽回国运。"拼将十万头颅血"这一句何等高亢激昂，坚定的革命意志和强烈的献身意愿直冲云霄。这不是诗意的夸张，而是那一代革命者的真实写照。

这首诗沉郁似老杜，慷慨似稼轩，其动人心魄处非诗艺二字可以涵盖，它表达着一个女革命家秋瑾深沉真挚的忧国之情和不畏牺牲的爱国之忧。